하늘로 흐르는 강

김 광 순

새미

머 리 말

세월이 유수 같다는 말이 피부로 느껴진다. 살아왔던 시간이 미수(眉壽)에 이르렀으니….

여기에 수록된 작품들은 그 동안에 틈을 내어 쓴 마음의 편린(片鱗)이라고 나 할까? 모두가 마음에 들지는 않지만 대부분의 작품들은 신문사나 잡지사의 청탁을 받고 써서 이미 공개된 글들이다. 30년 전에 쓴 작품부터 최근에 쓴 작품까지 수록되어 있다. 그러기에 시대 상황에 맞지 않은 작품도 있을 것으로 생각된다. 그래서 각 작품마다 이해를 돕기 위해 그 작품이 수록되었던 게재지와 일자를 작품 말미에 밝혀 두었다.

이 책은 지나간 세월의 자취를 더듬어 볼 수 있는 흔적의 일부라고 생각된다. 흩어져 있던 글들을 한 자리에 모아서 편집한 것이기 때문이다. 수필은 모두가 이미 지상에 실렸던 작품들이고, 기행문은 현지에서 느낀 바대로 쓴 것이어서 즉흥적인 감정의 표상이다.

표제에서의 하늘은 무한한 시공간(時空間), 피안(彼岸), 이상향(理想鄕) 아니 희망, 꿈이라 해도 좋다. 강(江)이란 삼라만상(森羅萬象), 세상사(世上事) 아니 충만(充滿), 비상(飛翔), 효시(嚆矢)라 해도 좋다. 나는 생각이 나면 졸필(拙筆)을 휘두르는 습관이 있다. 누가 읽어 주건 그것은 아예 상관하지 않는다. 『하늘로 흐르는 강』처럼 말이다.

마지막으로 이 책을 간행하면서 교정을 맡아 수고한 경북대학교 대학원의 오희정, 방동수, 이윤선, 박진아 학생들에게 고마운 뜻을 전하고 출판을 맡아준 국학자료원 정찬용 사장에게 감사의 뜻을 표하는 바이다.

2001년 새해 아침

김 광 순

목 차

II. 기행문

유럽별

미국 편

I. 수필

지금은 혜안(慧眼)이 필요한 때

　우리는 얼마 전 갑자기 몰아닥친 IMF의 여파로 끝내는 국가가 부도에 처할 위급한 순간에까지 이르게 되었었다. 누구라도 온 나라가 빚더미에 쌓여 통째로 넘어가는 듯한 위기의식을 피부로 느꼈을 것이다. 모두가 국가를 경영하는 위정자와 기업가 때문이라고 야단법석이었다.

　20세기 초에는 일제에 의한 36년간 고통을 받더니 20세기를 마감하면서 나라가 또 다시 어처구니 없는 수난과 고통에 빠져드는구나 싶었다. 국민들은 이 엄청난 위기를 벗어나기 위해 금모으기 운동에 동참했다. 당시 우리는 어린아이의 돌 반지로부터 약혼 반지, 결혼 반지는 물론, 할머니의 비녀까지 서슴지 않고 내놓았었다. 조그만 힘이라도 보태겠다는 고마운 마음들이 가슴을 뭉클하게 했다. 우리 국민들은 위기에 대처하는 순발력이 뛰어난 민족이며, 가능성이 있는 민족이라는 것을 다시 한 번 확인할 수 있었다.

　그러나 이제 이 어려운 고비를 넘겼다고 방심해서는 안될 것이다. 특히 위정자와 기업가는 더욱 긴장을 놓지 말아야 한다. 기업가는 정부가 강행하는 구조 조정에 귀를 기울여야 할 것이고, 위정자 역시 당리당략에 빠지기보다는 한 번쯤 자신을 되돌아볼 줄 아는 겸허함을 가져야 할 것이다.

　선거가 막 끝난 지금 승패의 희비가 엇갈리는 이 순간, 우리 정치인들의 자질을 논할 때마다 떠오르는 분들이 있다. 이 분들은 모두가 자신과 그들의 생활을 되돌아보며 살아간 우리 역사의 이름 있는 위정자들이었다.

옛날 윤석보라는 이가 풍기군수로 있을 때 아내인 박씨가 가난에 못 이겨 그가 시집올 때 가져온 비단 옷을 팔아 손바닥만한 밭을 샀다고 한다. 이 소식을 들은 윤석보는 고향에 사람을 보내어 국록을 먹으며 땅을 산다는 것은 사들인 땅만큼 임금님의 덕을 먹어드는 것이라 하면서 즉시 그 땅을 돌려주게 함으로써 자신의 허물을 씻게 하였다고 한다.

또한 대제학 김채의 집은 두어 칸밖에 되지 않아 아이들이 거처할 방이 없어서 처마 밑에서 자리를 깔고 자곤 했다. 그런데 장마철이 되어 비가 새어들자 아이들은 할 수 없이 처마를 고쳐 매었다. 감사로 나가 있는 아버지 몰래 아이들이 집 한 칸을 붙여 지은 것이다. 뒤늦게 이를 안 아버지는 이것을 부끄러워하며 다시 헐어버리게 하였다고 한다.

서애 유성룡은 관직에 나아가 40년 간을 일해왔던 명재상이었다. 임란 때는 영의정에 이르러 그야말로 지존한 임금의 바로 밑자리에서 부귀와 공명을 손에 쥐고 막강한 권력을 누릴 수도 있었다. 그러나 벼슬을 그만두고 고향에 돌아온 그는 청백리로서 말 그대로 찢어지게 가난한 삶을 살았다고 한다. 그러던 중 우복 정경세가 그의 스승인 서애를 찾아 하회마을에 가보니 평소 존경하던 선생님이 그의 손자와 함께 시래기죽을 먹고 있었다고 한다. 이를 보고 읊은 우복의 시는 지금도 인구에 널리 회자되고 있다. 이는 오늘을 사는 위정자들이 한 번쯤은 음미해 볼 만한 것이다.

하회의 집에 전하는 것은 다만 그을린 장막뿐, (河上傳家只墨帳)

손자와 성근 시래기죽도 배불리 못 드시는구나. (兒孫疏糲不充服)
장수와 재상직을 10년이나 했다는 걸 어찌 알리요? (豈知將相三千日)
성도 팔백 그루의 뽕나무밭도 없었던 것을! (並缺成道八百桑)

'성도 팔백 그루의 뽕나무(成道八百桑)'란, 제갈량이 죽을 때 임금에게 청백리라는 것을 역설하면서 자기에게 남은 것은 뽕나무 팔백 그루와 자갈밭 열다섯 이랑이 있을 뿐이라며 청빈하게 살았음을 강조하는 데서 유래된 고사이다. 제갈량은 성도에 자갈밭과 팔백상(八百桑)이라도 있었지만 서애는 애비 없는 손자와 시래기죽이라도 배불리 먹지 못하였으니 백사 이항복이 서애를 두고 청백리의 첫째로 꼽을 만한 위인으로 본 것은 실로 당연하다 하겠다.

서애는 삶을 마감하면서 자신이 죽거든 나라에서 국장을 치르려 할 터이니 이를 만류하고 간소하게 장례식을 치러줄 것을 부탁했다고 한다. 조선조 500년 중 가장 어려울 때 영상을 지내며 수많은 공적을 남긴 그에게 송덕비는 물론이거니와 국장을 치르게 하는 것은 당연하였건만 청빈을 스스로 택하여 죽는 순간까지도 허례허식을 거부했던 것이다. 이것은 그의 스승 퇴계가 임종시 자식에게 유언한 것과 비슷한 말이니 그 스승의 그 제자라 할 만하다.

우리에게 서애와 같은 영의정이나 김채, 윤석보와 같은 위정자가 있었다면 과연 나라가 부도의 위기에 놓여 온 국민이 불안에 떨며 고통 속에서 보내지는 않아도 되었을 것이다. 이제 16대 총선도 끝났다. 정치에 몸담게 된 사람들은 물론이고 그들을 선출한 우리 모두가 앞서간 위정자들의 삶을 거울삼아 한 번쯤 자신을 되돌아 볼 수 있는 혜안(慧眼)을 가졌으면 한다.

(남명원보, 남명연구원, 2000. 5. 10.)

택민(澤民)의 변(辯)

내가 대학원을 졸업하던 날이다. 국학의 태두(泰斗)인 연민(淵民) 선생으로부터 택민(澤民)이란 아호를 선물로 받았다. 선생께서는 나의 이름자와 음양오행을 맞춰 명명했다는 자상한 서신과 함께 보내 주셨다. 당시 연세대와 성균관에서 여러 가지 일을 맡으시면서 연구에 여념이 없으셨던 선생께서 후학을 위해 베풀어주신 특별한 배려에 무척이나 감격했던 기억이 난다.

그러나 택민이란 아호를 부끄럼 없이 부르기에는 나 자신이 부족함이 많음을 잘 알고 있었기에 지금까지 공개하려는 생각도 공개한 일도 없다.

한편으로는 선생의 아호가 연민(淵民)인데 나를 택민(澤民)이라 지어 주신 데 대해 20대 중반의 젊은 나로서는 약간의 불만도 없지 않았다. 나를 연민선생의 아류라고 생각하고 택민이라 명명하셨는가하는 의문이 들었기 때문이다.

그 후에도 간혹 선생께서는 귀중한 연구자료도 빌려주시고 마치 나를 직계 제자처럼 끔찍이도 사랑해 주셨다. 내 결혼식 때는 『시경(詩經)』 '관저(關雎)'의 고운 귀절을 인용한 축시(祝詩)를 화선지에 써서 축하해 주시기도 했다. 내가 쓴 졸저에 과찬의 서평도 내려 주셨고 논문에 대한 격려의 편지도 보내 주셨다.

또한 내가 퇴계연구소 소장을 맡고 있을 때 축서(祝書)를 보내 주시기도 한 은사같은 분이다. 그럴 때마다 선생께선 내 이름자 대신 택민이라 불렀으니, 오직 선생과 나 사이에서만 통용되었던 아호였다.

그러던 중 70년대 말쯤으로 기억된다.『연세춘추』에 선생께서 쓰신「삼민(三民)의 변(辯)」이란 글이 나를 놀라게 했다. 이 글을 읽으며 나는 택민에 담긴 선생의 깊은 뜻을 새삼 깨닫게 되었다.

이 글의 요지는 삼민(三民)이란 연민(淵民) 이가원(李家源), 택민(澤民) 김광순(金光淳), 일민(逸民) 최철(崔喆)이라면서 아무에게나 민(民)자를 붙여주지 않는다는 내용이었다.

선생께서는 글에서 "택(澤)이 연(淵)보다 더 큰 못이니 택민은 연민보다 큰 학자가 될 것이라는 뜻에서 명명했다"고 하셨다.

나는 이 글을 읽고 기뻤다기보다는 후학을 위해 더욱 노력하라는 선생의 준엄한 채찍으로 생각하고 겸허히 받아들였다.

그 후 나는 선생의 기대치에 미치기는커녕 택민이 연민의 아류도 못되는 것이 아닌가 하는 두려움과 책임감 때문에 평생을 쫓기면서 살아 왔는지도 모른다.

선생께서는 내가 박사학위를 받던 1980년 여름에 이름과 아호에 맞춰서 혜풍(惠風)이란 자(字)도 지어 주셨다.

당시만 해도 한국의 대학에는 문학박사학위과정이 개설되어 있지 않았다. 신제 문학박사과정이 70년대 중반 경에 한국에 처음 신설되었다. 교수 본인이 재직하는 학교에서는 이 과정을 이수할 수 없는 법적 제재가 있었다. 그래서 나는 경북대학 교수가 된 지 10년만에 이웃 학교에서 학위를 받았다. 택민이 문학박사학위를 받았으니 자(字)를 지어 보낸다는 연민선생의 서신을 받고 다시 한 번 선생의 각별한 정에 감명을 받았다.

연민선생께선 후학들을 위해 이처럼 따뜻한 애정을 쏟고 정성을 다 하신 데에 비하면 내 자신의 살아온 삶이 부끄럽기만 하다. 나는 후학들을 위해 무엇을 했던가 하는 자책과 앞으로 더욱 노력해야 하겠다는 책임감이 앞섰기 때문이다.

이순(耳順)의 나이에 가까워진 지금, 선생의 아류라도 되었으면 하는 바람에 숨가쁘게 달려온 날들을 생각하니 문득 다음 시귀(詩句)가 떠올랐다.

「대나무 그림자 뜰을 쓸었으나 티끌은 움직이지 않고, 달빛은 연못을 꿰뚫었으나 물은 흔적 없도다(竹影掃階塵不動 月色穿潭水無痕).」

(가락회보, 2001. 1. 1.)

사랑의 미학(美學)

어느 학교 개교기념행사에 연사로 초청을 받았을 때의 일로 기억된다.

시종일관 그들에게는 너무도 진지하고 절실한 얘기로 느껴지는 것 같아, 그 날 하루만은 영원한 시공 속에 붙들어 놓고 싶을 만큼 보람을 느꼈다. 그들이 나에게 준 주제는 「사랑이란?」 것이었고, 이것은 이성간의 사랑을 뜻하는 것이라고 부제를 덧붙이고 있었다.

이들 20대의 젊은이들에게는 이보다 더 중요한 관심거리가 없을 만큼 절실한 것 같았다. 그래서일까? 이야기가 진행되면서 더욱 조용하고 진지해지는 분위기를 읽을 수 있었다.

나는 그들에게 도리어 사랑이 뭐냐고 반문해 봄으로써 이야기를 시작했다.

그들은 이구동성으로 '눈물의 씨앗'이라고 했다. 농담 반 진담 반으로 어느 유행가의 한 귀절에서 나온 무의식적인 반응인 것 같았다.

그러나 사실 그것이 옳은 말인지도 모른다. 사랑이란 눈물의 씨앗일 수도 있기 때문이다. 순간적인 감정을 이기지 못해 자신의 인생을 불살라 버린다면 사랑이 어찌 눈물의 씨앗이 아니랄 수 있겠는가?

'사랑은 눈물의 씨앗', 대중가요의 한 토막으로만 웃고 받아넘기기엔 오늘날 젊은이들의 사랑은 너무나도 타락한 듯 싶었다. 어쩌면 이는 그러한 사랑의 결말을 너무나도 잘 보여주는 말인지도 모른다.

사랑에는 여러 가지가 있다. 그 중에서도 이성간의 사랑은 더욱 아름답고 순수해야 하며 또한 신중해야 한다. 쉽사리 팔고 살 수 있는 '미팅 티켓'과는 물론 다르다. 그렇기 때문에 '인생은 연극이다. 그러나 연습이 없는 연극이다'란 말이 생겨났는지도 모른다. 인생 연극은 일상 연극과는 달리 돌이킬 수 없는 연극이기 때문이다.

대부분의 사람들은 오늘날 젊은이들의 사랑을 지나칠 만큼 타락된 불순한 것으로만 보고 있다. 나도 역시 그런 눈으로 보는 속인의 한 사람이 된 것 같다. 아닌게 아니라 그만큼 세속의 사랑은 궤도를 벗어났고 타락한 것도 사실이다.

요즈음 흔히 '사랑은 소유요, 쟁취요, 전쟁이라'고도 한다. 그래서 '사랑은 눈물의 씨앗이다'란 말이 생겨났는지도 모른다. 그러나 진정한 사랑은 상대방을 소유하는 것도 아니며, 상대방을 쟁취하는 것은 더욱 아니다. 결혼을 위해 다방에서 총으로 인질극을 벌인 전쟁같은 성질의 것은 더더욱 아니다. 어쩌면 이러한 과정을 밟아 이루어진 사랑이 바로 '눈물의 씨앗'인지도 모를 일이다.

참된 사랑은 희생이요 헌신이다. 상대방을 보다 나은 경지로, 보다 나은 차원으로 이르게 하려는 따뜻한 마음이 곧 사랑이다. 상대방을 위해서라면 희생도 헌신도 불사하는 관용이 있어야 한다. 궁극적으로는 자기가 그 사람을 사랑하는 것보다 다른 사람이 그를 사랑해서 행복해질 수 있다는 것이 분명하다면 그의 행복을 위해 자신의 괴로움을 참고서라도 물러설 수 있을 정도의 희생적 헌신적인 마음을 가져야 한다.

인구에 널리 회자(膾炙)되고 있는 김소월의 「진달래꽃」이나 정송강의 「사미인곡」과 같은 명작들이 모두 그렇다.

소월을 보내는 오순(吳順)의 희생적인 심상이 「진달래꽃」에 잘 나타나 있다. 사랑하는 사람의 성공을 위해 자신은 비록 괴롭지만 흐르는 눈물을 가슴으로 삼켰다가 님을 보내놓고는 땅을 치며 울겠다는 역설적인 표현을 이 시 마지막 구절에서 그리고 있다. 그래서 수많은 독자들을 매료시키고 있지 않는가!

「사미인곡」의 표면적 주제도 마찬가지다.

한 여인이 이별한 남편에게 희생과 헌신으로 사랑을 호소하고 있다고 할 수 있다. 결사부분을 보자.

'차라리 님과 같이 있지 못할 바에는 죽어 한 마리 범나비라도 되겠습니다. 꽃나무 가지마다 옮겨 앉았다가 꽃가루를 듬뿍 묻혀 사랑하는 님의 옷자락에 옮겨드리겠습니다'는 자기 희생과 헌신적인 사랑을 그리고 있지 않는가?

이와 같이 우리 명작들은 사랑을 희생과 헌신으로 그리고 있다.

진정한 사랑이란 희생과 헌신적인 마음을 가진 사람들 끼리의 진실된 결합이어야 한다. 그래야만 아름다운 사랑의 꽃이 피고 열매가 맺혀질 수 있을 것이다.

그래서 사랑을 희생이요 헌신이라 하지 않았던가?

하고많은 사람들 중에 이와 같은 사랑을 누려본 사람, 누리고 있는 사람, 누릴 수 있는 사람이 세상에서 가장 행복한 사람이다. 이러한 사랑이 세상에 가득 충만되었을 때 비로소 이 땅은 지상의 낙원이 될 것이요, 아름다운 낭만의 꽃이 피고 열매가 맺혀질 수 있을 것이다.

한 쌍의 젊은이가 약산 강변의 뽀오얀 모래밭에 석양을 등지고 하루를 걷는다 하자. 참된 사랑의 철리(哲理)를 달리고 있는 그들이라고 한다면 이건 얼마나 아름다운 한 폭의 그림이랴!

그런 사랑을 만끽할 수 있는 세상이 되었으면 싶다.

(인생은 수필처럼, 한국대학교수 수필가 모임, 문학예술사 간행, 1982. 6. 5.)

성천 아카데미 회원들처럼

그 날, 구슬같이 흐르던 땀과 더위마저 초월한 듯하던 산사(山寺)에
서의 노교수님 모습이 지금도 뜨겁게 내 가슴에 남아 있다.

김태준 교수의 『조선한문학사』가 간행된 것이 1930년대 초, 그 책
이 출판된 이후 반세기도 더 지났지만 제대로 된 저서 하나 나오지
않고 있던 터이다. 학계에서는 이 분야의 연구가 시급함을 넘어 초미
(焦眉)의 상태였다. 뜻 맞는 사람 몇이 모여 책을 쓰고자 했던 것이
십여년 쯤 전, 그 일을 위해 나는 그 교수님 댁을 방문한 일이 있다.
늘 서재에서 원고를 쓰시던 분이라 으레 그 날도 계시려니 하고 들
렀다. 여러 번 뵈었던 사모님께서 교수님은 공부하러 가셨다고 했다.
잘못 들었나 해서 다시 물었더니 뒷산을 가리키며 '저기 저 산중턱
에 있는 절에 글 배우러 가셨다'는 말을 되풀이 하셨다. 나는 그 길로
그 산사로 선생님을 찾아갔다.

법당 가까이 이르자 단정하게 앉아 메모까지 해 가며 진지하게 노
스님의 강의를 들으시는 교수님 모습이 보였다. 나 역시 정좌하고 그
『균여전』 강의를 들었다.

당시 그 교수님은 정년을 한 해 정도 남겨둔 원로교수였다. 그러나
그 날 그 자리에서 뵌 교수님의 모습은 알고자 하는 정열과 순수를
지닌 홍안(紅顔)의 미소년 모습 그대로였다.

나는 그 날 노스님의 치밀하고도 심오한 강의와 노학자의 학문을
향한 끊임없는 열정 앞에서 많은 것을 배울 수 있었다. 강단에 설 때
마다 지나치리만큼 자신만만했던 자신에 대해 깊은 회오(悔悟)의 시
간들을 가졌다.

성천 아카데미에서 강의를 하게 된 것이 지난 2학기에 이어 이번
이 두 번째이다.

진지하게 수강하는 성천 회원들로부터 '아는 것이 힘이요 배움이
낙이라'는 말을 몸소 실천하는 모습을 보고서 노교수님의 산사에서
의 모습이 떠올라 무모하게 강단에 선 나를 더욱 긴장시키곤 했었다.

수강생들의 욕구를 얼마나 만족시켜 주었을까 하는 회의감과 함께
첫 시간을 끝냈다. 수강생 몇 사람이 책을 들고 와 사인을 부탁했다.
나는 근면·성실·인내란 내 생활 신조와 함께 사인을 해 주었다.

당황스러우면서도 한편으로는 흥분도 되었다.

보잘것없는 강의에도 불구하고 소년·소녀들처럼 진지하게 듣는
모습이 그 이유 중 하나였다. 또 하나는 칠순 고령에도 불구하고 열
심히 강의를 들어주시던 내 고등학교 은사님 때문이었다.

경북고 1학년 때 남달리 나를 사랑해 주셨고 자상하게 가르쳐 주
셨던 국어 선생님, 꿈 많던 시절의 은사님으로 그 순수와 열정의 시
절 한가운데 깊숙이 자리하고 계신 분이다. 그 후 대구고교를 거쳐
시내 여러 명문 고교에서 교장을 지내시고 교원 연수원장 자리에서
수년 전 퇴임하셨다. 교육계 원로이신 그 선생님께서 지금 내가 강의
하는 자리에 수강생으로 계셨으니 말이다.

수많은 엘리트들을 길러내시고 일선에서 물러선 지금까지 학문을
향한 변함없는 정열로 자리를 지키고 계시는 모습은 나의 머리를 숙
여지게 했다.

여러 수강자들을 대상으로 한 강의였기 때문에 은사님껜 다소 미

흡한 강의가 되었을 것이다. 그런데도 메모까지 하시며 제자의 강의를 경청하시는 모습은 다시 한번 내 자신을 되돌아보게 했고, '인생은 유한하지만 학문은 무한하다'는 잠언(箴言)이 피부에 와 닿는 듯했다.

한정된 시간 앞에 더 많은 것을 전해 드리지 못했다는 아쉬움과 함께 '앎'을 위해 열심히 살아가는 성천 회원 모두의 삶에 무한한 존경의 박수를 보내고 싶다.

생각이 행동을 만들고 행동이 습관을, 습관은 또 성격을 만들고 그 성격이 바로 자신의 운명을 만든다고 했다. 자신을 바로 볼 수 있는 혜안(慧眼)은 자신의 운명까지 바꾸어 놓을 수 있다는 논리까지 들먹이지 않더라도 무언가를 배우고 익히며 열심히 살아가는 자세는 그 자체만으로도 충분히 아름답지 않을까? 성천 아카데미 회원들처럼 말이다.

십여 년 전 절에서 공부하시던 노교수님의 모습과 성천 회원들의 모습이 한데 어우러져 오늘따라 더더욱 잔잔한 감동으로 다가옴은 그때처럼 며칠째 계속되는 무더위 때문일까?

(대구 생활문화아카데미, 1994. 8. 3.)

나무의 잠언(箴言)

나는 아침마다 집 옆에 있는 초등학교 운동장에서 조깅을 즐긴다. 몇 바퀴를 달리고는 운동장 가에 서 있는 느티나무의 그늘에서 땀을 말리곤 한다. 그 나무는 오랜 세월의 풍상에 할퀴고 뜯겨 이제는 거의 고목이 되었다. 그리고 꼬마들이 그 위를 기어오르기도 하고 타고 흔들어대는가 하면 껍질을 벗기고 나뭇가지를 꺾기도 하여 온몸이 만신창이가 된 채 서 있다.

그러나 나무는 아무런 불평도 질투도 할 줄 모른다. 개구쟁이들이 하루종일 나무 위를 타고 흔들어 대거나 이에 덩달아 세찬 비바람이 불어 뒤흔들려도 싫어하는 기색도 없다. 사람 같으면 만신창이가 된 자신의 운명을 저주하든가 꼬마들에게 매몰찬 불호령을 내리든지 아니면 아사(餓死) 직전에 놓였다고 하소연이라도 할 텐데 나무는 아무런 말이 없다. 조그만 불평도 불이익도 감수 못하는 오늘을 살아가는 사람들에게 더욱 귀중한 교훈을 보여 주는 것 같다. 그래서 나는 나무를 사랑하고 있는지도 모른다.

무덥던 여름이 지나고 가을이 되면 푸른 나뭇잎은 고운 단풍으로 변하여 아름다운 풍광(風光)을 우리들에게 보여준다. 그리고 눈보라 치는 겨울이면 무성하고 화려했던 나뭇잎을 거센 비바람에 송두리째 빼앗기고 헐벗은 몸으로 차가운 대지에 홀로 서 있어도 추호의 불평도 하지 않는다.

현실을 부정적인 시각으로만 보면서 민주를 앞세워 자기 주장을 내세우기에 급급한 군상들에게 이보다 더 큰 교훈이 어디 있겠느냐 싶어 나는 매일 운동장 모퉁이에 외로이 서 있는 고목을 경외(敬畏)하는 시선으로 바라보곤 한다.

어찌 이것 뿐이랴! 여름이면 시원한 그늘을 만들어 주고 따가운 햇볕을 가려주기도 하며 맑은 공기와 아름다운 경치를 보여 준다. 그리고 우거진 나뭇잎 사이에서 매미들이 마음껏 울어댈 수 있는 안락한 보금자리를 만들어 주기도 한다. 하지만 한 번이라도 자신의 공적을 내세운 일이 없으니 옛 성현의 말대로 '알아주지 아니해도 성내지 않으니 어찌 군자가 아니랴!(人不知而不慍 不亦君子乎)'는 말을 실천하고 있는 것 같아서 존경스럽기까지 하다.

오늘을 살아가는 사람들, 특히 자신의 자랑만 일삼고 마치 모든 것이 자기의 공적인 양 으스대는 일부의 정객을 비롯한 군상들에게는 더 없는 교훈이다.

또한 나무 그늘 밑에서 온갖 비밀스런 얘기를 나눠도 나무는 누구에게 말을 전하거나 과장할 줄을 모른다. 그저 침묵만 지킬 줄 아는 나무는 '침묵이 금이요 은이다'라는 성현들의 인고의 삶을 살아가는 것 같다.

어찌 이것뿐이랴! 짓궂은 개구쟁이가 가지를 휘어잡으면 잡히는 대로 휘어지고 바람이 세차게 불 때면 부는 대로 흔들어주는 순종의 미덕도 지니고 있다. 제 수명을 못다 하고 사람들에게 베어져 집이 되어 주는가 하면, 뗏목이 되어 짐을 나르기도 하며, 가구로, 종이로, 땔감으로 온갖 쓰임새로 요긴하게 쓰여진다.

그러나 나무는 조그마한 일을 침소봉대(針小棒大)하며 자신을 앞세우는 속세의 군상들과는 다르다. 시기와 질투가 난무하며 자기 중심적인 사고가 판을 치는 안타까운 현실을 볼 때마다 나무가 더욱 부럽고 존경스럽기만 하다. 내가 나무의 잠언(箴言)을 애써 배우고 싶어 하면서부터 말없는 나무의 가르침을 음미하는 습관이 생겼는지도 모른다. 그래서 나는 언제부턴가 나무를 사랑하고 좋아하게 된 것 같다. 문득 선승(禪僧)의 다음 시귀(詩句)가 떠오른다.

> 청산은 나를 보고 말없이 살라하고,
> 창공은 나를 보고 티 없이 살라 하네.
> 사랑도 벗어놓고 미움도 벗어놓고,
> 물같이 바람같이 살다가 가라하네.

(가락회보, 1999. 12. 1.)

삶이란 헤어지는 연습이다

삶이란 세상과 헤어지는 연습이다. '인명(人命)은 재천(在天)'이라는 말이 있듯이 사람의 목숨은 하늘에 달려 있다고들 한다. 이는 전지전능한 하늘이 사람의 목숨을 좌우한다는 말이다. 나이가 많다고 세상을 먼저 떠나는 것도 아니고 젊다고 오래 산다는 보장도 없다. 또한 아무리 오래 산다고 해도 겨우 백여 년의 삶일 뿐이다. 유구한 영겁에 비하면 인생 백 년은 수유(須臾)요 찰나(刹那)에 불과하다.

공자의 제자인 자하(子夏)도 '사생유명(死生有命)이요 부귀재천(富貴在天)이라'고 했다. 인간의 생사와 빈부귀천은 모두 천명(天命)이요 하늘에 달려 있다는 말이다.

언제 다가올지 모르는 죽음이란 것이 언젠가 우리를 세상과 절연(絶緣)시킬 것이다. 그러니 우리의 삶이란 이 세상에 났다가 헤어지기 위한 수순(手順)을 밟는 과정이요 연습에 다를 바 없다.

하루를 열심히 산다는 것, 자신의 맡은 바의 일에 열과 성을 다한다는 것은 가장 아름다운 헤어짐을 위한 몸부림인지도 모른다. 그러나 10년 아니 2, 30년 남은 여생이 마치 영원히 계속되어질 것처럼 착각하고 사는 사람도 적지 않다. 2, 30년 후 아니 지금 당장이라도 세상과 이별해야 할지도 모른다는 사실을 망각하고 과욕을 부리는 어리석은 사람들이 얼마나 많은가!

충신이 역적되고 역적이 충신이 되는 변화무쌍한 세대를 살아온 오늘날의 불행한 사람들에게는 시비의 가치관이 더 크게 흔들리고 있을 지도 모른다. 분수에 넘치는 자리에도 만족하지 못하고 끝없는 욕망에 빠져 인생을 망치는 사례를 지금도 보고 있지 않는가? 선망의 자리에서 중책을 맡아 그 직무에만 충실했다면 청사에 길이 남을 인물이 될 수도 있었을 텐데 말이다. 권세와 명예와 물욕을 모두 만족시키려는 과욕이 끝내 거국적인 망신으로 이어져 역사의 수레바퀴를 거꾸로 돌려놓았던 불행한 사람들이 얼마나 많은가!

어찌 그뿐이랴!

고귀한 자리에 있었던 사람이 지금은 한 평도 안 되는 공간 속에서 고독한 날을 보내고 있는 불행한 경우도 많이 있다. 그래서 과욕 때문에 쌓아온 모든 것을 잃어버린 안타까운 사연들을 접하기도 한다. 얼마나 어리석은 일인가! 그 불행은 '삶은 세상과 헤어지는 연습'이란 말을 망각한 사람들에게 내린 뜨거운 선물인지도 모른다.

'돈을 잃는 것은 조금 잃는 것이요, 명예를 잃는 것은 더 많이 잃는 것이요, 건강을 잃는 것은 모두를 잃는 것'이란 말이 있다. 돈보다는 명예를, 명예보다는 건강이 중요하다는 뜻이다. 그러나 이 사실을 망각한 사람이 너무도 많다. 기실은 이 모두가 세상과 헤어지는 연습에 지나지 않는데 말이다.

나도 한때 학문에 열과 성을 다하다가 건강에 적신호가 왔던 적이 있었다. 다행히 빨리 회복되었지만 그 일은 나의 인생에 귀중한 경험이 되어 피가 되고 살이 되었다. 그때 나는 '미처 우리가 느끼지 못하고 있었을 뿐, 산다는 것이 세상과 헤어지는 연습을 하고 있는 게 사실이구나' 싶었다.

나도 강보에 싸였던 때가 어제 같은데 벌써 불혹(不惑)의 세월을 지나 지천명(知天命)의 고개를 넘어 이제 이순(耳順)의 나이에 이르렀다.

이것도 세상과 이별하는 정도(正道)의 수순(手順)을 밟고 있는 것이 아니겠는가?

세상과 헤어지기 아쉬워 쓰라린 고통 속에서 몸부림치는 모습은 비단 임종 때만 있는 것이 아니다. 지금 땅을 밟고 푸른 하늘을 바라보며 맑은 공기를 마시는 우리 모두가 세상과 헤어지는 연습을 하고 있는 것일지니 임종을 눈앞에 둔 사람과 크게 다를 바 없다.

세상과 헤어질 때 아쉬워하지 않을 사람이 있겠는가? 그래도 우리의 삶이 영원히 지속되리라는 착각에서 벗어나 삶이 바로 세상과 헤어지는 연습임을 알고 있었다면 후회스런 일로 인생을 마감하지는 않을 것이다.

자기에게 주어진 일을 얼마나 열심히 했고, 얼마만큼 열심히 사랑하다가 세상과 헤어졌는가? 내일 당장 세상과 이별한다는 심정으로 오늘을 후회 없이 살아왔던가? 이 질문에 자신 있게 답할 수 있다면 그 사람은 이 세상에서 가장 행복하고 올곧게 살아온 사람이라 할 것이다.

몇 년 전만 해도 나에게는 노부모가 계셨다. 돌아가신 할아버지, 선고(先考)께서도 91세의 수(壽)를 누리시며 전통 한학에 전념, 많은 제자를 기르셨고, 두 분의 시중까지 드셨던 선비(先妣) 또한 93세의 수를 누리셨다. 더구나 선고(先考)께서 88세 때에 내무부에서 수여하는 장수상을 받으시며 기뻐하시던 그 날이 어제 같은데 벌써 10년이나 흘러갔다. 나는 양친께서 계실 때만 해도 우리의 삶이 세상과 헤어지는 연습이란 것을 실감한 적이 없었다. 선고(先考)께서는 병환에 계시면서 평소 소중하게 아끼셨던 책들을 전해 주시던 그 순간까지도 유자(儒者)로서의 흔들림 없는 삶의 철학을 나에게 일깨워 주셨다.

지금 생각해 보면 전형적인 선비로서의 기상과 학골선풍(鶴骨仙風)으로 자연의 수순에 따라 세상과 헤어지는 연습을 하셨구나 싶다. 특히 주역(周易)에 통달하셨기에 천문과 지리에 밝으셨던 선견지명(先見之明)이야말로 현대 과학의 추적도 불허하셨다. 어차피 이 세상에 왔으면 누구나 헤어져야 하는 숙명을 지니고 있다던 말씀이 아직도 뇌리에 잔잔한 감동을 일으키며 남아 있다.

'올라갔다가 내려오고, 내려갔다가 다시 올라가는 것이다. 그래서 인생을 사는 것이다'라고 했던 시인 한솔선생의 말이 머리에 와 닿는다.

진실을 외면한 채 과욕을 부리다가 자신이 살아온 삶을 망쳐버리지는 않았던가! 어차피 인생은 한 줌의 부토(腐土)로 돌아간다는 철리(哲理)를 깨달았다면 과욕으로 자신의 삶을 헛되이 망치지는 않을 것이다. 인생이란, 종착역을 향한 기약할 길 없는 행진이라 하지 않았던가!

(가락회보, 2000. 2. 1.)

인생 휴게실

이 세상엔 하고많은 군상들이 왔다 가곤 한다. 오늘도 그렇고 또 내일도 그러할 것이다. 그들의 무수한 영혼들은 어디서 왔다가 어디로 가는지도 모르고 끌려왔다 끌려가고 있는 것이다.

어쩌면 이것을 의식하지 못하는 인간일수록 행복한 사람일지도 모른다.

그러나 고독을 되씹으며 공상의 나래를 펴고 잇달아 일어나는 무수한 불안의 밤을 지켜 본 사람은 삼라만상이 잠들어 고요만이 깔려 있는 대지를 밟고 외로이 배회하면 흔히들 느껴 볼 수 있는 상념 — 영혼이란, 어디서 왔다가 어디로 가는 건가? 내 육신은 이 고독한 시간을 지키다 어디로 갈 것인가? 피안이란 어떤 곳일까? — 에 젖어들곤 한다.

인생은 마라톤과 같다. 꾸준히 달리면 승리자가 된다고들 한다.

그러면 승리한 자는 어디에 이른단 말인가?

삶과 죽음의 교차점, 이에 대해 동서양에 많은 일화가 산재해 있다.

일본 제일고등학교에 다니던 어느 천재 소년의 에피소드 한 토막을 보자.

그는 인간이 살다가 어디로 가는지를 알고 싶었다. 급기야는 학교 공부마저 팽개치고 이 어려운 인생문제를 두고 고심하던 끝에 모대학 교수의 연구실을 찾았다. 이 심오한 질문을 받은 교수는 한참만의 침묵 끝에 '그건 죽어보면 안다'고 했다.

실천적이고도 철리(哲理)에 가까운 야릇한 해답에 매력을 느낀 소년은 돌아와 스스로 죽음을 택했다. 그러나 소년은 다만 가슴에 축적되었던 의문을 풀기 위해 최선을 다한 것뿐이다.

100도가 넘는 뜨거운 물이 솟아나는 온천탕에 몸을 던지면 다시는 살아나지 못한다는 계산을 빠뜨렸던 것이다. 죽음도 잊고 그 다음에 오는 것만을 탐구하려는 망아의 경지, 이는 어쩌면 바보요 천재만이 지닐 수 있는 것인지도 모른다.

우리는 인생을 흔히 연극에 비유하기도 한다.

그러나 우리 인생이란 연극은 연습이 없는 연극이다. 이 연극이 끝나기 전에 일생을 정리해야 한다. 훌륭한 연극이 되었든 그렇지 않든 끝내지 않으면 안 된다.

이 연극이 끝나면 모두들 어디로 향하여 가는 걸까? 영혼이란 주인공이 무한에서 나서 세상이란 조그마한 휴게실에 잠깐 쉬었다가 다시 무한의 대열에 서게 된다고 상정하여 보라.

그렇다면 삶이란 잠깐 쉬었다 가는 미세한 존재, 무한이란 영겁에 비하면 여기서 머무른 고희도 한평생도 찰나에 불과함을 알 것이다.

그러면 이 세상은 쉬었다 가는 휴게실, 공수래공수거(空手來空手去)니 결국 삶은 공(空)이다.

그렇다고 슬퍼하거나 서러워할 필요는 없다.

운명의 여신이 우리를 다시 무한의 대열로 데리러 올 때까지 머물러 있어야 한다. 불꽃 속에 던져진 종잇장이 연소되듯 열과 성을 다해 세상을 살아야 한다.

분수와 자연의 질서에 따라 평온하고 따스해야 할 인생 휴게실에

시기와 질투 중상 모략 전쟁이 난무함은 어찌된 까닭인가.

무한에서 무한으로 흘러가는 대열에선 영혼이 쉬어 갈 수 있는 조용한 지상의 낙원, 인생 휴게실의 무드가 어서 왔으면 싶다.

(사랑도 수필처럼, 한국대학교수 수필가 모임, 문학예술사 간행, 1983. 10. 20.)

전래의 습속이지만

우리 민족은 나름대로의 독특한 습속이 있다.

갓난아기가 태어나면 삼칠일이 지날 때까지 금줄을 친다거나 조상 신에게 비는 습속에서부터 죽어서 땅에 묻히는 장례의식에 이르기까지 우리는 우리 나름대로의 고유의 특성을 지니고 있다. 흰 옷을 좋아해서 백의민족이란 말이 생겼는가 하면, 유교의 인습 때문에 남녀칠세부동석(男女七歲不同席)이란 말도 생겼다.

이처럼 오랜 옛날부터 조상 대대로 내려오는 고유의 습속도 시대에 따라 변모, 소실, 발전된다.

우리와 가까운 일본은 사람이 죽으면 화장을 해서 유골을 납골당에 모아 두는 의식을 치르고, 이웃 대만은 양지바른 산기슭에다 화려한 장의를 치른다. 그래서 대만에는 결혼예식장은 볼 수 없지만 장례식장은 우리나라의 예식장만큼이나 흔하게 볼 수 있다.

일본은 땅이 좁아 무덤을 만들 곳이 없어 그런지도 모르고, 대만은 넓은 땅의 소유자인 중국민족이니 산 중턱을 뚫어 번거로운 장례식을 치르는 화려한 의식이 생겼는지도 모른다.

수년 전 타이페이에서 며칠을 머문 적이 있다.

그 때 청년활동중심(靑年活動中心)이란 한국의 유스호스텔과 비슷한 곳에서 며칠을 묵게 되었다. 그 곳은 외국인 여행자도 있었지만 여러

나라에서 온 유학생의 숙소로도 제공되는 호텔이었다. 나는 그 곳 카운터에게 들은 얘기를 아직도 잊지 않고 있다.

그 호텔은 밤 12시가 되면 문을 닫는다고 한다.

그런데 이를 어기고 자정이 넘어 들어오는 유학생은 거의 한국인 유학생이라는 것이다. 그들은 대개 술에 곤드레 만드레가 된 상태라는 사족까지 붙여가며 설명할 때는 내 얼굴이 더욱 붉어졌다. 쥐구멍이라도 있으면 들어가고 싶었다.

내가 중국에 있는 동안 길거리에서 술주정을 부린다거나 술집에서 고성방가를 일삼는 것을 본 적이 없다. 나도 그네들과 몇 차례 술자리를 같이 해 봤다. 하나같이 자기 앞에 놓인 술잔을 들고 상대방에게 '깐뻬이'라고 하면서 잔을 들었다 놓으면 이것으로 상대방에 대한 예의는 다 하는 것으로 통한다. 그러니 그네들에게는 과음은 물론 고성방가의 실수는 더욱 있을 수 없는지도 모른다.

우리의 주법을 보자. 마신 술잔을 상대방에게 돌리게 되니, 억지 술이라도 마셔야 한다. 그렇게 한 잔 또 한 잔 상대방을 위해 잔을 돌리다가 보면 과음이 불가피하고 이로 인해 빚은 실수는 이국 만리, 이 호텔의 카운터에까지 번거로움을 끼친 것이다.

전통적인 것이라고 무조건 좋아할 것은 아닐 성 싶다.

흰 옷을 즐겨 입던 백의민족이었지만 하얀 한복에서 양복으로 바뀌어 가고 있다. '남녀칠세부동석'의 습속은 이미 사라진 지 오래다. 갓난아기가 태어났다고 금줄을 친다거나 조상신에게 비는 습속도 거의 사라져 가고 있지만, 우리네 아기들은 더욱 튼튼하게 자라나고 있지 않는가?

조그마한 땅덩어리에 호화스런 무덤의 치장은 물론, 술잔을 돌리는 풍류 주당들의 주법도 이제 개화의 눈길로 돌릴 때가 되지 않았는가 싶다.

잔을 돌려가며 마셔야만 술맛이 제대로 난다고 억지로 우겨대는 주당이 있다면, 선진 조국 창조로 줄달음치고 있는 우리 국민의 인내심으로 개선의 의지를 함께 보여 달라 당부하고 싶다.
(사랑도 수필처럼, 한국대학교수 수필가 모임, 문학예술사 간행, 1983. 10. 20.)

삶의 목거지에서

몇 년 전의 일이다.

아직 크게 아파서 허덕여보지 않았던 나에게는 너무나도 큰 시련이었다. 거의 1년 가까이 자리에 누워 있는 환자 신세가 된 것이다. 그때까지 건강에 대해 걱정해 본 일이 없었기에 처음에는 더욱 당황할 수밖에 없었다.

병원에 드나드는 신세, 그것이 믿어지지 않았다. 그래서 이 병원 저 병원을 혹시 하는 희망을 걸고 찾아다녔다. 설마하니 내가 그럴 수가 있겠느냐 싶었다. 그러나 어느 병원이나 무리한 데서 온 것이라며 안정이 제일이라는 꼭 같은 진단을 내렸다. 현대 의학의 정확성을 실감하면서도 반신반의했다.

한편으로는 쓰고 있던 원고도 마무리지어야 하고, 논문을 모아 책으로도 몇 권 더 엮어야 하는 아쉬움과 미련 때문에 아직 이승을 떠날 수 없다는 생각이 나를 초조하게 만들었다. 나는 털고 일어나면 얼마 남지 않은 내 인생을 잘 마무리할 수 있도록 불후의 명작을 남겨야지 싶었다.

안정 이외에 병의 뚜렷한 해결책이 없이 힘든 병상 생활을 했다. 그 힘들었던 병마를 물리칠 길을 열어 준 사람은 문안하러 온 개업의 친구였다. 그는 나에게 디스토마 검사를 해 보라고 권유했다. 그러자 온갖 약을 써도 효력이 없던 나에게 기적이 일어났다. 디스토마약 한 알로 건강을 되찾은 것이다. 나에겐 이보다 더 기쁜 일이 없었다.

처방을 몰라 헤매다가 지쳐 누워서 초조하게 사경을 헤매었던 참담했던 그 시간을 생각하면 지금 이 시간은 잠시도 헛되이 버릴 수 없는 귀중한 것이라는 생각이 든다. 그래서인지 아직 옛날처럼 오랫동안 원고를 쓸 수 있을 정도는 아니지만 재작년에 가버린 셈치고 때로는 원고뭉치와 씨름을 할 때면 마음이 홀가분해 진다. 그래서 작년엔『한국구비전승의 문학』과 공저인『한국고소설연구』를 펴냈다. 논문도 3편을 썼다. 죽음과 삶의 갈림길에서 헤맸던 그 날을 생각하면 어쩌면 지금 이 시간은 덤으로 살고 있는 인생이라는 고마운 생각까지 든다.

죽음과 삶의 갈림길이란 절박한 시간을 헤매어 보지 못한 사람이면 지금의 내 심정을 헤아리지 못할 것이다. 핸들을 쥐고 처자들과 가 보고 싶은 곳이면 어디든지 갈 수 있게 된 것이 꿈만 같다.

'인생 정년이 아직도 20여 년이 남았는데' 하는 생각을 하면 조금도 초조하다거나 바쁠 것이 없는 처지이다.

그러나 누구에게나 언제 어디서 찾아올지도 모르는 인생 정년이란 불청객을 생각하면 오늘이란 하루가 얼마나 중요한지 모른다. 이것은 건강한 사람이나 노약자나 어린이나 노인에게나 누구에게도 마찬가지일 것이다.

오늘이란 하루, 흙을 밟고 푸른 하늘을 바라보며 맑은 공기를 마음껏 마실 수 있다는 것만도 우리에게 주어진 천혜의 음덕이 아니고 무엇이겠는가!

(가락회보, 1984. 4. 1.)

인생은 착각의 연속

무수한 사람들이 내일의 희망과 기대 속에 쫓기면서 살아 왔고 또 살아가고 있다.

어디로 가는지 알 수도 없을 만큼 빠른 시공 속에 분주하게 하루에서 또 하루로 이어가는 것이 인생행로라 할까?

그러나 그들은 무엇을 향해 제각기 바쁘게 달려왔고 또 달리는지 자신의 위치마저 상실한 채 때로는 극과 극을 달리며 허우적거리는 어리석음을 자행하기도 한다.

모두들 내일 속에 전개될 가능이란 희망 속에 자신의 좌표를 망각이란 안식처에 침몰시킬 수 있다. 그러니 일생을 정리하는 것은 다행스런 일인지도 모른다. 이것은 만물의 영장인 인간에게만 주어진 특유의 행복, 혹은 무형의 시공 속에서 인간이란 불완전한 존재가 낳은 착각의 덕택으로 향수할 수 있는 안식이 아닐까? 이렇게 생각한다면 지나친 억측일까?

사람은 누구나 보다 나은 차원에의 희망과 기대, 그 속에서 살며 몸부림을 치다가 미완성의 상태로 끝나버리는 게 아닌가 싶다. 꿈 많은 젊은이들에게는 더 말할 필요도 없지만 북망산이 내일로 다가오는 늙은이들까지도 나름대로의 희망과 기대 속에서 산다. 그들은 자신보다는 다음 세대에 대한 기대나 하루라도 아니 한 시각이라도 더

연명되었으면 하는 바람을 갖지만, 이들이 저승이란 미지의 세계가 혹은 죽음에서 오는 피안의 세계가 옆에서 도사리고 있음을 망각할 수 있는 것은 착각이란 마술의 덕택이리라.

강보에 싸인 아기가 의식이 생기고 오장육부가 제 구실을 하게 되면, 물욕·식욕·색욕·명예욕·수면욕이 생기게 된다. 이들은 곧 일종의 호기심의 소산인 희망과 바람에서 오는 욕망이다. 인간의 육체는 이 오욕(五慾) 때문에 무수한 괴로움을 겪게 된다. 때로는 이 오욕이란 것이 육신을 불살라 파탄의 경지에 몰아넣기도 한다. 이러한 파탄은 이것만이 최선의 길이라는 그들의 순간적인 판단이 그렇게 만들었는지도 모른다.

그렇다. 오늘 못한 일은 내일이면 할 수 있으리란 희망, 내일은 완성될 수 있으리라는 그 무모한 기대, 이와 같은 희망과 기대가 없다면 인간에게는 생의 의욕은커녕 내일로 향해 달리는 오늘도 존재하지 못했을 것이다.

사람에게는 누구나 다 많은 이상과 소망이 있다. 어서 커서 대학생이 되고 싶고, 명예로운 자리에 앉고 싶어한다. 꿈 속을 누비며 그려 본 인생설계 그래서 20에 가까운 성상을 줄곧 학교를 다녔고 인생을 배워 왔다.

그런데 잠자지 않고 놀지도 않으며 자신의 영육(靈肉)을 학대하여 참담하기까지 했던, 그 아픔의 결실로 자신이 목표했던 곳에 이르렀다고 하자. 그러나 희망과 기대에 차서 달리던 그때가 차라리 좋았다는 상실감과 허탈이 더 큰 비중으로 느껴질지도 모른다.

예컨대 지극히 사랑하는 사람이 있었다 하자. 이 세상이 다 하도록 사랑하고자 한 사람 말이다. 그래서 두 사람의 뜻대로 결합이 이루어졌다 하자. 그러나 오래지 않아서 아름다움만이 있을 줄 알았던 사랑의 마력은 그 빛을 잃기 시작할 것이다. 마치 온 세상이 내 것으로 될 것만 같았던 희망과 기대, 목숨과도 바꿀 수 없을 만큼 사랑했던 그들의 절박한 감정들이 변질되어 가는 것이 피부로 느껴질 때, 결실 직전의 미완성의 경지가 어쩌면 이들 두 사람에게는 보다 귀중한 시간이었고 아름다움이었음을 느낄 수 있다.

인간이 불완전한 존재였기에 이와 같은 엄청난 착각을 저질렀다고 한다면 지나친 억측일까? 완성 직전의 미완성의 시간들이 얼마나 귀중했던가를 새삼 느끼게 될 때는 이미 착각이란 소용돌이 속에서 자기를 잃어버린 뒤일 것이다.

결혼을 사랑의 무덤이라고도 한다.

'결혼해 보라. 후회할 것이다. 결혼하지 말라. 그러면 더욱 후회할 것이다.' 라는 말이 있다. 정상에 오르기 전의 미완성의 운치, 비록 정상에서의 허탈과 실의가 엄습해 온다 해도 미완성의 멋을 만끽하기 위해서도 한 번쯤은 열과 성을 다해 인생을 살아 볼만도 하다.

미완성의 운치, 완성을 바라보는 희망과 기대란 고귀한 선물을 갖기 위해서라도 말이다. 완성 직전의 미완성의 행복은 바로 여기에 있다. 그리고 보면 오늘의 삶은 내일에 이루어질 풍성한 희망과 기대라는 착각의 연속 때문에 존재하는지도 모른다.

오랜 세월을 지나오는 동안 수많은 사람들은 미완성과 완성의 착각 속에서 똑같이 인생을 되풀이하며 살아왔다. 이들은 모두가 완성에서 오는 허탈과 허무의 세계가 자신의 육신을 괴롭힌다는 사실을 망각의 경지에로 내버린 채 의식하지 못했다. 그러나 완성에서 오는 좌절감에서 다시 미완성이란 세계를 발견할 줄 아는 지혜를 가진 것이 인간이기에 권태를 느낄 줄 모르는 것이다.

사람은 미완성에서의 행복이란 역설적인 매력을 통해 완성에서 오는 허탈감을 잊을 수 있는 묘한 슬기를 가진 특이한 동물인 것 같다. 그리고 보면 인생은 착각의 연속이라는 말로 요약될 수 있다.

사람은 누구라도 아름다워지기를 바라고, 보다 편하게 살기를 원한다. 또 내일 죽을 것을 1년 후 혹은 10년 후에 죽는다고 한다면 매우 다행한 일처럼 생각할 것이다. 그러나 그것은 내일 죽으나 1년 혹은 10년 후에 죽으나 '죽는다'는 귀착점은 같다는 사실을 착각한 데서 오는 안도요, 다행일 뿐이다. 이는 유구한 영겁에 비하면 찰나에 불과한 시간의 차이일 뿐이니, 이 얼마나 엄청난 착각의 소산인가!

그러나 이러한 착각이란 것이 우리에게 존재하지 않았다면, 인간은 희망도 꿈도 없는 삭막한 시간 속에 불안한 존재로 떨고만 있을 것이다.

오늘의 희망과 기대가 착각이란 것을 느끼지 못할 만큼 바쁜 삶에 쫓기며 속아 사는 군상, 착각이란 상황을 의식하지 못하는 현명한 사람들, 미완성의 행복을 낳게 하는 착각의 고마움, 이들의 상관 관계가 오늘의 역사를 창조한다는 것을 생각하니 인간이란 존재의 나약성이 더욱 새로워지는 것은 어쩔 수 없는 철리(哲理)인가 싶다.

(인생은 수필처럼, 한국대학교수 수필가 모임, 문학예술사 간행, 1982. 6. 5.)

석종의 교훈

모량리 사람 손순(孫順)이 아버지가 돌아가심에 그의 처와 함께 남의 집에 품을 팔면서 노모를 봉양했다. 순에게 어린 아이가 있어 노모의 음식을 빼앗아 먹으므로 순이 민망히 여겨 그 처에게 이르기를
"아이는 다시 얻을 수 있으나 어머니는 다시 얻기 어렵다. 아이가 어머니의 음식을 빼앗아 먹으니 차라리 이 애를 묻어 버리고 어머니의 배를 부르게 하는 것이 좋겠다."
라고 하였다.

부부가 아이를 업고 취산 북쪽 기슭에 가서 땅을 파고 묻으려다 석종을 얻었다.

그의 아내가
"이 종을 얻음은 이 아이의 복 같으니 묻지 맙시다."
라고 했다.

순이 그렇게 생각하고 아이를 업고 종을 가지고 집으로 돌아왔다.

그 종을 들보에 달고 두드리니 신기하리만큼 은은한 종소리가 대궐에까지 들렸다. 그래서 흥덕왕이 이 일을 알고 순에게 집 한 채를 주고 매년 벼 오십 석을 주었다.

이는 13세기의 석학 일연(一然)이 쓴 삼국유사 5권에 전하는 이야기이다.

여기서 손순의 부부가 어머니의 봉양을 위해 자기 자식을 묻으려는 사실을 옹호하기 위해 이 이야기를 언급한 것은 아니다. 다만 노부모를 모시면서 자식을 둔 오늘날의 젊은이들이 오직 자식 쪽에만 지나치게 정성을 쏟는 경우가 많은 것 같기 때문이다. 그래서 손순의 이야기를 다시 음미해 보자는 것이다.

얼마 전의 일이다.

어느 공원에 칠순 노인을 버린 비정의 며느리를 찾는 기사를 보았다. 거동이 불편한 시아버지를 공원에 두고 몰래 달아났다고 한다. 공원 관리인이 어디 사는 누구냐고 다그쳤으나 기억이 희미한 그 노인은 그저 '며느리와 같이 왔다.'는 사실 이외에는 전혀 기억하지 못했다.

20세기 문화 문명의 덕에 급속도로 핵가족화되어 가는 과도기의 현상이라고 자위하려 해도 이해할 수 없는 일이다. 금수보다 못한 행동이 아니고 무엇이랴!

다시 손순의 이야기로 돌아가 보자.

자기 자식까지 희생시켜 가면서 노모를 봉양하려 했던 살신성효(殺身成孝), 이것은 곧 우리 고유의 전통적인 효의 한 단면이다.

그러던 우리 조상들의 미풍양속은 어디로 가버렸단 말인가. 자식이 어버이를 길거리로 몰아내는 습속은 진정 우리네의 전통적인 풍속에는 없었을 게다.

자기가 낳은 자식을 위해 투자하는 데는 열과 성을 다할 줄 알면서 자신을 낳아준 부모에 대해서는 인색하기 짝이 없다.

2세에 대한 과잉보호, 과잉기대는 자기가 이루지 못했던 일들을 그들에게 바라는 소망일지도 모르고 그 뒤에 도사리고 있는 자기 충족, 아니 자기 과시욕 때문일지도 모른다. 이렇듯 자식에게만 몰두하다 보니 자신을 낳아준 부모에게는 인색해지는 과오를 저지르게 되는 것이 인지상정(人之常情)인지도 모른다.

공원에 버려진 그 노인도 어제까지는 그대가 지금 자식에게 혼신을 다해 베풀듯 그대들에게 아낌없이 투자했던 옛 장본인이 아니겠는가?

그대도 늙어지면 버려진 노인같이 대우를 받을지도 모른다. 오늘날의 아이들도 자기의 부모들이 그의 노부모에게 하던 그대로를 배울 테니 말이다.

그래서 옛부터 어버이는 바로 자식의 거울이라 하지 않았던가.

(대구매일신문사, 매일생활정보, 1986. 1. 5.)

「돌밭 정거장」의 항변(抗辯)

요즘 한창 국어순화운동이 지대한 관심사가 되고 있다.

이제 우리의 것을 찾고 우리말을 되찾으려는 노력의 몸부림으로 느껴진다. 만시지탄(晩時之歎)인 감이 없지 않지만 그런 대로 매우 다행스런 일이 아닐 수 없다.

우리 민족이 오랜 세월을 동양 문화권 속에서 살아오는 동안 한문화에 동화되어 큰 영향을 받아온 것은 부인하지 못할 사실이다. 그래서 우리말의 75퍼센트 정도가 한자어로 되어 있다.

게다가 최근에는 서구의 근대 문화·문명이 거센 힘을 갖고 등장하기 시작하자 새로운 서구 외래어가 우리 입에 자주 오르내리게 되었다. 한문문구를 알아야 유식층인 체라도 할 수 있었던 세대 대신에 서구 외래어를 섞어 얘기할 수 있어야 유식층일 수 있다는 새로운 사대와 허영의 시대로 접어들고 있다.

그리하여 우리는 지금 우리 고유의 문화와 문명을 찾아 발전시키겠다는 생각은커녕 외국의 것이라면 맹목적으로 좋아하여 훌륭한 것으로만 착각하고 있다. 한 때는 한문화의 뒤를 따르기에 바빴던 우리 민족이 최근에는 서구 문화·문명의 흉내내기에만 다급하니 말이다.

이것은 선진 외국 문화·문명을 받아들이기를 꺼렸던 대원군식의 쇄국정책이나 우리 것만이 좋고 남의 나라의 것은 무조건 배척하자는 국수주의적 사고방식을 두둔하려는 것은 아니다.

우리 고유의 전통을 살리면서 그 위에 선진국의 문화·문명의 도입이 있어야 한다는 것이 필자의 지론이다.

최근 당국에서도 이를 중시하고 문화재 보존 내지 발굴 작업과 동시에 국어 순화 작업의 중요성을 인식하고 이에 대한 적극성을 보이고 있다. 이는 민족의 주체성을 찾아 민족 중흥의 역사적 사업을 완수하려는 데 크게 도움이 될 것이니 이를 환영해 마지않는 바이다.

소를 두고 내기한 데서 나왔다는 '소나기'나, 행주싸움에서 사용했던 치마란 뜻에서 '행주치마'의 어원을 찾으려는 작업도 중요하지만, 찾으려는 데서 끝나버리면 그 때까지의 노고는 무의미해진다. 우리가 쓰고 있는 일상 생활어 가운데 그 어원을 찾아보면 옛말로 되돌려 써야 할 말들이 한 두 가지는 아닐 것 같다.

가장 가까운 실례로 칠곡의 '왜관'이란 지명을 들 수 있겠다.

'왜관'은 칠곡에만 존재했던 것은 아니다. '왜관'은 문자 그대로 왜(倭)의 관(客舍, 官部)이란 뜻이다. 왜의 관이 있었던 곳은 몇 군데가 되지만 지금의 왜관역에는 왜의 관이 없었다. 거기서 서북쪽의 낙동강변으로 올라가면 오늘날의 '관호동' 혹은 '구왜관'이라 불리어지는 곳에 위치했었다. 왜인들이 약품과 기타 일상 생활에 필요한 물건을 일본에서 낙동강의 수로를 통해 이 곳까지 싣고 와서는 왜의 관에 갈무리해 두었다가 우리 나라에서 나는 쌀·보리 등의 곡식류와 바꾸었던 일종의 국제 무역장과도 같은 곳이었다.

1905년 경부선이 놓여지자 철로로 화물 수송이 빈번해지면서 지금의 왜관역인 석전동이 기차 정거장으로 크게 번성했다. 그래서 당시 사람들은 이 곳을 '돌밭 정거장'이라고 불렀다. 그 후에 왜인들은 과거에 왜의 관이 가까운 낙동강변에 있었던 것을 연유로 하여 '왜관역'이라 명명하였다. 오랫동안 '돌밭정거장'이란 말과 '왜관역'이란 명칭이 병용되어 왔다. 그러다가 1910년 한·일 합방으로 우리말인 '돌밭 정거장'이란 말은 일제치하의 억압으로 이제 이 지방 고노들의 뇌리에만 희미하게 남겨져 있을 뿐 사지명(死地名)이 되어버린 것이다.

그러고 보면 '왜관역'이란 말은 우리 민족의 어려웠던 역사의 한 단면을 말해주는 것 같아서 당시의 사람들이 애써 불러오던 '돌밭 정거장'이란 말을 되찾아 썼으면 한다.

이러한 예는 비단 '왜관'에만 한정된 것은 아니다. 이 외에도 더 많은 예를 찾을 수 있을 것이다.

그렇다면 기왕에 국어 순화작업이 한창 전개되고 있으니, 역사적인 치욕의 잔상과 관련되어 있는 지명도 함께 재고되어야 한다. 이러한 주장을 지나친 아집이라고 웃어넘길 수만은 없을 것 같다.

(인생은 수필처럼, 한국대학교수 수필가 모임, 문학예술사 간행, 1982. 6. 5.)

인생은 마라톤

작년의 일인가 보다.

일본을 잠깐 다녀온 일이 있다. 바쁜 시간을 내어 나라(奈良)에 가서 호오류사(法隆寺)를 찾은 일이 있다. 지금부터 1천3백여 년 전에 우리 조상이 그린 벽화를 구경하고 싶어서였다.

호오류사는 듣던 대로 제법 큰 규모의 사찰이었다. 기둥 하나하나가 그 나라의 경제 사정과 비례하는 듯 섬세하진 못하지만 굵직한 나무들로 창건된 목조 건물이 우리의 사찰과는 그 규모가 사뭇 달랐다.

몇 칸의 전시장을 지나왔다. 어느 한쪽 벽에 담징이 이국 만리 땅에서 그린 벽화가 걸려 있었다. 물론 금당벽화 원본 그대로의 모습은 아니었다.

그것은 1948년에 있었던 화재로 소실되어 지금은 그 사본만이 남아 있을 뿐이다. 그 자리에 선 채로 걸음을 멈추고 한참동안 눈여겨 봤다. 담징은 고구려의 스님이요, 화가로, 오경(五經)과 채화(彩畫)에 능숙했다고 한다. 동료 스님 법정과 같이 여기까지 와서 이처럼 훌륭한 예술품을 남겼다니 생각만 해도 장하기 그지없다.

벽화를 뚫어지도록 보고 있는데 마침 가이드가 왔다. 너무 눈여겨보는 나의 태도가 이상히 느껴져서인지 내 앞에서 발걸음을 멈추더니 나를 유심히 보는 게 아닌가. 잘 되었다 싶었다.

우리 조상들의 뛰어난 예술 솜씨를 자랑할 수 있는 공전절후(空前絶後)의 기회라 생각되어 상냥하게 생긴 가이드 아가씨에게 말을 건넸다.

"저기에 걸려 있는 벽화는 어느 나라의 누가 그렸는지 아느냐?"
라고 일부러 물어 보았다.

그러나 아가씨의 대답은 한국(Korea)을 일컬어 주기를 기대하고 물었던 나에게는 너무나도 엄청난 실망을 안겨주었다.

"금당벽화의 원본은 이미 불타버리고 지금은 그 사본만이 남았을 뿐이다."
라면서 동문서답을 했다. 어느 나라는 고사하고 누가 그렸는지에는 관심조차 없다는 대답이었다.

금당벽화는 중국의 운강석불, 경주의 석굴암과 함께 동양 3대 미술품의 하나로 알려져 있다. 그래서, 고구려는 모른다손 치더라도 한국 사람인 담징이 그렸다는 말이 나올 줄 알았던 나에게는 어처구니없는 대답이었다.

순간적으로 실망이 분노로 변했다. 금당벽화로써 이름 있는 화가 담징을 모르다니!

윽박지르고 싶은 마음을 가까스로 누르고, 냉정을 되찾아 조용한 음성으로,

"나는 한국에서 온 사람이다. 이 벽화는 한국 고대 삼국 중 하나인 고구려의 스님이요 화가인 담징이란 이가 7세기(AD 610)경에 일본에 건너와서 그린 것이다."
라고 설명해 줬다.

"또한 그는 이 그림만 그린 것이 아니라 오경과 채화 · 공예 · 종이 · 칠 · 맷돌을 만드는 방법을 이 곳 일본인에게 가르쳤다."

고 설명했다.

그녀는 믿어지지 않는 눈치였다. 하는 수 없이 내 명함 1장을 건네 주며 앞으로 오는 관광객들에게 이 벽화를 올바르게 설명해 주기를 당부했다. 그제서야 이해하겠다는 긍정적인 반응을 보였다.

마침 그 벽화 옆에 백제불상이라 쓰인 설명서가 붙은 것이 진열되어 있었다. 그래서 여기에서 '백제란 뭐냐'고 물었다 그랬더니, 불상 이름일 뿐 그 외는 모른다고 했다.

참으로 답답한 가이드구나 싶었다. 어쩌면 정책적인 계교에서 가르치지 않았을지도 모른다. 고구려와 비슷한 시대, 한국의 고대 국가 이름이 백제라고 설명하니, 이제야 알겠다는 고마운 표정을 짓는다.

우리의 고대 문화 문명이 그들보다 얼마나 우수하였던가를 한 마디로 읽을 수 있었다.

나라[奈良]에는 이번이 첫 걸음이다.

그 날 가이드에게 금당벽화의 주인공 설명에 열변을 토하느라고 법륭사의 다른 관광을 거의 놓쳤다. 그러나 나는 나름대로의 큰 보람을 느꼈다. 금당 벽화를 그린 주인공이 우리 조상임을 자랑스럽게 인식시켰으니 말이다. 오히려 보람있었던 하루같이 느껴져 지금도 그 일이 기억난다. 또한 그 날의 일을 매우 자랑스럽게 생각한다.

지금 그 가이드가 나한테 배운 대로 '그 벽화는 코리아의 화가 담징이 그렸다'는 말을 잊지 않고 국내외의 관광객들에게 설명하고 있을 것을 생각하니, 내가 나라에 갔던 것이 매우 다행스럽고 대견스럽게 생각된다.

우리들에게 한자를 전해 배웠던 그네들, 그런데 오늘날의 도쿄와 오사카 등에서 보았던 그들의 물질 문명의 피날레, 경제 대국으로서의 면모를 충분히 갖춘 그네들의 문화·문명을 우리가 수입하기도 바쁘게 되었다. 그래서 인생을 마라톤에 비유한 말이 더욱 실감나게 느껴진다.

지금은 비록 우리를 앞지르긴 했지만 우리 민족의 예지를 모아 계속 정진, 앞으로 달리기만 한다면 옛날처럼 우리 문화·문명이 일본을 다시 앞설 수 있으리라는 희망, 이것은 틀림없이 실현될 것이다.

인생은 마라톤과 같으니까 말이다.

(인생은 수필처럼, 한국대학교수 수필가 모임, 문학예술사 간행, 1982. 6. 5.)

먼 내일을 직시하며 사는 예지(叡智)

하루를 살아가기에 여념이 없는 현대 젊은이들은 불쌍할 만큼 시간에 쫓기며 살아가고 있다. 그래서 먼 내일을 직시하며 살아가는 예지를 생각할 겨를마저도 갖기 어렵다.

토요일 오후가 되면 그래도 가족끼리의 쇼핑이나 야외나들이가 제법이다. 이는 좋은 현상의 하나일 게다. 자기 자식을, 남편을, 아내를 사랑하지 않는 사람은 이보다 더 불행해질 수 없을 것이기에 더욱 그렇다.

그런데 핵가족화 되는 추세 때문인지 대부분의 젊은이들은 그 바쁜 시간에도 그들의 처자에 대한 사랑은 과거 어느 때보다 더하다. 금전만능에다가 배금주의가 팽배해져 가는 각박한 시대상이지만 자식을 위해 쓰는 돈을 아까워하는 사람을 아직 본 적이 없다. 이처럼 애지중지 자식을 길러보는 것이 낙인지도 모른다.

그들의 희망, 꿈, 기대, 자신이 못 이룬 일들, 이 모든 것을 그들 2세에게 걸어보는 것은 그만큼 나약한 때문일까?

어느 저녁, TV 안방극장에서 본 이야기의 한 토막이다.

허구이지만 가벼이 웃고 넘겨 버릴 내용이 아니었던 탓에 오래도록 내 기억 속에 남아 있는 이야기이다. 핵가족화에 따른 문제를 어느 한 평범한 가정에서 일어나는 사건들로 제시한 단막극이었다.

어린 자식을 위해 물심양면으로 투자를 망설이지 않은 젊은 부부의 생활상과 그들 부부의 노부모가 시골서 농사를 지으며 고생하는 모습이 대조적으로 그려졌다.

가족들이 너무도 소원히 지내자 노부모가 자식들을 한자리에 불러 모으려는 수단으로 '늙은 어미가 위독하다'는 거짓말을 하여 3남 2녀의 아들 딸 사위들을 불러 모았다. 두 아들은 부모의 헌신적인 도움으로 큰 도시에서 고관대작이 되어 호의호식하며 자기가 낳은 자식들 뒷바라지에만 골몰할 뿐, 자기를 낳고 길러준 부모에 대한 관심은 잊은 지 이미 오래였다.

그래서 늙은 부모는 고향 사람들에게 선망의 대상이 되기는커녕, 그들의 눈총과 외면에 견디다 못해 정든 고향을 떠나 먼 산골로 이사 준비를 하는 것이 아닌가?

극중에서 결혼을 앞둔 막내아들은 그의 약혼녀에게

'우린 자식을 두지 말자. 혹시 실수해서 애를 낳거든 아예 고아원에 주자'고 한다. 그의 말은 두 형에 대한 비난이요, 소외된 늙은 부모의 슬픔을 대변하는 말이었다.

모든 걸 다 팔아 출세시켜 준 노부모는 바로 그 자식에게 버림을 받고, 세상 사람들의 이목이 두려워 고향에도 못 살고 대대로 뼈를 묻고 살아온 정든 고향을 등지지 않으면 안 되었던 안타까운 심정을 그린 단막극. 그저 극으로 보아 넘기기엔 너무나도 절박한 오늘날의 현실이 아니겠는가!

모든 기대, 희망, 꿈을 걸고 뒷바라지 해 온 늙은 부모는 관심 밖으로 생각하고, 기껏해야 명절 때나 찾아 뵙는 젊은이들, 자신도 모르고 지나치기 쉬운 무관심, 이는 곧 바쁘게 돌아가는 각박한 세태가 낳은 비극 아닌 비극이 아니고 무엇이랴!

자기를 낳아 주고 오늘의 자신을 일으켜 준 부모의 은혜를 아는 사

람이 과연 얼마나 될까? '사랑은 내리 사랑'이라지만, 자기 자식 사
랑하듯 부모에게 대한다면 어찌 이런 단막극이 나올 수 있겠는가!

　젊은 세대들이여!

　그대들도 늙은 부모가 될 날이 그리 멀지 않다는 것을 잊지 말아야
한다. 그대들이 애지중지 길렀던 그 자식에게 그대들이 가르친 그대
로 버림받을 날이 멀지 않을 것이다. 그렇지 않으려면 그대들이 먼저
그대들의 자식에게 모범이 되어야 하지 않겠는가!

　'윗물이 맑아야 아랫물이 맑듯이' 그대들이 부모에게 효도하는 본
보기를 보여야 한다. 그래야만 그대들의 2세들에게도 예우를 받을
것이다.

　이 또한 내일을 직시하며 인생을 살아가는 예지 중의 하나가 아니
겠는가.

(사랑도 수필처럼, 한국대학교수 수필가 모임, 문학예술사 간행, 1983. 10. 20.)

결실의 계절

가을을 결실의 계절 혹은 사색의 계절이라고도 한다.

무더운 여름의 문턱을 넘으면서 찾아오는 상념의 가객(佳客) 가을, 그래서 춘하추동 사계절 중에서 나는 가을을 가장 좋아하게 되었는지도 모른다.

오곡이 황금물결을 이루는 들판, 한길 가의 코스모스가 시골길을 뒤덮는 경관, 갈대가 무성했던 화왕산도 오색단풍으로 붉게 타는 듯하다. 한적한 시골 초가지붕 위에는 조롱박이 따스한 가을볕에 조는 계절, 하늘은 높고 말이 살찐다는 천고마비지절(天高馬肥之節), 그래서 가을을 결실의 계절 혹은 사색의 계절이라고 하는지도 모른다.

가을이 되면 나는 이제 또 한 해가 가는구나 하는 착잡한 생각에 빠져 호젓한 시골길을 거닐기를 좋아한다. 거기에는 가을 풀내음이 솟구치고, 무르익은 나락 이삭이 무거운 고개를 드리우고 있다. 여물다 못해 터져버린 석류가 있어 좋고, 설익은 감홍시만 대롱대롱 달려 있는 앙상한 감나무가 있어 정겨웁다.

누런 호박이 허물어진 토담 위에서 한 해의 마지막을 상징하듯 우직한 나상으로 영글어 있는가 하면, 토실토실 살이 찐 씨암탉이 따스한 햇볕 아래 졸고 있는 한가한 풍경이 있어 좋다. 가을이 되면 삼라만상 모두가 이처럼 한 해를 결산하는 마지막 모습들로 변모해 가는가 싶다. 차가운 서리 기운에 쫓겨 지상에서 자취를 감추었다가 다시 봄을 기다리는 웅크림이 시작될 것이다.

만상(萬象)이 모두 이렇듯 우리 인생도 예외일 수는 없을 게다.

인간이 만물의 영장이라지만 자신이 변모해 가는 모습을 느끼지 못하는 엄청난 착각일 뿐, 사람이 나서 죽을 때까지가 한 포기 풀의 생장 과정과 뭐 다를 바가 있겠는가.

만남이 있으면 헤어지고 헤어지면 다시 만날 수 있다. 나면 죽고 죽어 다시 태어난다는 윤회관이 바로 이런 것을 두고 일컫는 것이 아니겠는가?

호랑이는 죽으면 가죽을 남기고, 사람은 죽으면 이름을 남긴다(虎死留皮, 人死留名)고 한다. 그래서 예술가는 예술가대로 불후의 걸작을 낳기 위해 일생을 바치고, 종교인은 종교인대로, 정치인은 그들 나름대로, 사업가는 사업가대로, 학자는 자신의 학문을 위해 혼신을 다해 인생을 살아가고 있는 것이다. 이들 모두는 알차고 보람된 인생의 가을 추수를 위해 무수히 새하얀 밤을 지키면서, 살을 에는 듯한 어려운 역경도 근면과 성실 그리고 인내로써 이겨내야만 한다.

공부자(孔夫子)도 15세에 지학(志學)했고, 30세에 입(立)하였고, 50세에 천명(天命)을 알았고, 70세에 종심(從心)하였다고 한다. 이는 곧 인생의 여정을 그린 말이다.

그러나 인생 칠십을 유구한 영겁에 비한다면 찰나(刹那)요 수유(須臾)에 불과하다. 그래서 때로는 인생을 초로(草露)에 비하기도 하지 않는가. 그러니 인간이 어디 다른 물상(物像)과 뭐 다르다고 할 수 있겠는가. 인생도 누구에게나 가을이 있게 마련이니까.

때로는 가을 추수를 맞을 준비를 하다가 인생의 마지막 장을 내리는 사람, 혹은 가을을 맞기 전에 삶이 끝나는 사람도 있다. 그러나 보통 우리 인간들은 비록 만족하기 어렵기는 해도 가을의 결실처럼 자기 나름대로의 알찬 업적을 남기고 떠나는 것이 상례이다.

그러니 우리 모두는 보다 탐스럽고 우아한 결실을 맺는 인생의 가을을 위해 오늘 하루의 삶이 그 얼마나 중요한가를 알고 살아가는 밝은 예지를 지녀야 할 것이다.

녹음방초 우거진 한여름의 청년기는 무성한 인생의 숲을 이루어야 할 게고, 장년기는 탐스런 결실의 계절이 되어야 하지 않겠는가.

어둡고 차가운 겨울이 오기 전에 보다 알찬 삶을 위해 최선을 다해 오늘을 살아야 할 것이다.

(대구백화점 사보, 大百, 통권 21호, 칼럼, 1983. 9. 10.)

고향의 여름

누구나 다 고향이란 게 있다. 그 곳은 어릴 때의 꿈과 추억이 있어 동심으로 되돌아 갈 수 있는 마음의 안식처가 된다. 나도 마찬가지다. 고향을 떠난 지 4반세기가 넘었다. 명절 때면 그 곳을 찾곤 하지만, 이제 낯선 이방인의 대접을 받는 타관처럼 변해버린 고향을 생각하면 세월의 덧없음이 피부로 느껴지곤 한다.

내 고향은 대구에서 가까운 곳이다.

지금은 대구시의 변두리로 탈바꿈했지만, 아직도 이 곳은 여느 두메 산골보다 더 깊은 산촌의 풍경이 있어 좋다. 문명의 영향을 적게 받은 탓인지도 모른다.

영조 때 학자인 이중환의 『택리지』에 일무이파(一無二巴)라 쓴 기록이 있다. 지세로 보아 살기 좋은 곳은 첫째가 무태요, 다음이 파동이란 말이다. 처음 이 글을 대했을 때는 무슨 말인지 몰랐다. 이제 와서 보니 인적이 드문 오지이기에 공해로부터 벗어날 수 있는 산자수명(山紫水明)한 곳이란 뜻에서 쓴 말인 것 같다.

어린 시절, 한여름이면 팔공산에서 떠내려온 금모래로 두꺼비집을 짓다가 땅거미가 내릴 때면 봇도랑의 찬물에 목욕을 하고 봇둑에 누워 별자리를 다투어 헤아리기도 했다. 모기가 기승을 부릴 때면 역국대 풀을 태워 매캐한 냄새와 연기로 영악스런 모기를 쫓다가 하룻밤을 지새우기도 했다.

학교에서 돌아올 때 구슬 같은 땀방울이 비오는 듯하면 어머니께서는 나를 샘가로 데리고 가서 등에 물을 끼얹어 주시곤 했다.

10여 길 남짓한 우물물은 이가 시리다 못해 금방이라도 얼 듯 차가웠다. 한 두 두레박을 뒤집어 씌워 더위를 잊게 해 주시던 자애로우신 어머니!

여름이 되면 삼밭이 앞들에 즐비해 있었다. 그 사이를 철없이 뛰어다니며 숨바꼭질을 하다가 노랭이 동리 할아버지께 혼줄이 나도록 꾸중을 들었던 일도 잊을 수 없다. 따가운 여름 햇살을 받으며 고추잠자리를 잡다가 땀이 뒤범벅이 되면 물 속에 겁없이 뛰어들어 물장구를 치던 개구쟁이 친구들과의 잊을 수 없는 추억이 숨쉬고 있다. 길쌈하던 가난한 시골 아낙네들의 서러운 세월만큼이나 일그러진 얼굴, 구슬 같은 땀방울을 훔치며 베틀에서 씨름하던 그네들의 파리한 모습들이 이제 까마득한 기억의 뒤안길에 저만큼 물러서 있기에 정겨운 곳이다.

할아버지의 주름살만큼이나 퇴락한 고가가 300여 평 됨직한 넓고 양지 바른 고향 땅에 100여 년의 연륜을 쌓은 채 ㄷ자형으로 고풍스럽게 누워 있다. 그 주위를 둘러싼 꿀밤나무며 채송화, 장미넝쿨, 포도넝쿨도 돌담에 걸려 있다. 색색의 꽃과 나무들이 주위를 덮고, 3대 독자를 겨우 면한 손자가 귀여워 겨우 다섯 살밖에 되지 않은 나에게 <천자문>을 가르쳐 주시던 할아버지의 엄하시면서도 자애로웠던 정이 아직도 기억 속에 자리하고 있다.

고향의 여름이 어찌 이것뿐이랴!

싱그러운 녹음 사이로 불어오는 솔 소리 바람과 풀내음, 쓰르라미 소리, 어미 소와 아기 소가 오수에 조는 한낮이 있어 좋다. 동구 앞 연자방아, 디딜방아, 맷돌, 다듬이 소리, 이 모두가 나를 향수에 젖게 하여 좋다. 냇물에 멱감던 친구와 어울려 잉어, 송어, 피리, 새우를 잡아 매운탕과 조림을 해 먹던 별미가 있어 좋다. 시골의 훈훈한 인심마냥 구수한 된장찌개, 찬물에 보리밥 풀어 된장에 풋고추 찍어 단숨에 한 그릇을 해치우던 식욕이 있어 더욱 좋다.

그러나 이젠 모든 것이 고향의 향수 어린 추억으로만 남게 되었으니, 나도 지천명(五十而知天命)의 나이가 멀지 않은 탓인가 보다.

(동아백화점 社報 컬럼, 동아 통권 제41호, 1985. 7.)

아내를 빼앗길 뻔한 농부의 슬기

옛날 어느 시골에 가난한 농사꾼이 예쁘고 마음씨 착한 아내와 행복하게 살아가고 있었다. 날이 새면 농부는 괭이를 메고 밭에 나가 땅을 파며 농사짓는 것을 낙으로 삼았다. 저녁때가 되면 아내가 기다리는 집으로 돌아와서 웃음꽃을 피우며 하루하루 즐겁게 살아가고 있었다.

기울어져 가는 초가 삼간 오두막집에 살면서도 농부가 행복하다고 생각하는 것은 원래 성품이 착한 데다가 욕심이 없었던 탓도 있었지만, 무엇보다도 그의 아내가 그 마을에서 가장 예쁘고 마음씨 또한 고운 사람이었기 때문이다.

농부의 아내는 힘든 집안 일을 할 때 피곤함을 느끼다가도 남편의 이마에 흐르는 땀방울을 생각하면 자신의 피로는 잊고 남편을 즐겁게 할 식탁 생각에 여념이 없었다. 가난한 살림에 변변히 차릴 것이 없는 처지인지라 기껏해야 된장찌개나 정성스럽게 끓이고 숭늉이라도 맛있게 만들어 올리는 것이 고작이었지만, 남편에 대한 지극한 정성은 조아(曹娥)를 능가했다.

세상의 모든 남편들이 자기 아내의 따뜻한 정성과 사랑을 마다하지 않듯이 농부 또한 아내의 지극한 사랑만큼이나 자기 아내를 애지중지 하였다. 그러니 자연히 이 부부의 금슬은 어느 누구보다 좋았고, 그 소문은 이웃 동리 멀리까지 퍼져 나갔다.

농부의 집 앞 늪에는 도깨비 한 마리가 살고 있었다. 이 도깨비는 신통술이 많아서 원하는 물건이라면 무엇이나 손에 넣을 수 있었다. 어느 날 농부의 아내가 예쁘고 마음씨 착한 데다가 남편과의 금슬까지 좋다는 소문을 들은 도깨비가 심술이 나 그냥 지나칠 수가 없었다. 그래서 농부의 아내에게 눈독을 들이게 된 것이다.

도깨비가 농부의 아내를 차지할 수 있다고 생각한 것은 바로 자신의 재력 때문이었다. 재물이라면 무엇이든지 가질 수 있었던 도깨비였으니까.

농부가 가난해서 아내에게 물질적으로 풍족하게 해주지 못한다는 것을 알고 있는 도깨비는 재물일랑 얼마든지 가질 수 있으니 농부 아내의 마음을 바꾸어 놓을 수 있다고 생각했던 모양이다. 도깨비의 형상을 가지고는 접근할 수 없었기에 여러 모로 궁리한 끝에 그 남편인 농부의 모습으로 둔갑한 뒤에 농부 아내의 마음을 염탐하기 위해 곧장 집으로 걸어 들어갔다.

순박하기만 한 농부의 아내는 도깨비를 자기 남편이라 여기고 준비해둔 음식을 정성스럽게 바쳐 올렸다. 도깨비는 아내가 다정스러운 눈길로 쳐다보는 모습을 보면서 황홀한 행복감에 빠져들기 시작했다. 그럴수록 이 여자를 빼앗아야겠다는 결심은 더욱 깊어 갔다.

도깨비가 식사를 막 하려는 순간 진짜 남편이 하루 일을 마치고 들에서 바쁘게 돌아왔다. 남편이 놀란 것은 말할 것도 없고, 아내 또한 놀라지 않을 수 없었다. 갑자기 똑같은 남편 두 사람이 서로가 이 집 주인이라 우겨대니 혼비백산 크게 당황할 수밖에 없었다. 그렇다고 어느 한 편을 들 수는 더욱 없는 일, 아내 자신도 어느 쪽이 진짜 자기 남편인지 알 수가 없었기 때문이었다. 두 사람은 서로가 진짜라고 윽박대고 욕설을 퍼부으며 소란을 피우니 해결의 기미가 전혀 보이지 않았다.

이때 도깨비가 묘안을 제시했다. 그가 가장 자신 있는 것이 수수께 끼였으므로 이것으로 내기를 하여 농부를 쫓아내고 이 집 주인이 되어야겠다고 생각한 것이다.

"우리 수수께끼 내기를 하자! 그래서 이기면 이 집 주인이 되는 거야, 어때?"

하고 도깨비가 제의하였다.

내기에서 지면 아내와 집을 한꺼번에 잃어버릴 판국이지만 농부는 허락하고 말았다. 도깨비는 자신의 의도대로 되는 것을 내심 기뻐하며 자신있게 묻기 시작했다.

"자! 내가 먼저 내겠다. 동해의 바닷물을 다 푸면 모두 몇 바가지인지 알아 맞춰 봐."

라고 했다.

농부는 이 말을 듣고 어안이 벙벙했다. 이제 사랑하는 아내도 집도 모두 다 빼앗기게 된다는 생각에 앞이 캄캄했다. 도무지 예상하지도 못했던 기상천외의 문제에 농부는 머리를 숙이고 고심을 하다가 언뜻 기발한 생각이 떠올랐다.

"동해 바닷물이 다 들어갈 수 있는 큰 바가지로 푸면 꼭 한 바가지이고, 동해 바닷물을 반만 담을 수 있는 바가지로 푸면 두 바가지가 된다."

라고 대답했다.

엉성한 듯 하지만 막상 흠을 잡으려 해도 잡을 수 없는 정확한 답이었다.

도깨비의 얼굴에는 시무룩한 표정이 역력했다.

이번에는 농부가 수수께끼를 낼 차례였다. 한참을 생각하다가 벌떡 일어나 마루 끝에 올라서더니 도깨비를 향해 말하기를,

“내가 마당으로 내려가겠는가? 아니면 방으로 들어가겠는가?”

라고 물었다.

아무리 수수께끼에 귀신같은 도깨비라도 이 문제에 어찌 정답을
낼 수 있겠는가?

대답이 궁해진 도깨비는 얼굴이 불그락푸르락하더니 마당 가운데
서 공중으로 뛰어올라 몇 바퀴를 돌더니 본래의 도깨비 모습으로 변
신한 채 어디론가 사라져 버렸다.

그 뒤부터 도깨비는 이 집에 다시 나타나지 않았고 농부와 아내는
금슬이 더욱 좋아져 오랫동안 행복하게 살았다고 한다.

(友邦 9·10호, 우방주택, 1989. 8. 19.)

경북대 야사(慶北大 野史)

일제의 식민지 교육정책으로 말미암아 문화도시요 교육도시라 자처하던 대구에서도 고등교육을 받을 수 있는 기회만큼은 매우 드물었다. 당시에는 기껏해야 대구농과대학, 대구의과대학, 대구사범대학 등이 있을 뿐이었다.

대구농대는 1944년 4월 30일 지금의 한국 나이롱 주식회사 터에 있던 대구공립농림학교 일부를 빌려 관립 대구농업전문학교로 출발한 것이 그 전신이다.

그리고 대구사범대학은 1923년 4월 1일 경상북도 도립사범학교의 설립으로부터 연원한다. 초등교원 양성기관으로서 국내 두 번째로 설립되었다. 중등교육 과정 4년제의 특과와 1년제의 강습과를 두었으며 현재의 부속중고등학교 자리에서 개교하였다. 1928년에 2년제의 강습과가 생겼고, 1929년 4월 1일에 관립 대구사범학교의 설립과 더불어 중등교육과정 5년제의 심상과를 두게 되었다. 1930년에는 1년제 강습과가, 1940년에는 1년제의 특설강습과가 개설되었다. 1942년에는 임시 강습과, 1943년에는 특설 연구과가 증설되었으며, 1944년 4월 1일에는 3년제의 본과가 설치되어 전문교육장으로서의 기틀이 확립된 셈이었다. 1946년 2월 1일 문과 이과로 구성된 대학 예과와 임시 중등교원 양성소가 설치되었다. 그러다가 1946년 10월 15일 국립 대구사범대학으로 개편 인가됨으로써 정규 4년제 대학으로 승격되어, 심상과는 대구사범대학 부속중학교로 개편되고, 대구사범 부속국민학교가 대구사범대학 부속국민학교로 개칭되는 등의 변화를 겪었다.

이와 같이 사범대학은 1923년 도립학교로 출범하여 관립 사범대학교, 국립 사범대학 그리고 종합대학인 국립 경북대학교 사범대학에 이르기까지 약 30년 동안 일제치하의 서러움을 삼키면서 꾸준히 성장하여 유능한 인재와 교육자를 양성 배출함으로써 우리나라 교육 발전의 중추적인 역할을 수행했던 것이다.

대구의과대학은 1923년 7월 23일의 사립 대구의학강습소 설립에서부터 시작된다. 1924년 3월 28일에 경상북도 도립 의과강습소로 개칭하고, 1929년 5월 1일에 도립대구의학강습소가 되었다. 1933년 3월 6일에 대구의학전문학교의 인가를 얻었고, 1945년 10월 1일에 단과대학으로 승격하여 대구의과대학으로 개칭됨과 동시에 도립대구의원이 동대학 부속병원으로 이관되게 되었다. 1946년 여름에는 콜레라가 전국에 만연하여 본교 학생들이 검진에 나서 크게 활약하기도 하였다.

6 · 25동란으로 본관에 연합군이 주둔하고 부속병원이 육군병원으로 사용될 때는 교직원과 학생의 대다수가 군에 지원 입대하였다.

현재 간호학과의 전신인 대구의과대학 부속간호학과 학생들도 징용간호원으로 근무하는 등 조국수호의 대열에 앞장서기도 했다. 이처럼 국립 경북대학교 의과대학으로 개편되기 전에 1923년 사립 대구의학강습소로 출발하여 도립 대구의학강습소, 대구의학전문학교, 대구의과대학으로 이름이 바뀌면서 국민건강의 선두주자로 30여 년간 앞장섰다. 따라서 국립 경북대학교 의과대학이 되기 이전에 이미 오랜 역사와 전통을 지니고 있었던 것이다.

해방을 맞이하면서 우리나라에는 고등교육기관이 단과대학별로 난립하여 시설과 내용의 빈약함은 물론, 인적 물적인 어려움도 컸다.

그리하여 이를 극복하기 위해 국립종합대학 설립의 중요성이 커지게 되자 1951년 4월 고병간(高秉幹) 의과대학장이 중심이 되고 손계술(孫癸述) 사범대학장, 김인식(金仁植) 농과대학장, 이규원(李圭元) 구 대구대학장등 4개 대학장이 발기인이 되어 국립종합대학 건설을 위한 위원회 및 위원 구성을 하게 된 것이다. 그런데 이규원 구 대구대학장은 대구대학측의 사정으로 그 후 종합대학 관계의 회의에 참석하지 않고 탈퇴하게 되었다.

여기에 종합대학이 되기에는 기존 3개 대학만으로는 불가능하여 문리과대학과 법정대학이 신설되었다.

문리과대학은 순수한 학문연구를 목적으로 함과 동시에 전문직에서의 지도적 인물이 되고 폭넓은 교양인이 될 수 있도록 연구 지도하는 곳으로, 종합대학 구성의 핵심이 된 후 대학의 대학이란 선도적 위치를 차지하고 있다. 학계는 물론, 교육계에 큰 공헌을 하면서 명실공히 종합대학의 선두주자로서 지금에 이르고 있다. 당시는 6·25 동란 중이어서 서울에서 피난 온 우수한 교수들을 초빙하였고, 구 대구대학의 학생들을 받아들임으로써 최고 학년까지 채울 수 있었다. 또한 징집 보류의 혜택을 주었기 때문에 상당수의 우수 학생을 확보할 수 있었으니, 1951년 10월 6일부터는 튼튼한 기반을 갖고 출범할 수 있었던 것이다.

법정대학 역시 기존대학이 아니라 종합 경북대학교 발족과 더불어 신설된 대학이다. 초창기의 허다한 난관을 극복하면서 1951년 10월 6일 출범함으로써 추로지향(鄒魯之鄕)인 영남 이 곳 복현 구릉에서 고고지성(呱呱之聲)을 외치며 5개의 단과대학이 합쳐져 국립 종합대학의 면모를 비로소 갖추게 되었다.

교지(校地)의 물색에도 이견이 많았다.

현재 경북대가 자리하고 있는 복현(伏賢) 60고지를 중심으로 한 약 35만평 이외에도 앞산 구 골프장, 현재 계명대학이 자리하고 있는 구 공동묘지, 구 영선지를 중심한 대구목장 등이 일차로 대상 후보지의 물망에 올랐다.

구 골프장은 북향인 데다가 협소하고, 구 공동묘지터나 대구목장 일대 역시 종합대학을 건설하기에는 협소한 데다가 토지 매입에도 어려움이 예상되어 대구 의과대학장 겸 문교부차관인 고병간 박사의 주장에 의해 최종 결정된 곳이 복현 60고지를 중심한 현재의 부지이다.

당시 건설위원회는 현재 법과대학 및 박물관 위치를 중심으로 약 10만 평 정도를 교지로 매입하려 했으나 당시 문교부 장관인 백낙준(白樂俊) 박사의 현지 답사로 결국 오늘날의 광대한 교지를 잡게된 것이다.

현재 본관 뒤편 수도탑이 있는 구릉인 복현 60고지에 올라선 백낙준장관이 배자못 주위에 지팡이로 원을 그리며 경북대를 위해서는 약 100만평의 교지 확보가 필요하다고 지적했던 적이 있다. 지금에 와서야 그분의 선견지명을 이해할 수 있을 것 같다. 그 말대로만 했더라면 지금처럼 교지 확보에 전전긍긍하지 않아도 되었을 것이다.

그러나 1951년 10월 말에 종합대학 기지 30만 평을 매입하여 전 도민 명의로 정부에 기증하는 방법을 택하는 데서 그치고 말았다. 그리하여 교지 100만평의 꿈은 사라지고 말았다. 30여만 평의 부지에 대한 자금조달도 각 시군에 적절한 금액을 할당하여 이뤄졌다. 임진년 일력표를 만들어 각 호당 1매씩 분배하고 500원씩 징수하기로 하였다.

1951년 11월초에 대학기지 매입비 충당을 위해 중학교 이상에 칠

요표(七曜表)를 1,000원씩, 초등학교에는 학습시간표를 200원씩 받고 도내의 모든 학교에 배당하였다. 필자도 당시 학습시간표를 샀던 기억이 난다. 그 해 12월 말까지 총 예정부지 349,699평 중 17만 평을 매입하게 되었다.

1952년 2월 14일에 건설위원회는 대구시내에 거주하는 유지들에게 기부금 회사를 의뢰하여 성과를 올렸다.

1952년 2월 28일 대구 시내 중고등학교장회의에 경북대학교 과학관 건축에 소요되는 건축비를 학교에서 분담할 것을 결정하기도 했다.

1952년 3월 12일부터 제일건설주식회사에서 공사를 시작하였다.

1952년 4월 5일 오후 1시를 기하여 가교사(假校舍) 상량식을 가졌다. 따라서 경북대학교 개교에는 지방유지들의 헌신적인 노력과 물심양면으로 도와준 전 도민으로부터의 협조가 컸다고 할 수 있을 것이다. 뿐만 아니라 이 고장에 진리의 전당을 자신들의 손으로 건설하려는 학생들의 기금갹출과 근로활동에 솔선수범(率先垂範)한 당시 교수들의 헌신적인 노력은 우리 학교 청사에 길이 남을 것이다. 각계 각층에서 모금한 기금으로 먼저 예정 부지 중 17만 평을 매입하고 백낙준 문교부장관의 교섭에 의해 미8군사령관으로부터 전화 피해 복구비 1,000교실 분의 자재를 기증 받았다. 그 중 44교실분의 자재로써 본 대학교 가교사 신축에 사용키로 하였다.

당시 의예과 건물은 의예과장인 김달호교수와 의예과 학생들의 창의적인 노력으로 직영되었기 때문에 다른 가교사보다 이색적이었다. 나머지 다른 가교사는 1952년 3월 6일 경쟁입찰에 의하여 제일건설주식회사와 계약 체결하여 공사를 진행하게 되었으나 다소 지연되어 5월 28일 개교한 지 일주일 뒤에 가교사가 완성되었다.

그래서 동쪽으로 현재 교양학부 한가운데쯤, 서쪽으로는 현재 체육관 동편, 북쪽으로는 현재 출판부와 농대본부, 남쪽으로는 현재 대운동장을 경계로 하고 전부 10여 채의 바라크 가교사가 들어섰다. 이것이 종합대학교 개교 당시의 전경이다.

당시의 가교사는 채 마르지도 않은 송판으로 바람벽을 막고 지붕은 루핑으로 이어 검은 몰타르를 칠한 것인 데다 고약한 냄새까지 풍겨 강의 중에도 코를 괴롭혔다. 지금 체육관 동편 휴식소 바닥의 시멘트 기초가 그 당시 사범대학 가교사의 흔적이고, 과학관 뒷편의 시멘트 바닥이 당시 ㄷ자(字) 모양의 본관이 있었던 흔적이다.

복현 구릉은 본래 대구시민의 공동묘지로서 묘소가 약 1500기나 있었던 곳이다. 가교사 사이에 간혹 송림이 우거져 있었고, 당시의 본부 서편과 북편에는 복숭아밭이 있었다. 당시의 본관 동남쪽으로 약100m 지점, 현재 제2과학관이 있는 자리에 문리과대학이 있었다. 문리과대학은 과가 많아 시간표가 잘못 짜여졌을 경우에는 서편 송림 사이에서 노천에다 흑판을 걸어놓고 강의를 하기도 했다.

법대 동북 편에는 뒷날 ㅁ자(字)형의 교수연구실이 마련되어 법대 교수들에게 편의를 제공하였다. 당시 본부 동남쪽, 현재 출판부가 있는 자리에 80평 남짓한 도서관이 있었고, 도서관 북쪽, 현재 농대본부가 있는 곳에 의예과 가교사가 있었다.

그런데, 가교사를 지을 때 여러 가지 문제가 있었다. 경대가 들어선 자리는 약 1,500기에 달하는 공동묘지가 대부분이었기 때문이다. 현재 본관 앞 로터리에서 농구장까지의 양쪽 구릉 사이에만 논밭이 있었고 현재 출판부에서 제1과학관 사이에는 달성 서씨와 달성 배씨들의 산소가 있어 송림 사이에 큰 무덤과 석물도 있었지만 나머지는 모두 공동묘지였다.

그래서 가교사를 지을 때도 인부들이 송장과 해골들이 나오는 것을 보고서는 놀라 삽과 괭이를 버린 채 도망치는 등 일을 하지 않으려 했다.

더구나 하루 일을 마치고 저녁에 잠이 들면 송장이 꿈에까지 나타난다고 하여 인부 구하기가 여간 힘이 들지 않았다. 하는 수 없이 당시 교학국장인 박관수교수가 도포를 입고 유건을 쓰고 돼지머리를 상에 차려 놓고 여러 번 위령제를 지내기도 했다.

당시 제문에는 '국가동량지재(國家棟梁之材)를 기르고자 하오니 무주고혼(無主孤魂)은 양해하고 자리를 비켜주면 좋겠다'는 내용으로 기억된다. 위령제를 치른 후에 인부들이 다시 일을 시작했다. 특히 제2과학관 근처에는 유골이 많았으니, 비가 오면 도깨비가 나타난다고 하여 그 두려움에 낮에도 사람들이 다니기를 꺼려할 정도였다.

현재 체육관과 자연대 중간 지점쯤에 오두막집을 짓고 사는 늙은 부부가 있었다. 당시 65~66세쯤 된 이 노인은 보천교(普天敎)를 믿으며 상투를 하고 가게를 경영하여 생계를 꾸려나가고 있었다. 자기 집 주위는 학교 가교사로 둘러싸였지만 집터를 학교에 팔 수 없다고 고집하면서 이사를 가지 않았다. 게다가 사나운 개를 길러 집 앞으로 다니는 학생들을 괴롭히는 등 심술이 이만저만이 아니었다. 학교당국에서 아무리 회유하려 해도 설득되지 않았다.

하는 수 없이 그 노인을 숙직원으로 채용하기로 했다. 학교 주변이 모두 공동묘지여서 시신이 반쯤 묻혀진 것 또는 해골이 뒹구는 것이 하나 둘이 아니었다. 대낮에도 비가 오면 도깨비에 홀리는 일이 많았다. 그러니 밤에 숙직하는 일은 더더욱 힘든 일이 아닐 수 없었다. 그래서 이 고집쟁이 노인이 상용 숙직원으로 채용되어 매일 밤마다 다른 숙직원과 함께 숙직을 도맡아 했다.

그러던 어느 날 비가 부슬부슬 내리는 초저녁쯤, 이 노인이 혼자 학교를 한 바퀴 둘러보고 오겠다고 하고는 나간 지 몇 시간이 지나서도 돌아오지 않았다. 이상히 여긴 다른 숙직원이 노인을 찾아 나섰다. 학교 주변을 몇 바퀴나 둘러보다가 현재 체육관 옆에 이르러 시신만 파간 무덤 구덩이 속에 노인이 실신한 채 반듯이 누워 있는 것을 발견할 수 있었다. 의식조차 없어 숙직실까지 업고 와 주무르고 했으나 소용이 없었다.

그 후 의사가 와서 겨우 생명을 구했는데 깨어난 후 어떻게 된 일인지를 물었다. 그랬더니 그는 누군가 자기를 그곳으로 인도한 것만 기억할 뿐 그 뒤의 일은 기억나지 않는다고 말을 더듬거렸다.

그런 일이 있은 후 그는 숙직근무를 스스로 그만두고 집을 학교에 팔고 사라졌다고 한다. 추측컨대 그 고집불통에 심술쟁이인 노인은 도깨비에 홀려 학교 주변의 공동묘지를 헤매다가 그만 정신을 잃고 폐묘지에 주저앉고 만 것이 아닌가 한다.

수많은 무주고혼(無主孤魂)도 국가의 동량지재(棟梁之材)를 길러 내려는 뜻에 자리를 비켜주었는데 하물며 외고집 노인이 심술을 부리며 끝까지 자리를 지키려 했었으니, 끝내는 도깨비에 홀려 혼비백산(魂飛魄散)하고서야 비로소 자리를 떠나게 된 것이다.

이는 복현 구릉에 천하의 영재를 기르는 상아탑(象牙塔)이 들어서려는데 그 누구도 막을 수 없다는 것을 보여준 것임에 틀림없을 게다. 경대의 무궁한 발전에 신령의 가호가 있었음을 뜻하는 것이리라.

(경북대 동창회보, 경대동문 창간호, 1990. 2. 25.)

학창시절 회고담

벌써 이순(耳順)을 바라보는 나이가 되었다.

귀밑의 흰 머리카락이 세월을 살아온 자취라고나 할까? 새까만 교복과 백선을 두른 교모에 야심 찬 희망과 용기를 머금고 교정을 드나들던 꿈 많던 시절, 그것도 이젠 4반세기를 넘어 금년이 30개 성상(星霜)이라니, 멀고도 먼 까마득한 역사의 뒤안길이 되고 말았다. 그래도 다행스럽게 그 길을 반추할 수 있는 지면을 펼치자 희미한 피안의 세계에서 잊을 수 없었던 추억들이 주마등처럼 떠올라 좋다.

그건 어쩌면 망각이란 언덕을 넘어 오솔길을 지나도 추억이 저 먼 세계에서 아직도 건재하고 있기 때문이리라.

그 당시의 고3도 국·영·수가 주당 각 12시간에 독어 9시간이란 기상천외의 변칙수업을 받았다. 고3의 고통은 예나 이제나 다를 바가 없었던 것 같다.

아무튼 공부애길랑 접어 두고 우선 2학년 때의 얘기부터 해 볼까? 『나이테 문학동인』이란 거창한 이름을 내걸고 한솔 이효상 선생님(당시 경북대 문리대학장)의 구수한 시 강론에 시간 가는 줄 몰랐던 그때가 나에게는 잊을 수 없는 추억으로 남아 있다. 함께 모였던 얼굴들이 지금은 제각기 흩어져 살아가고 있지만 마음만은 아직도 한 곳에 있어 모두가 그리운 사람들. 박용목, 조동일, 기세환, 이문조, 최재욱, 정학, 권조웅, 조성길, 이상덕, 서숭덕, 이상준 등 ……

이제 무수한 광음을 부지런히 지나오는 동안 할퀴고 씻겨진 희미한 기억 속에도 자리하고 있어 더욱 좋다. 그때 동인지 「자화상(自畵像)들」, 「시림(詩林)」 두 권을 출판하였으니 한국시문학 동인사(同人史)에 또 하나 조출한 장을 마련했다고 하면 지나친 과장일까?

동인지들은 지금도 내 서가에 귀중하게 꽂혀 있어 꿈 많던 학창시절의 추억을 떠오르게 한다.

어찌 이것뿐이랴!

가장 잊을 수 없었던 추억은 경맥 5호 필화 사건이다.

책이 출간되자 지친 몸으로 귀가하려던 시간으로 기억된다. '편집위원 전원 교장실로 집합하라'는 불호령과 함께 '경맥 배포 중단'이란 교장 선생의 특명이 떨어진 것이다. 이미 예측한 일이긴 해도 예상보다 너무 빨리 온 것 같았다.

노기가 충천하여 새파랗게 질린 얼굴에 카이젤 수염을 상하로 움직이며 노려보던 교장선생은 매서운 눈총으로 우리를 마치 죄인 다루듯 심문했다.

"앙케이트 조사자가 누구냐?"

는 것이었다.

그러나 당시 편집위원 모두가

"제가 했습니다."

라고 했으니, 교장의 뜻대로 찾아 낼 수가 없었다.

당시 앙케이트는 최재욱군과 나의 합작이었던 것으로 기억된다. 문제의 앙케이트는 '당신이 경고 교장이라면 어떻게 하겠는가?'라는 것이었는데, 이 설문에 대한 풍자적인 응답 몇 귀절에서 교장의 비위가 뒤틀렸던 것이다.

'내가 경고 교장이라면 택시를 아니 타고 인공위성을 타고 출근하

겠소'라는 것과, '내가 경고 교장이라면 카메라를 메고 유원지를 다
니지 않고 지구를 메고 다니겠소'라고 한 데서 격분한 것으로 기억
된다.

격세지감이 있지만 당시로는 택시가 거의 없었고 인공위성이 처음
나왔으며, 카메라는 희귀한 물건으로 여겨졌던 때인지라, 이는 평소
부터 품어온 교장에 대한 불만을 신랄하게 풍자한 말임이 분명하였
다.

당시 교장은 경기고 교장에서 경북고 교장으로 전근된 후에 학교
일보다 카메라를 메고 명승지만 찾아다니며 주색잡기를 즐긴다(?)는
소문이 파다했다. 그런가 하면 남문시장에서 경북고(현재 대구고 위
치)까지는 논두렁을 넓힌 비포장 황톳길이었다. 그런데, 교장은 택시
를 타고 출퇴근하였으니 걸어다니던 사람들에겐 먼지 공해가 상상
을 초월할 정도로 심각했던 것으로 기억된다. 그래서 의도적으로 교
장에 대한 불만을 앙케이트에 담아 풍자하려는 저의가 있었던 것도
사실이었다. 문제된 설문에 응답을 한 사람은 익명으로 되어 있었으
니 앙케이트의 편집위원을 엄중 문책하여 퇴학시키겠다는 작전이었
다.

그러나 위원 모두가 자신이 썼다고 이구동성으로 우겨대자 교장으
로서는 흑백을 가릴 수 없었으니 속수무책일 수밖에 없었다.

그 날 밤을 뜬눈으로 새우며 우리는 이튿날의 거사를 모의했다.

아침 10시쯤으로 기억된다. 사전에 약속한 대로 비상을 알리는 난
타종이 울리자 전교생이 삽시간에 대운동장으로 모이게 되었다.

교장을 반 강제로 단상으로 모셨다. 이제 올 것은 기어이 오고 말
았다. 교장의 비리에 대한 날카로운 질타가 시작되었다.

당시 목청이 컸던 김중태군과 박한식군의 질의에 동문서답하는 교
장의 궁색한 변명은 사태를 더욱 악화시키고 말았다. 더구나 동창회

와 언론 측에서도 예의 주시하게 되었고 사건은 교내로부터 파죽지세로 교외까지 확산되었다.

당시 주요인물들이 3학년 3반에 있었다는 이유만으로 죄없는 우리 반 조충식 담임선생님을 대구공고로 학기 중간인데도 전격적으로 좌천시킨(?) 것으로 기억된다. 지금도 우리 담임선생님께 늘 송구스런 마음을 갖고 있다. 이어서 교장이 인천공고로 좌천되는 것으로 필화사건은 일단락되었으니, 끝내는 정의가 불의를 이긴 셈이다. 사필귀정이란 이런 것을 두고 일컫는 듯 싶다.

다만 우리 담임선생님을 다시 경고로 모시지 못한 것이 죄스러울 뿐이다. 살얼음을 딛고 지나가듯 아슬아슬한 순간의 연속이었다. 그래서 30개 성상(星霜)이 지난 지금까지도 저 먼 망각의 언덕을 넘어 홀로 그 자리를 지키고 있는 것 같다.

학창시절의 필화사건 치고는 너무나도 끔찍한 그리고 정직하고도 화끈한 한판의 승부가 아니었던가 싶다.

어쩌면 이게 바로 전통적인 경북고의 기백이었는지도 모른다.

(경북중고 제40회 동창회보, 경맥 40, 1990. 5. 12.)

나의 대학시절

　내가 대학에 입학한 것이 59년, 그러니 6.25사변은 끝났지만 나라의 경제상태는 허물어질 대로 허물어져 국가는 누란(累卵)의 위기에 처해 있었던 때로 기억된다. 사회 구석구석에는 무질서와 부정부패가 난무했다. 봄철이 되면 살아 넘기 힘든 보릿고개의 비극을 피부로 느낄 수 있었던 참담한 시대였다.

　내가 다녔던 고교는 대구 최남쪽에 있었다. 최북단에 사는 나로서는 버스가 하루에 한두 번밖에 없었으니 아예 걷는 것이 습관화되어 있었다.

　한 번은 내가 가지고 온 도시락을 며칠이나 굶었다던 내 짝에게 준 일이 있었다. 나는 새벽에 부리나케 일어났기에 아침밥도 제대로 먹지 못하고 걸은 데다가 점심까지 주고 말았으니 나도 두 끼를 굶은 셈이었다. 집으로 돌아오는 길이다. 내가 금호강을 건너자마자 넘어지면서 하늘이 노래진다는 말로만 듣던 이야기를 몸소 체험했다. 내 도시락을 먹었던 그 친구는 지금 고위공무원이 되었고, 요즈음 간혹 만날 때면 어려웠던 그때의 기억들을 떠올리기도 한다.

　불행히도 그 해에 우리 집 가내공업이 부도위기에 몰렸다. 결국 서울행을 포기하고 문예반과의 인연으로 우선 국어교육과에 입학을 해 놓고 때를 기다리기로 했다. 내년에 집안 사정이 좋아지면 상경할 꿈을 버리지 않고 있었다.

국어교육과에 입학한 후 제대로 학교에 나가지도 않고 고3 공부에 몰두한 일이 있다. 마침 자기 아버지가 경북대 교수였기에 서울행을 포기하고 본의 아니게 아버지 따라 철학과에 들어온 R군과 도서관에서 고교 공부에 관심을 갖고 방황했던 시절이 있었다. 그때를 생각하면 오늘날 무작정 서울로 올라가려는 학생들의 심정을 이해할 것 같기도 하다. 그러나 여의치 못해서 길거리를 헤매었던 지난날을 생각하면 그것이 얼마나 어리석은 일이었던가를 새삼 느끼게 된다.

나는 강의실에 간혹 들어가긴 했지만 대리 출석을 부탁한 일은 없었다. 그런데 운이 좋아서인지 출석 실격을 겨우 면했던 것으로 기억된다. 당시 국어교육과 학생 중 대구·경북 출신이 18명, 경남·부산 출신이 11명, 전남 출신이 1명, 충청도 출신이 2명, 강원도 출신이 1명, 서울 출신이 1명 등으로 명실공히 삼남의 인재들이 모였었다고 기억된다.

그래도 학기말이 되어 시험 칠 때만은 빠지지 않았다.

지금도 기억에 남는 것은 배용광 교수님의 사회학 시험시간이다. 다섯 가지 문제를 제시해 두고 마음대로 한 문제를 골라 답하는 시험이었다. 그 가운데는 강의하지 않은 문제도 있고 책 속에서 나온 문제도 있었는데, 나는 그 가운데에서도 강의하지 않은 한 문제를 골라 쓴 일이 있다.

제목이 <나>라는 문제였는데, 당시 방황하고 있었던 나의 심정을 백지 앞뒤에 꽉 메워 제출했더니 담당교수가 나를 불렀다. 인생상담도 해 주시고 덕택에 성적도 매우 잘 받은 것으로 기억된다.

지금 그 교수님은 정년퇴임을 하셨지만 한때는 같이 근무하면서 그 당시의 일들을 잊지 않고 기억해 주셨다.

결국 이듬해도 사정이 여의치 못해 끝내 상경의 뜻은 이루지 못했다. 지금 회고해 보면 국어교육과에 다닌 것이 오히려 다행한 일이라고 생각된다.

대학 2학년이 되었지만 방황은 그대로 계속되었다.

그때 마침 교수님 한 분이 나를 부르시더니 공부를 제대로 해보라는 충고를 하시면서 연구실에 자주 불러 심부름을 시켜 주시기도 했다. 그리고 공부하는 방법이며 인생을 현명하게 대처하며 살아가는 방법 등, 그때의 자상하신 교수님의 이야기는 나를 제자리에 서게 해주었다. 당시 선생님의 따뜻한 지도가 없었다면 오늘의 내가 되지 못했을지도 모를 일이다.

홀로 서지 못하고 헤맸던 그때가 지금 생각하면 어리석기 짝이 없는 부질없는 만용이라 생각된다. 결국 대학 1학년을 방황으로 보냈으니 학교생활이나 학점 따위에는 아예 관심이 없었다. 더구나 당시 교수님들께서는 학점을 잘 주지 않으셔서 B학점 이상은 드물었고 C·D학점 아니면 실격도 매우 많았던 것으로 기억된다.

그래서 대부분의 학생들은 한두 과목씩 실격이 있었지만 강의를 제대로 듣지 않은 내가 다행스럽게도 실격이 한 과목도 없었다는 데에 나 자신도 놀랐다.

당시 대학에는 5학년·6학년, 하물며 군에 갔다온 친구의 경우는 8학년·9학년도 있었다. 돌이켜 보면 그 당시의 대학은 낭만을 만끽할 수 있었고, 자유를 마음껏 누릴 수 있었기에 아름다운 추억들이 지금도 주마등처럼 떠오른다.

그러나 요즈음 같으면 이들은 모두가 학사경고로 제적 대상이 되었을 것으로 생각된다. 더구나 당시는 제 2외국어 같은 과목은 실격이 특히 많았던 것으로 기억된다. 나는 다행스럽게도 독어와 영어만은 학점을 매우 잘 받은 기억이 난다. 고교에서 독일어 원전을 교재로 배웠으니 교양독일어는 별도로 공부하지 않아도 쉽게 넘어갈 수

있었던 것 같다. 강의를 거의 듣지 않아도 고등학교에서 배웠던 덕택
으로 그럴 수 있었다.

당시 내가 다녔던 K고등학교에서는 특히 국어·영어·수학 수업
을 주당 12시간, 독어는 9시간을 변칙적으로 시켰기 때문이다.

그래서 나는 대학 1학년의 교양과정부는 그냥 덤으로 지내왔다.
국문학 전공은 2학년부터 시작한 셈이다.

그래서 지금도 내가 맡은 학생은 물론이고 학생 누구라도 방황하
는 사람이 있으면 정성껏 상담에 응해 주곤 한다. 학생들의 진로에
대해서는 희생적이고 헌신적인 친절을 베풀어주는 습성이 생겨난
것이 이런 나의 인생 역정 때문인지도 모른다.

대학 4학년 때의 이야기이다. 같은 고등학교에서부터 공부하다가
국어교육과에 들어온 R군이 있었다. 그 친구는 처음부터 국어교육과
에 입학해서 적만 두고는 고시 공부로 시종일관했던 사람이다. 말이
그렇지 전공 공부와 거리가 먼 고시 공부와의 싸움은 그야말로 인내
와의 싸움이요, 고독한 삶의 투쟁인 듯했다.

그러나 그 친구는 처음부터 경대에 적만 두고 자기가 하고 싶었던
고시 공부에 승부를 걸었으니 오히려 다행스럽게 생각하는 것 같았
다. 그래서 국어교육과 공부는 뒷전이고 고시 공부에 전력을 경주하
다가 보니 전공에 관한 관심은 완전히 잊고 있었다. 그 친구는 결국
국어교육과를 졸업하긴 해도 전공 공부는 팽개치고 혼자 법학을 공
부하였다. 그러므로 성적이 제대로 나오지 못해 졸업 후에도 배정을
받는데 제주도로 밀리게 되었다.

제주도에 배정을 받아서 고시 시험을 치르려면 시간 낭비와 교통
의 불편함이 이만저만이 아닐 것으로 생각되었다. 그 당시 내가 연구
실에서 심부름을 하고 있었기에 교수님께 R군의 딱한 사정을 말씀드
렸더니 전라도로 도 배정을 바꿔주신 기억이 난다. 우리 두 사람이

같은 고교를 나와서 국어교육과에 입학은 했지만 R군은 고시 준비를 했고, 나는 대학 2학년부터 겨우 국어교육과에 적응한 셈이다. 처음부터 그 친구는 법학 쪽으로 방향을 잡았으나 나는 고교 재학 중 문예반과의 인연 때문인지 교수님의 덕택인지 모르지만 국문학을 전공하게 된 것 같다.

이 친구는 고시에 몇 번 실패하다가 교사 재직 중에 사시합격의 영광을 누릴 수 있게 되었다. 그 친구는 지금도 법조계에서 열심히 일하고 있다.

고3 당시에는 입시 선수를 길러내려고 변칙수업을 받았다. 그래서 고3 우리 반에서 많은 법관이 나왔다. 그러나 지금 생각해 보면 국문학을 전공하여 학문연구의 외길을 걸어온 나 자신이 오히려 다행스럽다고 생각된다.

인생은 착각의 연속이라 하지 않았던가.

최후의 목적을 위하여 혼신의 힘을 다해 달리던 그때가 가장 아름답고 행복한 시간이었음을 늦게나마 깨닫게 되었다. 정상에 올라가려고 있는 힘을 다 했던 그 순간보다 더 아름답고 행복한 시간이 어디 있겠는가?

막상 정상에 올라서 보라. 기대했던 꿈과 희망이 어디론지 훌훌 사라져 버린 듯한 허탈감에 빠지게 될 것이다. 그러니 정상에 오르기 전의 시간이 가장 행복한 순간이었음을 비로소 느끼게 될 것이다.

따라서 인생을 착각의 연속이라 한 것이 불후의 철리(哲理)인가 싶다.

(경북대학교 사범대학 국어교육과 50년지, 1997. 12. 31.)

대학, 그 정열의 에스프리

　20대의 학창시절은 끝없는 환희이면서 절망일 수도 있고, 충천하는 힘이면서 타락하는 벼랑일 수도 있다. 아픔도 기쁨도 사랑도 삶도 모두 진하고 치열하며 영혼의 갈증에 더욱 몸부림치는 시기이기도 하다.

　공부하고 배우는 자세가 대학인의 본연인 만큼 나름대로 성난 눈길로 세상을 노려보며 그 맹목의 용기와 무모함이 있어 좋다. 도서관에서 눈물겨운 패기로 가뭄에 타는 땅이 단비를 마시듯 샤를르 보들레르의 시를 탐닉하기도 한다. 시험 때는 밤샘을 밥먹듯 해도 지칠 줄 모르는 그 열정이 있어 좋다. 때로는 가슴 설레는 고독과 싸우기도 하고 독한 소주와 함께 온 밤을 지새우다가 '목포의 눈물'로 울분을 토하기도 한다.

　어찌 이것 뿐이랴! 갑자기 바다가 보고 싶어 한 장의 정갈한 손수건과 한 권의 책, 편지지와 봉투를 챙겨 떠나는 연습을 하기도 한다. 젊음이 젊음다움은 얼마나 눈부신 아름다움인가!

　어느 순간에는 분수처럼 하얗게 태양 아래 부서지고 싶고, 온 몸을 떠받치고 끓어오르는 감격을 소리치고 싶기도 하다.

　가슴을 빼개고 일어서던 그 미세한 감정의 아픔! 황망한 도전의 시절! 젊은이에게 대학은 싱그러운 대화, 넘치는 기개, 하루종일 흥분

해도 못다 채우는 불덩이 같은 이야기로 가득 차 있는 곳이다. 아프면서도 찬란하고, 기쁘면서도 눈물겨울 수 있는 시절, 그래서 대학, 그것은 바로 정열의 에스프리가 아니겠는가!

그렇다! 대학은 찬란한 소외, 젊은이들의 유토피아, 누구도 방해할 수 없는 젊음의 성지, 젊음의 원형질, 에너지이며, 유감 없는 청춘의 구가다. 가슴 속에 끓어오르는 쇳물 같은 열정으로 젊음을 불태우고, 은밀히 접어 두었던 대화를 태우는 자멸 직전의 광염이다. 혈관 속에 우르르 생명이 꽃빛으로 붉게 두근거리는 곳, 덧없는 그러나 빛나는 자홀(自惚)의 시, 미지의 길을 위해 등불의 기쁨을 예비하며 꿈의 창공을 나르는 곳이다. 젊은이들의 비상이 숨쉬고 있는 동경의 광장, 잠자는 감성을 깨우며 새처럼 자유로이 목숨의 반딧불을 날릴 수 있는 곳이다. 부족한 것은 함께 채우고 너무 채워진 것은 또한 함께 비워내는 배움의 터, 사방을 메운 젊음의 고백이 싱싱한 발아의 생동감으로 살아 있는 곳이다. 맹목의 도전과 싸늘한 참회, 불타는 야망과 투명한 자의식이 교차하는 곳, 반항도 저항도 회의도 시퍼런 불로 타오르고 영혼도 고요히 불로 당겨지는 곳이기도 하다. 임종을 앞둔 노을같이 무언가 젊음을 쥐어짜내 어떤 빛깔이라도 표현하려고 노력하는 곳, 밤새 백지 앞에서 절망적으로 앉아 있던 젊은 시인의 첫 인스피레이션이 충만한 곳이다. 젊음의 궐기, 진리의 신봉, 사랑의 결실, 이상에의 도전, 사상의 냉철함이 폭포를 이루는 곳, 어둠을 이기고 나온 햇살을 맨살로 품고 불가항력의 고지를 기어코 점령해 보려는 피나는 투쟁이 있는 곳이기도 하다. 스스로 판단하고 선택해야 하고 억제하고 절제되어야만 하는 곳, 진리에 대하여 혹은 초월적인 존재에 대하여, 혹은 보이지 않는 영혼에 대하여 그리워하며 고독한 자기 대면의 시간이 있는 곳이다. 젊음의 시대와 일상의 물줄기를 올바른 역사성으로 정돈해야 하는 곳, 기존의 조직과 질서를 지향하면서도 주관을 똑바로 못 세우고 맴을 도는 어지럼증도 함께 있는 곳이다. 청춘의 감미로운 현혹에서 깨어나 진짜 의미와 온 몸으로 대결하는 전쟁터, 뻘 흙 속에서 사랑을 건져 올려 목숨의 노래를, 진리의 노래를 불러야 할 곳, 그 커다란 즐거움, 그 커다란 괴로움, 이것이 어쩌면 대학인의 전부인지도 모른다.

기쁨이 있는 대학, 생기가 도는 대학, 꿈과 희망이 있는 대학, 이것이 대학 본래의 자화상이다. 꼭 그 때 그 시간이 아니면 만날 수 없는 많은 것들로 채워야 할 금쪽 같은 대학의 시간들, 음악 감상실에 다니고 미술 전람회는 물론, 드라마센터의 연극을 보러 다니고, 영화관에도 쫓아다니며 판소리 공부도 하여 마당굿 굿판에 둘러앉아 '얼쑤' 하고 제법 추임새도 먹일 수 있는 귀중한 시간들이란 말이다.

이 금쪽 같은 젊음의 시간들이 모두 지난 후에

"아! 그 시절은 얼마나 아름다웠던가!"

하고 한탄하지 말라. 인생 최고의 희열을 지나친 후에 놓쳐버린 열차를 보듯 대학시절을 회상하는 젊은이가 되지 말라.

대학인들이여!

더 이상의 전락을 막기 위해 사다리를 고치자. 마른 등잔에 기름을 치고 꺼져 가는 심지를 끌어올리자. 원대한 미래를 향한 대학의 낭만을 마음껏 즐기자. 부서지고, 깨어지고, 멍이 드는 일, 안으로 쩍쩍 금이 가는 일에 무방비 상태로 자신을 맡기면 파멸만이 있을 뿐이다.

모든 고뇌를 뚫고 환희에 도달하라고 베토벤도 말하지 않았던가!

몇 번이고 침몰하여 조각조각 난 꿈의 부스러기를 끌어올리는 그물이 되어 본 후에 만선의 가득함으로 돌아오는 어부의 넉넉함을 부러워하자.

허물어졌다가도 다시 일어서고 아무데서나 일어설 수 있는 산으로 서서 옥빛 나래를 힘껏 펼쳐보자. 그러한 굳은 의지로 더욱 뜨겁게 조국을 사랑할 줄 아는 지성, 아니 먼 내일의 준비를 위한 학문에 내 뜨거운 젊음을 맡길 줄 아는 지성인이 되자.

그래서 후회 없는 인생 설계도를 그려보자.

그리고, 심한 회의와 자멸감이 엄습하는 날에는 부드러운 사랑의 광맥을 찾아 곡괭이질을 해보자.

그리하여 어느 날 문득 달려오는 비, 어느 날 문득 펄럭이는 눈발과 같은 평범한 것을 사랑하는, 마음의 터전을 넓히는 광부가 되어보자. 제도와 도덕으로 황폐해진 사랑을 원상복구하자. 그러한 사랑의 힘으로 아픔을 정화하고 치유하자. 눈꽃 같은 순백한 사랑은 우리에게 잠시 멈추어 생각할 수 있는 사색과 때묻지 않은 여유를 가져다 줄 것이다.

그리고 타는 눈동자를 어느 곳을 향해 열 것이며 뜨거운 가슴은 누구를 향해 펼칠 것이며, 그 강한 다리는 어디로 나아갈 것인가에 대해 뜨겁게 토론해 보자.

맑은 머리로 보다 많이 보고, 보다 많이 읽고, 보다 많이 생각하고, 보다 많이 행동하자. 이 세계 안에 살아야 할 보다 깊고 큰 정당성을 터득하자.

새로운 인식의 지평을 열자. 빙산의 면에 떠오른 부분만을 보지 말고 바다 속에 가라앉아 있는 빙산의 더 큰 부분까지 통틀어 볼 수 있는 통찰력을 기르자. 그 통찰력을 바탕으로 박쥐우산 하나를 바람막이 삼아 용감하게 현실을 밀고 나가자.

그래서, 먼 내일 내가 설 땅이 어디쯤일까를 한번 생각해 보자.

학문, 정열, 상아탑, 내가 배울 수 있는 마지막 삶의 터일지도 모르는 대학시절, 대학인의 꿈과 낭만, 불꽃 속에 던져진 종이가 타듯 주어진 학문에 최선을 다하며 먼 내일의 꿈을 키우자.

한 번의 곁눈질이 끝없는 절망의 구렁텅이에 빠질지도 모른다는 경각심을 갖고, 지난 일을 돌아 볼 수 있는 반성의 시간도 가져야 한다. 인생을 착각의 연속이라고도 하지만, 최선을 다 해 후회 없는 삶을 구가해야 하지 않겠는가?

생각 있는 행동의 주체, 행동 있는 생각의 주체가 되자.

행동과 반성, 반성과 행동을 되풀이하면서 자기 자신을 든든히 만들어 나가자. 자기 안의 모든 나태와 불균형의 타성을 부숴 버리고 나를 바로 잡는 통솔의 힘과 인내, 정확한 자화상을 그려보자. 핏빛 인주로 젊음의 영혼에 영원히 지워지지 않는 뜻 있는 대학생활을 도장으로 눌러 보자.

이제 음울한 회색 하늘이 무거운 겨울잠을 벗어 던질 날도 얼마 남지 않았다.

먼 시골의 물방아 돌아가는 소리, 옛 터전을 찾아 온 철새들의 지저귀는 소란스럽고 부산스러운 봄의 소리가 가까이 들리는 듯 하다. 마음의 문들이 삐거덕 열리는 소리까지. 삭지 않는 돌의 고뇌와 타는 목마름을 메고 선 대학인들이여!

경오년의 새아침이 밝아오고 있다. 한바탕 웃음으로 화창한 봄을 맞이해 보자꾸나.

(경묵회 書報 18호 격려사, 1991.)

갑술년(甲戌年) 새해를 맞으면서

지난 해는 그 어느 때보다 다사다난했던 한 해였다. 문민정부의 등장으로 인한 정치판도의 개편, 사회제도의 급격한 변화에 따른 소용돌이, 게다가 대형 열차사고, 비행기 추락사고, 훼리호 침몰사건 등 사상 유례 없는 대형 사건들로 얼룩졌던 계유년(癸酉年)은 이제 역사의 뒤안길로 아스라히 저물어갔다.

새해는 우리 모두가 편안하고 안정된 삶을 누릴 수 있는 사회, 태평성대를 마음껏 누릴 수 있는 복지국가로 성큼 다가와 줬으면 싶다.

토인비가 '역사는 언제나 도전과 응전의 연속이다'라 하지 않았던가! 그렇지만 도전과 응전 가운데서도 성군(聖君)은 항시 여민동락(與民同樂)을 했음을 재음미해 봄직하다.

온 국민이 자기 일에 전념할 수 있고 태평성대를 구가하는 복지국가가 되려면 위정자의 힘만으로는 쉽게 이루어지지 않는다. 국민 모두가 한마음 한뜻으로 단결하여 자기 혁신부터 이루어 나가야 한다. 그렇지 않고서는 선진국의 대열에 영원히 들어서지 못할 것이다.

오늘 아침 신문에 K시의 공장에서 오염 배출이 낮보다 밤이 몇 배나 된다는 보도가 있었다. 이기주의에 급급한 일부 기업가 자신의 양심이 개혁되지 않고는 이런 일은 막을 수가 없다. 그렇다고 감시하는 공무원이 밤낮을 지킬 수는 없는 일이니 말이다.

고속도로나 국도를 달리다가 길가를 보면 담배꽁초부터 시작하여 휴지조각이 어지러이 뒹굴고 있음을 흔히 볼 수 있다. 마치 뉴욕시내에 자리하고 있는 할렘가를 방불케 한다. 기분 좋게 피우다 멋대로 버린 꽁초, 마구 뒹구는 휴지와 과자봉지가 우리 국민의 의식수준을 말해주는 듯하여 우리를 슬프게 한다. 아무렇게 버려서는 안 된다는 의식의 개혁 없이는 버리는 사람 따로 있고, 줍는 사람 따로 있는 악순환만 끝없이 되풀이 될 것 같은 심정이 우리를 더욱 슬프게 한다.

몇 년 전에 독일에서 학회를 마치고 이탈리아 로마에 들른 일이 있었다. 택시기사가 우리 일행이 교수인 줄을 알고는 '우리 아이한테 큰 일이 일어났다'는 말을 불쑥했다. 무슨 일이냐고 되물었더니, '우리 아이가 대학에 들어가겠다고 하니 큰 걱정이다'라는 대답이다.

처음에는 등록금 때문인가 싶었더니 그것도 아니었다. 이유인즉 왜 대학에 들어가 어려운 공부를 자원하는 지가 이해되지 않는다는 말이었다. 대학을 졸업하지 않아도 충분히 즐기며 살 수 있는데 무엇 때문에 대학에 가려는지 이해되지 않는다는 말이다. 그네들의 인생관을 전혀 납득하지 못하는 것은 아니지만 우리의 사고와는 너무나도 대조적이라 어리둥절했다.

불과 몇 달 전에 수천만 원 내지 수억 대의 돈으로 자녀를 대학에 입학시켰던 한국의 일부 재력가나 고위층의 부정 입학자 명단이 공개된 추태와는 너무나도 동떨어진 이야기였기 때문이다.

자식이 대학공부를 하겠다는 것이 고민이라는 이탈리아인의 낙천적이고도 소박한 고민을 옹호하자는 것은 물론 아니다. 우리네 학부모가 치맛바람을 일으키면서까지 너무도 극성을 부리니 하는 말이다.

갖은 수단과 부정한 방법을 동원해서라도 대학에 입학시키겠다는 우리의 비극적인 사고도 사회제도도 이제 반성하고 지양해야 할 것이다. 개인의 취향과 적성에 따라 교육하는 것이 최선의 방법임을 알아야 할 텐데 하는 안타까운 생각이 든다.

명문대학을 나와야 행세할 수 있고 또 이를 부추기는 사회제도부터 하루빨리 개선되어야 할 것이다.

국민의 의식개혁은 이보다 더 작은 데서부터 시작되어야 한다.

우리는 일본인구의 반도 못되지만 90년도 통계자료에 의하면 쓰레기 배출량은 일본의 8배라고 한다. 그것도 음식 찌꺼기가 많은 양을 차지한다니 쓰레기 재활용운동은 물론이고, 우리네 음식문화도 근본적으로 개선되어야 한다. 이는 개인의 의식구조도 중요하지만 일본 수상이 재생품 종이로 만든 명함을 쓰는 것처럼 지도급 인사들이 먼저 모범을 보여야 할 것이다.

이보다 더 작은 예를 들어보자.

요즘은 시장에서 손에 장바구니를 들고 다니는 아주머니들의 모습을 보기가 쉽지 않다. 빈손으로 갔다가 비닐 봉지로 양손 가득 싸 들고는 비닐을 쓰레기통에 마구 버린다. 버려진 비닐은 2, 3백년이 지나야 썩게 되고 썩더라도 토질을 산성화시킨다는 무서운 사실을 모르고 있으니 한심한 작태가 아니고 무엇이랴!

이제 우리도 선진국이 되려면 이처럼 사소한 자신의 혁신부터 이룩해야 한다.

갑술년 새해에는 우리 모두가 작은 일부터 새로운 각오로 자기 혁신에 앞장서자.

그래서 온 국민이 태평성대를 구가할 수 있는 복지국가건설의 대역사에 한 줌의 밑거름이라도 되자.

(윤성주택, 윤성, 1994. 2월호)

을해년(乙亥年)과 돼지

금년은 간지(干支)로 을해년 돼지해이다. 간지는 천간(天干)과 지지(地支)의 준말로 갑을병정무기경신임계(甲乙丙丁戊己庚辛壬癸)의 십간(十干)과 자축인묘진사오미신유술해(子丑寅卯辰巳午未申酉戌亥)의 십이지(十二支)를 일컫는다. 간지(干支)는 간지(幹支)라고도 쓰는데, 간은 일신(日神), 지는 월령(月靈)을 뜻하고 중심이 되는 것은 간이다. 그 방법은 십간과 십이지를 각각 하나씩 맞추는 것이다. 갑과 자를 맞추면 갑자가 된다. 그러다 보면 십이지 중에 술(戌)과 해(亥)자가 남게 되는데 다시 갑, 을과 맞추어 갑술, 을해가 된다. 그리하여 60년만에 한바퀴씩 돌게 되어 다시 갑자가 되니 이것을 갑자(甲子), 화갑(華甲), 회갑(回甲), 환갑(還甲)이라 부른다.

간지에는 모두 년, 월, 일, 시의 4개가 있다. 그리고 이것을 사주(四柱)라 하고 각 주(柱)마다 두 자씩 8자가 되기 때문에 이를 팔자(八字)라고 한다.

12지에는 각기 상징하는 동물이 있다.

자(쥐), 축(소), 인(호랑이), 묘(토끼), 진(용), 사(뱀), 오(말), 미(양), 신(원숭이), 유(닭), 술(개), 해(돼지)가 그것인데, 이를 12생초(生肖)라 한다. 1995년의 간지가 을해년이니 돼지띠의 해가 된다.

돼지는 우리 민속에서는 복의 상징으로 일찍부터 제전에 희생으로 쓰여진 동물이기도 하다. 『삼국사기』 「고구려 본기」에는 하늘과 땅에 제사를 지낼 때 쓰는 희생으로 교시(郊豕)에 관한 기록이 나온다.

유리왕 19년 8월에 교시가 달아나므로 왕이 탁리(託利)와 사비(斯婢)라는 자로 하여금 뒤를 쫓게 하였더니 장옥택(張屋澤) 중에 이르러서 돼지를 찾아 각근(脚筋)을 끊었는데 이 사실을 왕이 듣고 제천(祭天)할 희생을 어찌 상하게 하였냐고 질책하며 두 사람을 갱중(坑中)에 넣어 죽였다는 기록이 있다.

이로 보면 제천의 희생으로 돼지를 길렀으며 이 돼지를 매우 신성시하였음을 알 수 있다.

또한 『삼국사기』 유리왕 21년 3월조에도 희생으로 쓰이던 돼지가 신이한 예언적 행위를 한 것으로 나타난다. 이 외에 『삼국사기』 잡지(雜志)에도 고기(古記)를 인용하여 돼지와 사슴을 잡아 산천에 제사 지냈다는 기록이 있다. 동국세시기에도 산돼지와 산토끼로 제사를 지냈다는 기록이 있다.

지금도 무당의 굿이나 동제(洞祭)에서 돼지를 희생으로 쓰고 있는 것은 고래로부터 내려오던 돼지에 관한 속신 때문이다. 돼지꼬리를 먹으면 글씨를 잘 쓴다고 믿으며, 꿈에 돼지를 보면 복이 오고 재수가 있다고들 한다. 돼지꿈은 재물이 생길 꿈이라고 하는데 이것은 돼지를 지칭하는 한자의 음이 돈(豚)이기 때문이라는 풀이도 있다.

아무튼 돼지꿈을 꾸면 복이 오고 재수가 있다고 믿는 속신이 있다. 그러니 돼지해인 을해년에는 많은 사람들에게 바라던 모든 일이 뜻같이 이루어지고 복 많은 한해가 될 것으로 기대해 본다.

(경북대 대학병원보, 1995. 1월호)

병자년(丙子年) 새봄을 맞으며

　지난해는 유난히 길고도 지루한 한해였다. 기억하기조차도 두려운 끔찍스런 사건들이 줄을 이었기 때문이다. 그러나 이처럼 불행한 사건들이 이제 병자년(丙子年)의 산등성이 너머로 아스라히 사라져 가고 있으니 참으로 다행한 일이다.

　마치 조선조의 사화(士禍)를 방불케 하는 복잡미묘한 정치판에 덩달아 사회도 불안할 수밖에 없었다. 통계수치야 어찌 되었든 장바구니는 날이 갈수록 가벼워지고, 경기는 하락 곡선을 그리다 못해 부도로 치닫고 있으니 말이다.

　교량이 끊어지면서 무고한 목숨을 앗아간 성수대교의 참혹한 모습! 어찌 그뿐이랴!

　하늘을 날던 비행기가 산허리에 부딪혀 두 동강이 나고, 법정 정원을 넘긴 선박이 바다 밑에 가라앉아 수많은 인명을 앗아가버린 참담한 기억들! 최고급 백화점이라 뽐내던 삼풍이 송두리째 무너져 통한의 죽음을 당하게 하지 않았던가! 달리던 기차가 엿가락 꼬이듯 휘어진 구포역의 참상은 수많은 원혼(冤魂)을 낳았고, 대구 상인동의 가스 폭발사고는 전쟁터의 불바다를 보는 듯한 비극의 극치가 아니었던가!

　더욱 놀라운 것은 이들 모두가 천재지변이 아닌 인재라는 사실이다. 지난 한 해 동안 이처럼 끔찍스런 사건이 줄을 이었으니 밤새 안녕을 물어야 했던 불안한 세월이었다.

이제 새해가 밝아 병자년(丙子年) 쥐띠의 해가 전개되고 있다. 쥐는 우리 인간에게 해로운 동물로 알려져 있지만 지혜와 번영을 상징하는 동물이기도 하다.

『삼국유사』에 국운이 기운다거나 천재지변이 일어날 때는 쥐가 미리 알려 주었다는 기록이 있다. 그리고 생쥐 두 마리가 2년 만에 백만 마리의 새끼를 낳을 수 있다는 것은 쥐의 가공할 만한 번식력을 의미한다.

영국의 저명한 과학자인 더갈 딕슨은 「미래의 동물계」라는 저서에서, 인류가 지구상에서 사라진다면 다음 주역은 쥐와 토끼일 것이라고 했다. 그만큼 쥐는 사람이 사는 곳에는 꼭 붙어 다니니 인류와 역사를 같이 하고 있다고 할 정도로 관계가 밀접하다.

십이지(十二支) 중에 쥐를 자(子)로 표시하는 것 또한 잉태의 뜻인 만큼 강한 생명력과 번식력을 지니고 있기 때문이다. 그래서 쥐띠 해에 태어난 사람은 부지런하여 의식주에는 걱정이 없는 운명을 타고 났다고들 한다. 그러니 금년에는 우리 모두가 좋은 운세를 기대해 보자.

십이지(十二支) 가운데 쥐가 제일 앞서게 된 유래에 대한 속설(俗說)도 있다.

옥황상제가 지상에 있는 동물들의 서열을 정해주기 위해 경주를 시키기로 했다. 이를 위해 소는 부지런히 연습을 했다. 이를 본 쥐가 자신은 체구도 작고 힘이 약해서 시합에는 승산이 없을 줄 미리 알고 있었다.

경기하는 날이 왔다. 모든 동물들은 열심히 달렸고 그 가운데 소가 가장 부지런히 달리고 있었다. 쥐는 소 등허리에 몰래 타고 있었는데 소가 옥황상제의 문전에까지 왔을 때 소 등허리에서 뛰어내려 하늘의 문을 제일 먼저 통과했다. 그래서 십이지(十二支) 가운데 쥐를 첫 머리에 두고 소가 두 번째가 되었다고 한다.

여기서도 쥐는 얄미운 행동을 하긴 했지만 그의 뛰어난 지혜로 동물의 서열에서 첫 머리를 차지한 셈이다.

쥐띠 해인 병자년(丙子年)에는 쥐의 좋은 면만 본 따서 위기에 대처할 줄 아는 지혜로운 삶, 번영과 풍요로운 삶을 누리는 한해가 되었으면 하는 바람이다.

그래서인지 연초부터 좋은 소식이 줄을 잇고 있다.

엊그제 뉴스에서 서울대 인문사회계열에서 수석을 한 장승수군의 이야기가 그 중의 하나이다. 이 소식을 듣고 아직도 우리 젊은이들에게는 충천하는 기백과 용기, 강철같은 의지와 무한한 희망이 있음을 알 수 있었다.

그는 90년에 고교를 졸업한 후 새벽에는 신문배달, 낮에는 가스배달, 막노동으로 생계를 꾸려가면서 밤에는 입시학원에서 대학 진학의 꿈을 키웠다. 그의 강인한 의지는 서울대 수석보다 훨씬 값진 문자 그대로 주경야독(晝耕夜讀)의 삶을 이루는 원동력이었으니, 그가 바로 인간 상록수였다.

'천재들이나 하는 줄 알았던 서울대 수석을 할 줄은 꿈에도 몰랐습니다. 돈이 없어서 대학을 포기할 생각도 몇 번씩 했는데 …….'

라고 말한 수석의 소감은 그와 유사한 처지에 있는 젊은이들이나 후배들에게 값진 교훈을 시사해 주는 말이기도 하다.

주어진 상황에서 최선을 다한 결과에 자신도 놀랐다는 솔직한 표현이다. 이것은 인간에게 주어진 무한한 가능성, 아니 의지력의 승리로 오늘을 사는 우리 모두에게 잔잔한 감동을 일으키기에 족하다. 이는 곧 장승수군 혼자만의 승리일 뿐 아니라 인간 의지의 승리이므로 더욱 값진 교훈으로 우리 모두를 기쁘게 한다.

이러한 정신이 21세기를 바라보며 살아가는 오늘날의 젊은이들, 소위 X세대라고 자처하는 사람들에게 확산되길 바라는 마음이 간절하다.

그저께의 일이다. 대학입시에 떨어졌다고 한 소중한 생명이 한강에 뛰어들어 유명을 달리한 사건이 있었다. 너무나도 어처구니없는 부끄러운 사건이다.

어찌 이것뿐이랴! 「서태지와 아이들」을 좋아하는 X세대를 보고 한 번 더 놀랐다. 스스로 은퇴하겠다는 그를 집에까지 찾아가서 급기야는 대문간에서 며칠 밤을 새우며 아우성을 친다는 이 한심한 X세대들에게 장승수군의 의지력과 강인한 기백을 본받게 할 수는 없을까?

학원주변에서 폭력을 휘둘러 '금품갈취'를 일삼는 겁 없는 10대들, '방학탈선 급증', 조그마한 마음 고생이나 한 때의 정신적인 고통을 못 이겨 자살로 연결하는 나약한 X세대들에게 장승수 군의 무쇠 같은 의지가 조금이라도 전이되었으면 하는 마음이 간절하다.

학원비가 떨어지면 공사장에서 돈을 벌어 다시 열심히 공부하는 그의 성실성과 홀로 서려는 강인한 의지력! 이렇게 번 돈으로 동생을 먼저 대학에 보내느라고 자신의 대학 진학을 늦춘 것만 해도 요즘 같은 세상에서는 보기 드문 형제간의 미덕과 우애이다. 아버지가 없어 가장으로서의 몫까지 하고 있으니 더욱 대견스럽다. 이에 감명을 받은 인사들의 끊임없는 성원이 줄을 잇는 것은 너무나도 당연한 일이다.

"훌륭한 법관이 되어 가난하고 소외 받는 이웃들에게 거름이 되도록 노력하겠다"는 것이 그의 꿈이다.

야무진 체구에 정의감이 넘치는 의지의 사나이, 장승수군 같은 젊은이가 있는 한 한국은 아직도 무한한 가능성이 있을 것이다.

병자년(丙子年) 새해에는 계속 이와 같은 소식만 줄을 이었으면 한다.

이렇게만 된다면 선진국의 문턱도 가볍게 뛰어 넘을 수 있을 텐데 하는 바람으로 병자년(丙子年) 새봄을 맞고 싶다.

(동아 권두언 칼럼, 동아백화점, 1997.)

한국어의 전통성 회복

프랑스의 언어학자 안톤 메이에(Antoine Meillet)는 민족과 언어의 관계에 대해 이렇게 언급하였다.

"민족을 구별하는 특성 중 가장 명백하고도 유일한 제일의 특성은 언어이다. 언어의 차이가 소멸하는 곳에 민족의 차이도 점점 없어져 가며, 민족 감정이 결(決)한 곳에 언어의 차이도 사라져 간다."

즉 민족과 언어는 매우 긴밀하게 밀착되어 있다는 것이다.

그의 말에 따르자면, 한국인을 한국인답게 하고 개개의 사람들을 하나로 묶어 배달민족으로서의 일체감을 갖게 하여 다른 민족과 구별되게 하는 가장 큰 특성이 한국어라는 것이다.

우리나라의 유구한 역사와 함께 해 온 우리말은 그 속에 우리 민족의 전통과 문화, 정서와 풍속이 그대로 용해되어 있다. 즉 국어에는 우리 겨레의 전통 속에서 성장한 얼이 담겨 있으며, 그 얼이 우리의 사상과 감정, 나아가서는 행동까지도 지배하는 것이다. 이러한 견지에서 전통적인 한국어를 잘 가꾸고 다듬는 것은 우리 민족의 정신을 다듬고 가꾸는 것과 같다.

그러나 해방 이후부터 시행된 한글 전용의 어문정책으로 인해 한국어의 전통성이 심각하게 위협받고 있다. 현재 정부의 어문정책은 1948년 10월 9일 국회에서 공포된 『법률 제6호』와 1955년 문교부가 발표한 『한글 전용맞춤법』에 의해 '한글 전용'을 규정하고 있다. 이 법의 문제성을 지적하기에 앞서 우리는 법률 제6호가 제정된 건국 전후의 시대상황을 이해해야 할 것이다.

일제는 민족 정기를 말살하기 위해 우리말과 글을 억제했고, 한글 연구가들을 '조선 정신 말살' 차원에서 극심하게 탄압하였다. 해방과 미군정을 거치며 우리말과 글에 대한 향수가 팽창하면서 한글 전용은 각계의 반대에도 불구하고 논리적 타당성을 가질 수 있었다.

당시에는 대다수 국민들이 문자사용의 혜택을 누리지 못하였다. 때문에 신생 정부는 국가발전과 국민의식 수준을 향상시키기 위해 '문맹퇴치'를 절실한 과제로 삼을 수밖에 없었다. 그리고 쉽게 익힐 수 있는 한글 보급은 문맹퇴치 차원에서 큰 공을 세웠다.

1940년대만 해도 전체 인구의 다수를 차지하던 문맹률을 불과 4반세기만에 거의 퇴치할 수 있었던 것은 세계에서도 유례가 없었던 일이다. 한글 전용 정책과 우리말의 보급은 누구나 쉽게 읽을 수 있는 한글 문학을 꽃피웠고, 농업기술과 생산기술 정보를 광범위하고 신속하게 전파하여 '한강의 기적'을 이루는 발단이 되었다. 과학적이고 창의적인 고유문자를 가진 민족이라는 자긍심도 무시할 수 없는 자랑이었다.

그러나 상황은 간단치 않았다. 수천 년을 한자와 더불어 살아온 우리 사회에서 어느 날 갑자기 한자를 몰아낸다는 것은 득보다는 실이 더 많았다.

가장 쉬운 예로, 수많은 동음이의어(同音異義語)들을 한글로만 표기함으로써 의미변별에 상당한 혼란을 초래하였다. 예컨대, '원망형 어미'는 '원망형(怨望形)'과 '원망형(願望形)'의 두 가지 의미로 쓰인다. 한글로만 표기해 놓으니 어떠한 의미로 쓰인 것인지 분간할 수가 없다. 또한 원수(元首)와 원수(怨讐), 구축(構築)과 구축(驅逐), 성인(成人)과 성인(聖人)과 성인(成仁), 전기(電氣)와 전기(傳記)와 전기(轉機)를 구별하지 못한다. 겨우 문장의 맥락을 통해 눈치껏 짐작할 따름이다.

그 뿐만이 아니다. 정씨(鄭氏)와 정씨(丁氏), 조씨(趙氏)와 조씨(曺氏)는 엄연히 다른 성씨임에도 한글로 한결같이 정씨, 조씨로 쓰니 엉겁결에 한 종씨가 되는 비극을 자초했다.

또한 인명과 지명에서도 무모하게 현지발음을 교과서에까지 표기하고 있다. 예컨대 이등박문(伊藤博文)을 이토오 히루부미, 상해(上海)를 샹하이, 동경(東京)을 토오꾜오와 같이 한국에서도 우리식의 발음은 증발되고 현지발음을 사용하고 있으니 한국어의 전통성 회복이란 차원에서 보면 재고되어야 마땅하다.

뿐만 아니라 우리 국어의 사용에 있어서도 일본어의 간섭과 서구어의 간섭이 매우 심각하다. 예를 들면 벤또, 와리바시, 주봉, 우와기, 사시미 등 일본어에서 온 한국어의 상처는 이루 다 헤아릴 수 없이 많다. 게다가 서구에서 온 우리말의 상처도 만만치 않다. 스포츠맨, 일요 스페셜, 단독 콘서트, 비디오 가게, 스튜디오, 프로야구, 폭소 앨범, 노트, 러브 씬, 뉴스데스크 등은 마치 우리의 전통어를 완전히 밀어내고 버젓이 국어인 양 통용되고 있는 현실이다.

그리하여 일본어나 서구어를 모르거나 쓰지 않으면 무식하다고 생각하기에까지 이르렀으니 더욱 한심한 생각이 든다.

그리고 요즘 중고생 중에서 '가시광선'의 의미가 '가시광선(可視光線)'이고, 무상분배가 '무상분배(無償分配)', 적자생존이 '적자생존(適者生存)'임을 정확히 알고 있는 이는 거의 없다.

개념도 제대로 파악하지 못한 상태에서, 학문의 가장 기본적인 도구가 되는 어휘의 절대 빈곤 상태에서 어찌 제대로 된 학습이 이루어지겠는가.

그 결과 중고생의 학습량이 세계 3위임에도 불구하고 대학생들의 학문 수준은 세계 50위에 머물고 있는 것이다.

오늘날 지구상에서 한자가 통용되는 인구는 줄잡아 14억이 넘는다고 한다. 이는 세계 인구의 약 29%에 해당하며, 영어 인구 15억과 맞먹는 숫자다. 이러한 상황에서 우리가 한자문화권에 속해 있음을 매우 다행스럽게 생각한다. 그러나 한자를 2천여 년이나 함께 쓰면서 이제는 완전히 우리 것이 되어버린 한자를 배척하고 또한 우리말을 배척한 채 외래어를 마구 쓰는 것은 실로 안타까운 일이다.

앞서도 말했지만, 언어는 단순히 의사 소통의 수단이 아니라 그 민족의 얼을 담고 있는 것이다. 따라서 우리 국민이 지난 2,000여 년 동안 우리의 정신을 담아 온 한자를 배척하고 전통적인 우리말을 밀어내는 것은 곧 지난 우리의 전통과 단절을 초래하고 민족 정신의 말살을 가져올 절박한 상황에 이르게 만들 것이다.

우리 모두가 민족적인 차원에서 한국어의 전통성 회복에 앞장서야겠다.

(한국 어문회, 어문회보, 1997. 8. 20.)

경사상(敬思想)

"군자는 경(敬)으로써 내심(內心)을 정직하게 하고, 의(義)로써 외행(外行)을 방정하게 하여 경과 의가 서면 덕(德)은 외롭지 않다. 정직하고 방정하고 크니(直方大) 익히지 않더라도 이롭지 않음이 없은 즉 그 행한 바를 의심하지 않는다"
라고 하였다.

경으로써 내심을 정직하게 한다 함은 털끝만큼이라도 사사로운 생각이 없고 가슴 속이 탁 트여서 아래로 통하고 위로 통해서 겉과 속이 하나가 되는 것이고, 의로써 외행을 바르게 한다 함은 옳은 것을 보면 옳다고 결정하고 옳지 않은 것을 보면 옳지 않다고 결정해서 칼로 자른 듯이 방정함을 말하는 것이다.

선유(先儒)가 이를 해석하기를, 경이 서면 내심이 정직하고 의가 형성되면 외형이 방정하다고 하였다. 대개 경(敬)하면 이 마음에 사사(私事)가 없게 되니 내심이 정직하게 되는 이유이다. 의(義)란 모든 사물이 각기 그 분수를 지키니 외형이 방정해지는 이유이다.

오늘날 일본경제의 부흥은 정직한 국민정신에서 시작되고 이와 같은 국민정신의 근본은 바로 퇴계 선생의 경사상(敬思想), 퇴계의 경제윤리에서부터라고 한다. 그래서 일본에서는 1970년대 이전에는 퇴계학연구가 한국보다 더욱 활발했고 퇴계연구소만도 한국보다 더 많은 8개소나 되었다.

그런데 한국의 경우는 퇴계학 연구가 70년대 이전에는 거의 황무지의 상태였다가 비로소 1973년에 경북대 퇴계연구소가 개설됨에 따라 퇴계학 연구에 관심을 가지게 되었다.

조선조 500년 동안 율곡 사상과 퇴계 사상의 갈등 대립이 극심하여 그 어느 하나도 제대로 수용·발전시키지 못하고 도리어 파당과 파쟁의 씨앗으로만 그 일역을 하였으니 유학의 올바른 인식을 갖지 못한 것도 당연한 귀결이 아닌가 싶다.

만시지탄이지만 지금부터라도 우리 선현들의 정신을 바로 이해하고 민족정신을 일깨워야 할 것이다. 경(敬)사상으로 국민정신부터 바꾸어야 한다.

1989년 미국 워싱턴 조지타운대학에서 '동서문화의 양상과 앞으로의 전망'이란 세미나가 열렸다. 당일에 논의된 결론만 소개하면 서양문화를 물질문화, 동양문화를 정신문화로 결론짓고, 서양문화는 정신문화의 기반이 빈약하면서도 물질문화의 풍요를 만끽하고 있어 마약, 에이즈 등 세기말적인 현상이 극에 이르고 있으니 멀지 않아 세계문화의 중심은 서양에서 동양으로 옮겨질 것이라는 내용이다.

또한 고래로부터 내려오는 전통적인 문화로 무장되어 있는 동양의 정신 문화야말로 앞으로 세계문화의 중추적인 역할을 맡아야 한다고 했다.

그렇다면 동양문화의 정신적인 지주가 무엇인가 하는 것이 문제가 된다. 그것은 다름 아닌 유학사상이다. 그러나 유학사상의 발생지인 중국은 오랫동안 공산치하에 있었기 때문에 거의 잊혀져 가고 있는 실정이다. 93년 8월에 있었던 공·맹·순 국제학술대회에서 이미 지적된 바와 같이 공자사상이 무엇인지 잊혀져가고 있으니 중국이라는 나라가 과연 세계의 중심이 될 수 있을는지는 의문이 아닐 수 없

다. 오히려 중국의 변방국가들인 한국·일본·월남·대만 등이 동양
전통문화의 중심사상인 유학을 지켜오고 있는 셈이다.

그렇다면 한국도 세계의 중심이 될 가능성이 있다. 유학의 본산인
중국에서 공자의 동상을 끌고 다닐 때, 한국에서는 퇴계 사상을 주제
로 한 국제학술대회만도 13차례에 걸쳐 개최되었다. 이 정도면 희망
을 가져 볼 만하지 않을까?

경제대국인 일본이나 대만도 세계문화의 중심을 이룰 만한 저력이
있다.

대만의 경우를 보자. 장총통의 통치이념도 경의사상(敬義思想)에서
출발했다고 한다. 모택동으로부터 쫓겨나올 때 그는 수천 년의 전통
과 유구한 역사의 상징인 고궁박물관의 문화재 80%를 배에 싣고 왔
다. 당시 10%는 미국으로 유출되었으니 나머지 10%만 본국에 남은
셈이다. 장총통이 생사기로의 절박한 순간에도 그들의 전통문화를
생각했던 것이야말로 오늘의 대만 부국을 있게 한 힘이 아닐까 한다.

그는 수많은 문화재를 배에 싣고 오면서 그 속에서 오랜만에 편히
쉴 수 있었다고 한다. 귀중한 문화재 때문에도 자신을 죽이기 위해
배를 폭격할 순 없을 것이란 판단에서라고 한다. 그 뒤에 대만 양명
산 기슭에다 산을 뚫어 보관해 두었으니 이것이 바로 세계적으로 유
명한 대만의 고궁박물관이다. 그의 이러한 정신이 바로 달러 보유 세
계 1위의 나라로 만든 기저가 아닐까 한다.

장총통이 죽자 60대 노총각 조문객들이 줄을 이었다고 한다. 이들
은 그가 본토에서 쫓겨 올 때에 데리고 온 군인들이다. 내일이라도
곧 본토 수복을 이루어 고국 땅에 가서 장가들려고 기다렸던 사람들
이다. 약속을 어기고 먼저 간 장총통을 얼마나 원망했겠는가!

장총통도 숨을 거두면서 차마 눈을 감을 수 없었을 것이다. 그래서
그의 유언에 '너희들이 본토를 수복하기 전에는 나를 이 땅에 묻지

말고 나 대신 너희들이 본토를 수복한 후에 나를 그 사랑하던 조국의 땅에 묻어 달라'고 했다 한다. 그래서 그는 지금도 알콜 물 위에 떠있는 신세가 되었다. 또한 그의 시신 위엔 책 한 권이 놓여 있으니 바로 국어 사전이다. 살아서 언어통일을 이루지 못한 한을 죽어 저승에서라도 끝내 이루겠다는 유언 때문이라 한다.

대만이 조그마한 나라이긴 하지만 북경 발음, 광동성 발음, 산동성 발음 등 가지각색이어서 의사소통이 쉽지 않다.

내가 대만에서 설날을 보낸 일이 있었다. 장경국 총통이 연두교시를 하는데 통역관 3명이 동시 통역을 하는 광경을 보고 언어 문제의 심각성을 새삼 느꼈다. 대만의 텔레비전에서 항상 자막이 나오는 이유도 언어 소통 문제 때문이다.

타이페이 중심가에는 거대한 규모의 중정 기념관이 자리하고 있다. 외국에 사는 화교들이 성금을 모아 건축했다고 한다. 최고 통치자에 대한 그네들의 정신적인 신념의 일단을 엿볼 수 있다.

대만이 달러 보유국으로서 세계 제 1위를 달리고 있는 데는 장개석 같은 위대한 지도자가 있었기에 가능했다. 또한 전체 국민의 근검 절약 정신이 있었기 때문이다. 한 두 가지의 예를 들어보자.

대만 정부 초청으로 객원교수로 있을 때의 일이다.

내가 살던 아파트 바로 앞의 큰 빌딩 주인이 직접 청소를 하고 하수도도 치고 나들이 할 때는 고급 승용차보다는 자그마한 오토바이를 이용하는 것을 보았다.

우리 같으면 외제 승용차에 호화의 극치를 달릴 수 있을 그런 형편의 사람이었다. 대만에 가본 사람이라면 누구라도 알 수 있지만 거리에는 승용차보다는 오토바이 수가 더 많아 오토바이 전용 도로가 있다.

그렇다고 해서 돈이 없는 것도 아니다. 가능하면 외화 낭비를 줄여

보자는 생각에서 나온 결과이다. 이와 같은 정신에서 오늘날 부국 대만을 이룬 것이다.

일본의 경우를 보자. 그네들은 73년 오일쇼크 때에 근검 절약정신의 일환으로 폐품 재활용 운동이 전국적으로 확산된 후 지금까지도 잘 지켜지고 있다. 폐품 재활용은 유치원생에서부터 총리에 이르기까지 모두가 실천하고 있다. 유치원에서는 엄격하게 재활용 교육을 시키고 총리는 재활용 종이로 만든 명함을 쓴다고 하니 우리 사회와는 너무도 대조적이다.

요즘 우리 나라에서도 녹색운동이 전개되고 있다. 국민의 3%만 이 운동에 참여하면 환경문제가 해결된다고 하는데, 현재 0.3%의 국민만이 이에 참가하고 있다니 환경문제 해결의 길이 멀기만 하다.

더불어 사는 사회, 보다 나은 사회를 만들기 위해서는 우리 모두 관심을 가져야 할 것이다.

우선 쓰레기 문제부터 보자.

시장에 가면 비닐봉지에다 물건을 담아 들고 오는 사람이 대부분이다. 그런데 이 비닐은 땅에 묻혀 200년이 지나도 전혀 썩지 않을 뿐만 아니라 썩어서도 땅을 산성화시킨다고 한다. 이러한 해악을 끼치는 물건은 사용을 자제해야 할 것이다. 또한 쓰레기의 주류가 되는 것이 음식쓰레기라고 한다. 작년 통계에 의하면 1년에 버리는 음식찌꺼기가 경부 고속전철을 하나 놓고도 남을 만한 정도였다고 한다. 그 많은 양을 모조리 땅 밑에 묻고 있다니 하루 빨리 음식쓰레기 처리의 개선부터 이루어야 하겠다.

1974년 쓰레기 배출량은 일본이 1만 톤이었는데 산업이 대폭 확대 증가된 오늘에 와서도 그대로 1만 톤이고 나머지 폐품은 재활용 공장으로 간다고 한다. 일본의 깡통 중 42.3%가 재활용품이라 한다.

그런데 우리나라의 경우는 74년에는 1만 톤의 쓰레기가 배출되었는데 90년에는 8배가 넘는 8만 7천 톤의 쓰레기가 배출되었다고 한다. 낭비와 사치가 오죽하면 이 모양이겠는가 싶다.

과소비 억제 운동도 중요하고 긴축재정도 중요하지만 근검 절약이 생활화되지 않으면 우리는 다시 일어서지 못할 것이다.

우리도 쓰레기 분리 운동이 한때는 매우 활발했다. 쓰레기 분리가 분리에서 끝나서는 안된다. 분리, 수거, 처리의 3박자가 맞아야 한다. 쓰레기 분리가 되어도 수거하는 사람이 제대로 거두지 않으면 그만이다. 수거가 잘 되어도 이것이 공장으로 가서 재활용품으로 만들어진 것을 국민들이 사용하지 않으면 아무 소용도 없다. 아직도 이렇게 되기까지는 멀고도 험난한 길을 걸어야 한다. 신문지와 파지를 거두어 가는 사람을 보지 못하고, 오히려 재생품보다 수입해 쓰는 것이 경제적이고 쉽다는 사고가 만연해 있기 때문이다.

종이 한 장이라도 절약해야겠다는 사고가 확산되기 전까지는 우리는 다시 일어설 수 없을 것이다.

어느 재벌출판사의 사장과 있었던 일이다. 백지 종이가 필요해서 한 장을 쓰는 데도 바로 옆에 쌓여 있는 종이를 마다하고 지나간 달의 달력을 찢어 쓰는 것이다. 그런 절약정신이 오늘의 대재벌을 만들었구나 하는 생각이 들어 존경스러웠다.

GNP 8,000불 시대에서 적자시대로 돌아선 우리 경제, 누구를 탓하기 전에 근검 절약부터 생활화해야겠다.

대만은 우리보다 먼저 수입상품의 개방을 시작했다. 곳곳에 외제 상품이 즐비해 있지만 그네들은 관심이 없다. 가급적이면 자기 나라 물건을 사려 한다. 이러한 정신이 오늘의 경제부흥을 일으켰다고 한다.

우리의 경우를 보면 이제 막 개방이 되어 외제 물건이 쏟아져 들어오기 시작했다. 그런데 대만이나 일본과 달리 값비싼 외제가 들어오기 바쁘게 바닥이 난다. 더구나 그것이 비싼 것일수록 잘 팔리고 비싼 재미에 산다고 하니 한심한 작태가 아닐 수 없다.

우리의 이 허풍스런 사치와 낭비가 사라지기 전에는 경제부흥을 아무리 외쳐본들 무슨 소용이 있겠는가.

뿐만 아니다. 적지 않은 수의 초등학교 학생들이 크레디트 카드(Credit card)를 지니고 있다니 어처구니가 없다. 초등학교 어린이부터 과소비를 하고 있으니 그네들에게 무엇을 기대할 수 있단 말인가. 개혁도 중요하지만 더욱 중요한 것은 국민들의 의식개조이다.

세계의 중심이 서양에서 동양으로 옮겨진다고 해서 좋아만 할 것이 아니라 동양 고유의 경(敬)사상으로 정직, 근면, 성실, 절약정신이 생활화되어야 할 것이다.

(한국통신공사 남대구 전신전화국 정창주국장 초청 강연원고, 1994. 8. 5.)

우주창조와 천지개벽

　오늘날 우리는 천문학이나 고고학 등에서 우주창조와 하늘과 땅이 열린 이야기에 대한 끊임없는 연구가 계속되고 있음을 본다. 이러한 노력은 원시인들이 만든 신화에서부터 그 기원을 찾아볼 수 있다. 울창한 숲과 사나운 짐승 그리고 인간의 힘으로는 당해낼 수 없는 천재지변과 싸우며 살아왔던 동서양 인류의 조상들은 이러한 문제에 대해 어떻게 사색하고 있었던가를 그들이 만든 신화를 통해 알아보자.
　이에 대해서는 동서양 신화들의 공통적인 양상을 엿볼 수 있다. 이는 크게 두 가지의 유형으로 나눌 수 있다. 하나는 우주창조형의 신화이고, 또 하나는 천지개벽형의 신화이다.
　우주창조형의 신화는 기독교의 창세기처럼 고대 유대민족의 신앙에서 생긴 유일절대신인 여호와께서 6일 동안에 차례대로 우주만물을 만들었다는 것이 그 대표적인 것이다.
　첫째 날에는 빛을 있게 해서 밤과 낮을 가리고, 둘째 날엔 하늘을 이루고, 셋째 날엔 육지를 이루어서 초목을 생기게 하고, 넷째 날엔 달과 별들을 만들고, 다섯째 날엔 물고기와 새를 만들고, 여섯째 날엔 짐승과 흙을 빚어 자신과 닮은 사람을 만들고, 일곱번째 날엔 휴식을 했다는 것이다. 이는 전지전능한 유일신이 빚어낸 대역사의 과정을 종교적인 시각에서 사색한 것이다.

성서에 나오는 창세기는 유대인들이 가지고 있는 신화 내지 신앙
인 바, 그리스도교는 이 신앙 위에서 이루어졌다고 한다. 그것은 유
일절대의 신이 천지만물을 창조했다는 독특한 생각이다.

다른 신은 배척하고 유일신을 섬긴 유대인들의 생각을 일신론(一神
論)이라 한다면 희랍사람들은 다신론(多神論)이다. 그들의 신화 혹은
신앙 속에는 호화찬란한 여러 신이 등장하는데 그 신들은 천지를 창
조하는 그런 대사업은 하지 않는다.

천지개벽형의 신화는 만물이 태초의 혼돈에서부터 점차로 분리되
어 생겨 나왔다고 설명하는 유형의 신화로 가장 대표적인 것이 희랍
신화이다.

처음에는 밤과 그 형제인 암흑이 있었다. 이것은 어둠의 양면 곧
천상의 밤과 지하의 암흑이다. 이 두 본체가 공허 속에 병존했다. 이
공허는 무(無)라는 의미의 공허가 아니라 설명하기 어려운 미조직(未
組織)의 공허로서 힘에 넘치는 세계의 모태이다. 이윽고 밤과 암흑이
공허 속에서 분리되어 암흑은 내려앉고, 밤은 광대한 공(球)이 되고,
그것이 두 조각으로 나뉘어져 하나는 하늘이 되고 하나는 평평한 대
지가 되었다. 하늘은 우라노스(Uranos)라 하고 땅은 가이아(Gaia)라고
하였는데 여기에서 첫대의 신이 생긴다. 나누어진 공허 속에서 사랑
(Eros)이 탄생되어 정신적인 힘으로써 우주의 통일성을 유지한다는
것이다.

앞의 우주창조형의 신화가 종교적인 의식이 강하게 작용하고 있는
데 비해 천지개벽형의 신화는 매우 과학적인 이야기이다.

그렇다고 동서양의 모든 신화가 이 두 유형에 포함되는 것은 아니
다. 두 유형의 복합형인 북구라파의 신화가 있고 천지개벽형에 가까
운 중국의 반고(盤固)씨 신화도 있다.

중국이나 한국의 신화는 서구에 비하면 매우 빈약하다. 조상들이

창작한 우주창조는 천지개벽에 관한 신화는 많았으나, 거의 문자로 기록되지 못하고 소멸되거나 변모된 형태로 구전되어 왔기 때문이다.

동양의 경우는 자연의 혜택이 적은 나라가 많은 데다가 자연과의 끊임없는 투쟁으로 궁핍한 환경 속에서 공상적인 사고를 할 겨를이 없었을 것이다. 게다가 유교문화권이어서 신화의 공상성을 인정해 주지 않는 의식구조 때문에 문헌에 기록되지 못하고 구전되다가 그 원형이 거의 상실되고 말았다.

다행히 중국에는 천지개벽형에 가까운 신화가 회남자(淮南子)에 많이 수록되어 있다. 이를 보면 하늘과 땅이 형성되기 전에 우주는 온통 허황하고 아늑하며 걷잡을 수 없는 무형(無形)의 상태였다. 이를 가리켜 태소(太昭)라 했다. 그러자 태소에서 허공이 생겨나고 다시 허공에서 상하사방(上下四方)의 공간과 무한한 시간이 생겨났다. 곧 이것이 우주이다. 우(宇)는 공간이고 주(宙)는 시간이다. 다시 이 우주에서 온갖 만물의 기(氣)가 생겨났으며, 청양(淸陽)한 기는 엷게 퍼지어 위로 올라가 하늘이 되고, 중탁(重濁)한 기는 쉽사리 합쳤으나 아래로 처진 중탁한 기는 응고되기 어려웠다. 따라서 하늘이 먼저 되었고 땅이 뒤늦게 자리잡혔다.

또한 천지간에 쌓이고 모였던 모든 정기는 음과 양을 지니게 되었다. 그리고 음과 양의 기가 합하여 춘하추동의 사계절을 이루었다. 다시 사계절의 기가 흩어져 만물을 낳게 되었다. 양만이 쌓인 열기로부터 불이 나왔고, 그 화기(火氣) 중에서도 가장 세찬 것이 해가 되었다. 한편 음만이 쌓인 한기(寒氣)로부터는 물이 나왔고, 그 수기(水氣) 중 가장 강한 것이 달이 되었다. 그리고 해와 달에서 넘쳐 나온 정기가 별이 된 것이라고 했다.

우리나라의 경우는 우주창조형의 신화나 천지개벽형의 신화는 보이지 않는다. 조선조 문화의 전승자인 유학자들이 공상적인 신화는 비현실적인 거짓 이야기로 간주하여 기록하지 않았기에 구전되다가 거의 소멸되고 그 잔영만이 전설의 형태로 전승되었다.

제주도의 「설문데 할망 이야기」가 가장 대표적이다.

'할망은 한라산을 베개로 삼고 누우면 다리가 바다물에 잠겨 발로 물장구를 쳤는데, 서귀포 법환리 앞 바다의 섶섬에 있는 커다란 구멍 두 개는 할망이 한라산을 베개 삼고 누우면서 잘못 발을 뻗쳤을 때 생긴 구멍들이고 거기에서 쏟아진 흙들이 도내에 무수히 흩어져 있는 작은 산들이다'라는 이야기도 있다.

또, 『온돌야화』라는 책에는 다음과 같은 이야기가 있다.

'단군보다 훨씬 이전에 한 거인이 있었다. 하도 큰 그의 몸 때문에 넓은 들판이 늘 그늘이 져서 곡식이 안 되어 끝내는 나라에서 추방을 당했다. 그래서 만주 땅으로 쫓겨간 그는 배가 고프지만 먹을 것은 없고 해서 들판의 흙을 한참이나 퍼먹고는 목이 말라 바닷물을 들이마셨다가 배탈이 났다. 그의 배설물이 쏟아져 나와서 백두산을 비롯한 산줄기와 압록강 두만강이 되었다'는 이야기이다.

이 거인은 제주도 할망과는 달리 남자 거인이었다.

이러한 거신(巨神) 이야기는 영남지역에도 있고, 일본에도 거신이 후지산을 하룻밤 사이에 만들었다는 이야기가 전하고 있다. 중국의 반고씨, 북구라파의 거신 이미르(Ymir), 희랍의 거신족 티탄스(Titans), 인도의 거신 푸루사(Furusa) 등 모두가 천지개벽형의 신화에 참여한 거인이란 점이 공통적인 현상이다.

우리는 유교문화권이어서 유교적인 의식구조 때문에 고유의 신화가 제대로 전승되지 못하고 거의 소멸된 채 다만 그 잔상만을 보여 주고 있음이 안타까울 뿐이다.

(대동은행 行報, 1993. 9 · 10월호.)

한가위와 우리 민속

한가위는 설날과 더불어 큰 명절 중의 하나이다. 이 날이 되면 새 옷으로 갈아입고 이른 새벽에 일어나 차례를 올린다. 또한 성묘를 위해 고향을 찾는 귀성객들로 붐비는 것으로 보면 고래(古來)로부터 내려오는 우리 고유의 민속의 모습을 말해 주는 것 같다.

겨레가 있는 곳에 그 겨레 고유의 민속이 있고, 그 민속은 그 겨레 고유의 특색을 말해 준다. 민속은 그 겨레 고유의 아름다운 이야기와 정취(情趣)로써 그네들의 살림과 마음을 순후(醇厚)하게 하고, 미화시켜 주는 날이기도 하다. 그러므로 이를 잃은 민족은 그네들의 생활 일부를 잃은 것이며, 그네들의 전통을 잃은 것과 마찬가지이다.

오늘날 우리들은 서구 과학사상의 영향으로 고유의 순후한 민속을 변질시켜 우리들의 기억 속에서 사라져가게 하고 있는가 하면, 새로운 생활방식과 제도는 전대에 없던 새로운 민속을 낳기도 한다. 그러나 최근 온고이지신(溫故而知新)의 교훈을 본받아 우리 고유의 전통적인 민속을 갈고 닦아 그 위에 우리 생활에 알맞은 새로운 민속을 건립하려는 뜻에서 민속예술을 중요시하고, 「한가위」를 휴일로 정하여 아름다운 민풍(民風)을 진장(振張)시키려는 것은 극히 다행스러운 일이다.

팔월 「한가위」를 「추석(秋夕)」이라 한다. 「추석」은 우리말이 한자

화된 것으로 원래는 「가위」라 불리어져 왔다. 지금부터 1940여 년
전, 신라의 「을야적마(乙夜積麻)」란 풍속이 있었는데 이것을 「가비(嘉
俳)」라고 하였다. 이 「가비」는 다시 가비<가위(한가위)로 전음되어 오
늘에 이른 것이다. 「가위」란 가운데[中]란 뜻이니, 중추(中秋)의 중일
(中日)이란 뜻이 된다.

　그런데 보통 「가위」라 부르지 않고 「한가위」라 일컫는다. 여기서
의 「한」은 크다[大]의 뜻이니, 한자로 쓰면 대중일(大中日)로 표기할
수 있다. 이것은 곧 「정월 보름날」을 「대보름」으로 일컫는 말과 같은
뜻으로 「한가위」를 다른 명절보다 큰 명절로 보아온 데서 유래된 말
이다.

　추석명절에 대해서는 다음과 같은 전설이 있다.

　『삼국사기(三國史記)』와 『동국세시기(東國歲時記)』에 보면

　"신라(新羅) 유리왕(儒理王) 9년에 육부(六部)의 여자를 두 패로 나누
어 왕녀(王女) 두 사람으로 하여금 각각 한 패씩 거느리게 하여 추칠
월기망(秋七月旣望)[음 16일]으로부터 날마다 육부의 마당에 모아 길쌈
내기를 시켜 을야(乙夜)[오후 10시 경]에 파하게 하고 음력 8월 15일에
이르러 그 성적을 심사하였다. 진 편이 이긴 편에게 술과 음식을 대
접하여 노래와 춤으로 즐기게 하였으니 그것을 「가비」라 하였다. 그
때 진 편의 한 여자가 일어나 춤을 추며 탄식하기를 '회소회소(會蘇會
蘇)'라 하였는데 이 소리가 매우 슬프고 아름다웠으므로 뒷사람들이
그 소리로 인하여 노래를 지어 「회소곡(會蘇曲)」이라 하였다."고 한다.

　이 밖에 「추석」의 전설에 또 다른 것이 있다. 일본승단(日本僧丹)인
자각대사(慈覺大師)의 『입당구법순례행기(入唐求法巡禮行記)』에 다음과
같은 기록이 있다. 산색성 등주 적소원(赤小院)이란 신라인 사원에서
「추석」을 맞으며 보고 들은 이야기이다.

　"팔월 십오일 절에서는 둔(鈍)과 병식(餠食)을 차려놓고 추석 명절 행

사를 한다. 이 명절은 중국이나 일본에는 없고 오직 신라에만 있다. 노승들이 하는 말이 신라가 옛날에 발해와 싸워 전승한 날로 이 날은 즐겁게 지내며 영구히 전해 오는 날이기 때문에 여기에서도 삼일간을 쉬면서 향국(鄕國)을 추모하여 명절을 보내는 것이다”라고 했다.

아무튼 추석이란 명절은 신라와 긴밀한 관계가 있음을 알 수 있고, 우리 민속명절의 대표이기도 하다. 이때가 되면 바람은 서늘하고 춥지도 덥지도 않으며 높고 맑은 하늘, 풍성한 과일과 햇곡식, 저녁때가 되면 동산에서 두둥실 떠오르는 밝은 달, 어느 모로 보나 가장 좋은 계절이기도 하다. 햅쌀로 밥을 짓고, 송편을 만들어 차례를 올린 후에 선산에 성묘를 간다. 그리고 이웃과 함께 어울려 배불리 먹고 취하도록 마시며 즐긴다. 곳에 따라 「씨름놀이(脚戱)」, 「그네뛰기」, 「윷놀이」, 「농악」, 「강강수월래」, 「가마싸움」, 「거북놀이(龜戱)」, 「올게심니」 등의 놀이가 전개된다.

특히 「강강수월래」는 호남지방 특유의 습속이다. 추석날 달 밝은 밤에 곱게 단장한 부녀자들이 수십 명씩 일정한 처소, 즉 산정(山頂)이나 비교적 부유한 집 마당에 모여 손에 손을 잡고 원형으로 늘어서서 「강강수월래」라는 후렴이 붙은 민요를 부르며 원형으로 돌며 뛰어 노는 놀이다. 목청 좋은 사람이 맨 앞이나 원의 중앙에 들어가서 선창을 하면 다른 사람들은 「강강수월래」하고 후렴을 하면서 원무를 한다. 이때에 춤은 처음에는 진양조로 느리게 하다가 점점 빨라져 선창자의 능력에 따라 다양하게 전개되며 힘이 다하면 끝나게 된다.

지금부터 370여 년 전 임진왜란 때 수군통제사 충무공 이순신 장군이 수병을 거느리고 왜군과 청전(淸戰)을 하였을 때 정군(整軍)에게 청안(淸岸)을 경비하는 군세가 많음을 보이기 위하여 마을 부녀자를 동원하여 남장을 시켜서 우수영 근처에 있는 옥매산(玉埋山)을 빙빙 돌며 춤을 추게 하였다. 적군은 이순신의 군대가 많은 것을 보고 달아났다고 한다. 그 후 그 곳 해안 부근의 부녀자들이 이를 기념하기 위해 팔월 「한가위」 밤을 택하여 연중행사처럼 이 놀이를 하였다. 이 것이 호남지방 일대에 번져서 그 지방특유의 민속놀이가 되었다고 한다.

　이와 같이 우리 민속에는 선현들의 아름다운 얼이 있고 여래의 혜 안을 읽을 수 있어 좋다. 휘영청 밝은 달빛, 아름다운 노랫가락이 금 빛 물결을 타고 온 누리에 깔리는 추석의 밤, 이것이 우리 겨레가 아 니고는 맛볼 수 없는 아름다운 정취가 아니고 무엇이랴.

(경북대신문, 1975. 9. 20.)

내가 본 모산선생(慕山先生)

나는 모산선생을 존경한다. 항상 인자하시고 근엄하신 모습에서 후학들에게 스승의 참모습을 보여 왔고, 학문에 임하시는 뜨거운 정열은 후학들에게 큰 거울이 되어 왔기 때문이다. 또한 항시 자신의 일을 드러내지 않으려는 겸손의 미덕에서 영남 선비의 진면목을 볼 수 있으며, 평생을 학문에 헌신한 데에서 큰 학자로서의 참모습을 읽을 수 있기 때문이기도 하다. 뿐만 아니라 선생께서 창설한 모산학술연구소가 학계에 기여하고 있는 학문적인 업적은 후학 모두에게 존경을 받고도 남음이 있기 때문이다.

선생은 한국어문학회 회장을 맡으시면서 국어국문학에 밑거름이 되어오셨다. 도남학회 이사장을 맡아 후학들의 연구에 활력을 불어넣기도 했다. 또한 영남대학 재직시에는 가야문화연구소 소장, 민족문화연구소 소장을 맡아서 국학연구에 큰 업적을 남기기도 했다. 최근에는 팔순 고령에도 불구하고 국제 서법 예술연맹 한국본부 고문을 맡아 서예계에서도 한국을 대표하여 국제적인 활동을 하고 계시고 한국시조학회 고문으로서 큰 족적을 남기셨다. 그래서 나는 모산선생을 존경한다.

선생께서는 행정에도 뛰어난 능력이 있었으니 영남대 박물관장, 영남대 사범대학장, 금옥장학회 이사장, 경상북도 문화재 감정위원,

도계서원 원장, 대구한의과대학 학장, 신라 미술대상전 심사위원회 회장, 대구시 문화상 심사위원회 회장, 대구광역시 문화원 이사, 한국 영남충의단 추진위원장, 낙동서원 원장, 이호우 시조문학상 운영위원회 위원장 등 이루 다 헤아릴 수 없을 만큼 활동 영역이 넓다. 이는 선생이 고매하신 학덕과 인품을 두루 갖추신 분임을 짐작할 수 있게 한다.

모산선생은 73년에 학자로서는 최고의 영예로운 학술상인 제15회 대한민국 학술원상을 받았다. 82년에는 국민교육헌장 선포 14주년 국민훈장 동백장을 받았다. 83년에 대한교육연합회 연공상, 문교부장관 표창장, 86년에는 육의시조문학상, 97년에는 금복문화상을 받았다. 이로 보아 선생이 얼마나 자랑스럽고 보람 있는 생을 살아오셨는지를 짐작하고도 남음이 있다.

선생은 주지하는 바와 같이 청송 심씨 후예로서 전통적인 유가의 가풍에서 근면 성실한 인품을 지니고 교육입국의 원대한 의지로 초지 일관 국학연구에 일생을 바쳤다.

더구나 선생을 이해하고 평소 존경하는 국내외의 석학들이 선생의 고매한 유덕을 본받고 불후의 학덕을 계승발전 시키기 위해 1987년에 모산학술재단을 설립하고 모산학술연구소를 운영하고 있다. 또한 국내외 여러 학회의 발표장으로 활용하도록 헌신하시어 후학들을 위한 연구활동에 견인차적인 역할을 계속 맡고 있다고 할 수 있겠다. 그래서 나는 항상 모산선생을 존경하고 있는 터이다.

이처럼 수많은 석학들에게 존경과 흠모를 받고 있는 모산선생께서 탄신 80주년을 맞았다고 한다. 이제 선생께서는 한 세기 가까운 인생 여정을 살아 왔다.

마침 선생에 대한 일화 한 토막을 부탁해 온 편집자의 요구에 쾌히 승락하고 두서 없는 이 글을 쓰고 있다. 그리고 한 치의 과장도 도색도 없는 솔직한 이야기를 쓰다가 보니 문자 그대로 모산선생에 대한 존경과 흠모의 심상이 넋두리 같은 만필이 되지 않을까 하는 걱정부터 앞선다.

이제 다시 필봉을 바로 세워 선생의 편린을 더듬어 보자.

나는 선생께 직접 강의를 들은 직계 제자도 아니다. 그렇다고 전공이 비슷하긴 해도 한국 고전 그 가운데 선생같이 시가 문학을 전공한 사람도 아니다. 학연이라면 선생께서 경북대학교 대학원 석사과정을 수료하였으니 나는 겨우 선생의 대학원 직계 후배라는 인연이 있을 뿐이다.

그러나 선생의 근엄하신 모습에서 학자로서의 넉넉함과 선비로서의 학골선풍(鶴骨仙風)의 고매한 삶, 그리고 인자하심을 배우고 싶었다. 그래서 멀리서나마 선생의 고매하신 인격을 항시 존경하고 흠모해 왔기에 선배이기 전에 마치 직계 은사같은 가까움과 따뜻한 온정을 항상 느끼곤 했다.

언젠가 내가 모산선생을 가까이서 모신 일이 있었다.

70년대 초의 일로 기억된다. 그때 경북대학교 국어교육과에 재직하다가 경북대학교 초대 대학원 원장을 지낸 김사엽박사의 회갑기념 논문집을 간행하는 일에 내가 실무 책임을 맡은 일이 있다. 그때는 김사엽박사께서도 한국에 계시지 않았고 더구나 4.19를 전후해서 부득이 일본으로 건너가 계셨던 터라 그 당시 사정으로는 회갑논문집을 만들어 내기란 쉬운 일이 아니었지만, 그래도 김박사의 직계 수제자들의 헌신적인 노력으로 『청계 김사엽박사 회갑기념논문집』이 세상에 빛을 보게 된 일이 있다. 물론 나는 심부름을 했을 뿐 즈믄천시권교수께서 주간하셨지만, 편집과 교정 등 궂은 일은 내가 도맡아 했다. 그때만 해도 내가 대학에 들어온 지 얼마 되지 않았던 것으로 기억된다. 강의 준비에도 시간이 바쁘긴 했지만 책을 만들어 본

경험이 없었던 나로서는 700면에 가까운 회갑기념논문집을 만들어 내기에는 여러 가지로 어려움이 많았다. 사실 편집위원구성은 되어 있었지만 원고 모집부터 책표지 제자에 이르기까지 내가 이리저리 맞추어 내야 했다. 또한 처음 편집해 보는 일인지라 나로서는 신경이 쓰이지 않은 것이 없었다.

당시 모산선생의 집은 봉덕동 어느 소방도로를 굽돌아 가다가 보면 전통적인 한국식 아담한 기와집에서 살고 계셨다. 내가 모산 선생을 찾아뵙게 된 것은『청계 김사엽박사 회갑기념 논문집』의 표지에 쓸 제자(題字)를 받기 위해서였다. 처음 가까이서 모시게 된 것은 나로서는 좋은 인연이었지만 표지의 제자 글씨를 다급하게 부탁드린 것에 대해 지금까지도 미안한 생각을 가지고 있다. 인쇄 사정이 다급해서 밤이 늦은 시간에 찾아 뵙고 부탁을 드리러 갔다.

당시 선생께서는 고시조 3,000수의 작품선집을 작업하시느라고 온 서재에 자료가 어지러이 흩어져 있었다. 단시일에 표지의 제자가 필요하다는 무리한 부탁을 드렸지만 쾌히 승낙하셨다. 따뜻하게 맞아 주시며 춥다고 아랫목에 앉으라고 권하시는 인자한 모습에서 넉넉하신 인정과 큰 학자로서의 인품을 느낄 수 있었다. 나는 선생께서 권하시는 대로 아랫목 담요자락에 발을 묻고는 양쪽 벽에 가득히 쌓여 있는 모산선생의 서가를 둘러봤다. 그리고 방 한쪽에 수북하게 쌓여 있는 고시조 3,000수의 기초자료에 관계되는 카드를 보는 순간 그 방대한 작업에 고개가 절로 숙여졌다.

그리고 청계선생에 대한 자상하신 이야기도 함께 들려주셨다. 또한 청계선생의 회갑기념논문집을 편집하느라고 수고한다는 격려도 잊지 않으셨다. 나는 선생께 고맙다는 인사를 드리고는 회갑기념논문집 표지 제자에 들어갈 글자를 설명해 드렸다. 선생의 치밀하신 성품을 여기서도 알 수 있었다. 글자의 배치와 큰 글자와 작은 글자의 배치 등에 대해서 자상한 말씀도 있으셨다. 마침 그때가 추운 겨울인지라 연탄으로 방을 따뜻하게 하다가 보면 방 전체가 고루 따뜻하지 않았다. 그런데 아랫목으로 내 손을 잡아 끌어내리는 모습에서 선생의 자상한 성격을 읽을 수 있었다. 선생께서는 추운 윗목에 앉으시고 내가 아랫목에 앉아 있으려니 송구스러워했던 것도 기억된다.

이튿날 약속대로 표지 글씨를 받으러 다시 모산선생의 집을 방문했다. 방 안에 들어서는 순간 한 번 더 놀랐다. 방 한쪽에는 시조 3,000여 수를 정리하던 원고가 널려 있고 그 옆에 『청계 김사엽박사 회갑기념논문집』이라 쓰여진 붓글씨가 몇 장만 더 하면 백 장이라도 될 정도로 서재를 가득 메우고 있었으니 말이다. 그것을 하나씩 보이면서 가장 잘 된 것을 골라 보라는 것이다. 선생께서 직접 썼으니 선생께서 골라 주시면 그대로 따르겠다고 여러 번 되풀이했지만 막무가내였다. 당시만 해도 서예에 일가견을 가지고 계시는 모산선생이었지만 나에게 골라보라는 선생의 겸양지심은 지금도 잊을 수가 없다. 그래서 어쩔 수 없이 내가 골랐던 것으로 기억된다.

그것보다 더 관심을 끄는 것은 대 서예가께서 논문집 표제를 하나 쓰면서 몇 장 정도가 아닌 백 장 정도를 쓰시고는 그 중에 하나를 골라 보라는 선생의 겸양과 정성에 더욱 놀라지 않을 수 없었다. 자신이 없어서가 아닌 최선의 작품을 만들어 내기 위한 지극한 정성이 담겨진 글씨였기 때문이었다. 무슨 일이던 최선을 다 하는 선생의 지극 정성을 여기서도 엿볼 수 있어 선생의 자상하고도 치밀한 성품을 짐작할 수 있었다.

이러한 성격이 고시조를 비교·대조하면서 역대시조선집 3,000수를 펴내신 원동력이 된 것 같다. 맡으신 일 하나하나를 너무나도 철저히 간추리시는 모습은 우리 후학들이 배워야 할 점이기도 하다.

아직도 학문에 대한 선생의 뜨거운 열정은 식을 줄 모른다고들 한

다. 이번에는 모산선생 탄신 80주년 기념문집이지만 앞으로는 90주
년 아니 100주년 기념문집도 나올 수 있을 것으로 확신하면서 선생
의 만수무강을 기원하는 바이다.

(慕山 沈載完博士 八秩紀念文集『萬古常靑』, 慕山硏究所, 1998. 12.15.)

내가 본 석하선생(石霞先生)

나는 석하선생을 존경한다.

무슨 일이든지 맡으신 일이라면 열과 성을 다 하시는 선생의 뜨거운 정열이 있어 항상 존경하고 있다. 학문은 말할 것도 없고 하찮은 술자리에서까지도 선생은 항시 좌중을 마음대로 주도할 수 있는 정열이 넘쳐 보여 늘 주위 사람들을 감동시키곤 하였다.

선생께서 고희(古稀)를 맞으셨다. 고희란 두보의 「곡강시(曲江詩)」의 '인생칠십고래희(人生七十古來稀)'란 말에서 나오긴 했지만 선생에겐 이 말이 어울리지 않는다.

선생께서는 아직도 홍안이시고 정열은 20대에 비유할 만하니 두보의 이 말은 선생에게는 결코 어울리지 않는다. 선생은 무슨 일이든지 이렇게 정열적으로 살아왔으며 그런 정열로 학문을 하셨으니 국학을 하는 우리 모두에게 큰 귀감을 보여 주셨다.

선생께서는 출석을 부르시면서 한두 번 불렀다 하면 학생들의 이름을 모두 익히시는 탁월한 기억력과 총명을 가졌다고들 한다. 이것은 아주 작은 한 가지 예에 불과하다.

선생께서 좌장을 맡으시고 필자가 지정질의자가 되어 학회 발표를 진행한 일이 있었다.

그 날 선생께서 능숙한 화술로 토론을 이끌고 가시던 일이 기억난다. 뿐만 아니라 학회발표도 자주 하셨는데 그때마다 열변을 토하시는 모습에서 선생의 열정이 내 피부에 와 닿곤 했다.

언젠가 학회발표에서 노학자이면서도 오히려 30대의 젊은 학자보다 더욱 정열적인 모습으로 좌중을 압도한 일이 기억난다. 물론 평생을 시가문학에 열과 성을 바쳤으니 그 해박한 식견으로 토론을 이끌어 간 것은 너무나도 당연한 일이겠지만 그처럼 사통팔방으로 질의 응답하시는 데서 보는 이들로 하여금 존경하지 않을 수 없게 했다.

이처럼 모든 일에 항시 뜨거운 열과 성을 다하시는 모습이 선생을 젊어 보이게 하는 지도 모른다. 그래서인지 선생은 고희를 맞았지만 아직도 홍안이다. 이는 아마도 모든 일에 최선을 다 하고 오직 한가지 학문에만 전념하며 항시 낙천적인 삶을 살아온 덕분인지도 모를 일이다

선생에 대한 기억은 여러 가지가 있다. 전국 국어국문학회를 마치고 나면 영남지역 교수들끼리 한 자리에 잘 모인다. 물론 그런 자리에서도 항시 좌중을 주도한다. 밤을 새워가며 배꼽을 쥐고 좌중을 웃기는 유머 또한 학문에 못지 않은 실력가이다.

한번은 필자가 예천 어느 깊은 골짜기, 그것도 물을 건너기 몇 번 강과 산을 넘어 오솔길을 거쳐 깊은 산골마을에 대학원 학생들과 함께 학술답사를 간 일이 있다. 대구서는 좀 떨어지긴 했지만 별천지임에는 틀림이 없었다. 아직도 때묻지 않은 청정한 곳이었다. 정말 이런 곳이 있었구나 싶었다. 문자 그대로 무릉도원같은 곳이었다. 이처럼 깊은 산골이었지만 선비들이 살았던 흔적은 역력해 보였다. 마을 입구부터 골기와집이 즐비해 있었고 아직도 흰옷에 상투까지 하고 있는 사람도 있었다. 사전에 연락을 받고 간 때문인지 아니면 시골의 훈훈한 인정 때문인지 우리 일행을 반갑게 맞아주었다. 곱게 간직해 둔 책보자기를 펴 보이면서 감수해 달라고 부탁을 해 왔다.

이 책들은 사실 오래 전부터 조상 대대로 전해오던 것이다. 하지만 그들은 이런 전적이 중요한지도 아니면 버려야 하는지도 모른 채 가난에 찌들려 하나 둘 현대문명이란 이기 속에 묻혀져 가고 있음을 피부로 느낄 수 있었다.

그런데 그네들이 중요하다고 생각하고 있는 것은 대부분이 사서삼경이 아니면 남의 족보나 문집류 등이었다. 이것저것을 뒤지다가 '누구에게 한 번도 감정을 받은 일이 없느냐'고 물었다. 그랬더니 주인이 '효성여대 권교수에게 보여 준 일 외에는 없다'고 했다. 이 깊은 산골짜기까지 직접 학생들을 데리고 답사하고 필요한 자료도 몇 가지 빌려갔다고 하니 선생의 학구적인 열정을 짐작하고도 남음이 있었다.

그러고 보니 영남의 양반촌이라면 석하선생의 발길이 닿지 않은 곳이 없을 성 싶다.

우리 일행은 영주 어느 조그마한 시골을 찾아가기로 예정이 되어 있었다. 도착하자마자 날이 저물어서 여관에 짐을 풀고 내일의 답사 계획을 준비했다. 우리 일행은 가급적이면 민폐를 끼치지 않으려고 칙칙한 냄새가 나는 여관이나 아니면 때로는 허물어져가는 초가지붕의 민가에서 밤을 새우기도 했다.

그 날 그 집에는 두루마리로 된 가사가 매우 많았다. 마침 전공하신 석하선생 생각이 나서 '지금까지 한번도 감정을 받아보지 못했느냐'고 물어보았다. 그랬더니 아니나 다를까 앞에서 말한 그대로 '효대 권모교수가 왔다 가셨다'고 하면서 그 교수가 여대생들을 데리고 검토한 일이 있다고 했다. 그리고 권교수가 책도 몇 권 빌려갔다고 했다. 정말 대단한 열의로 영남의 구석구석을 찾아다니면서 학술답사를 하신 것이다. 권교수가 우리 국문학계에 길이 남을 업적들을 남긴 것은 우연한 결실이 아니었구나 싶었다.

석하선생이 학문에 해박한 것은 말할 것도 없거니와 어느 고을에 무슨 성씨가 살고 어디에 어떤 성씨가 집성촌을 이루고 있다는 사실까지도 마치 손바닥을 보듯 훤히 아신다.

영남지역의 각 고을에 산재해 있는 문헌의 분포도야말로 그 누구보다 해박하다. 내가 가는 곳마다 선생이 다녀가시지 않은 곳이 없었다.

나도 옛부터 전해오는 책이 있다는 정보만 있으면 때와 장소를 막론하고 찾아가곤 한다. 그러나 막상 찾아가면 거의 석하선생이 거쳐가셨다고 한다. 선생은 학문에만 정력을 쏟았을 뿐만 아니라 문헌학에 대한 식견, 예컨대 서지학에도 일가견을 가지고 계신다.

그러므로 학회 발표장에서 질의응답에 응하시는 모습은 뛰어난 달변가로서의 명성이 자자하다.

안동 어느 시골에서의 일이다. 그 마을에는 책을 유난히 소중하게 간직하고 있어서 한번 집에 들어온 책은 집밖으로 나갈 수 없다고 하는 집이 있었다. 내가 그 집을 방문한 일이 있다. 귀중한 자료가 있을 것으로 믿고 있었기 때문이다. 이 집에 들렀더니 역시 다른 곳과 마찬가지였다. 이 집도 석하선생의 발길이 이미 미친 곳이었다. 내가 가는 곳마다 권교수의 존함을 이르지 않은 사람이 없었으니 학문에 얼마나 열성을 쏟았는가를 가히 짐작하고도 남음이 있다.

특히 이 집에는 책을 빌려주지 않기 때문에 꼭 필요한 책이 있으면 그 자리에서 필사하는 것만 허용한다고 했다. 그래서 '석하선생은 이 집에서 여대생들을 문밖에 민박을 시켜가면서 필사해 가기도 했다'고 한다. 당시만 해도 복사기가 없었으니 필사본을 다시 베껴 쓰는 수밖에 없었다. 선생은 이렇게 모아둔 가사만도 몇 궤짝이 된다하니 이 얼마나 큰 일을 하셨던가.

선생은 비록 정년으로 학교를 떠났지만 최근 그 자료로 계속 글을 쓰기도 하고 영인본 가사집도 내고 있다. 그러나 이는 선생 소장본 가사의 빙산의 일각에 불과하다. 현재 소장하고 있는 미발표 가사만도 몇 궤짝이 되니 말이다.

이 귀중한 자료가 선생을 만나지 못했다면 모두가 종이 공장으로 갔거나 아니면 시멘트 대신 종이장판이 되었다가 지금은 땅밑으로 들어갔을 게다.

내가 어릴 때의 우리 집은 할아버지와 아버지께서 서당을 경영하시면서 훈장을 하셨다. 그래서 문집은 물론이고 사서삼경을 비롯하여 수많은 전적들이 다락방에 가득했다.

좀 부끄러운 이야기이지만 한 번은 내가 초등학교에 다닐 때인데 학교에 갔다오니 방아를 찧고 있었다. 알고 보니 종이를 물에 며칠을 담구었다가 방아를 찧어 종이장판을 만든다는 것이었다. 명색에 그래도 글하는 선비 집안에서도 책을 이렇게 마구 다루었으니 일반 가정에서야 어떠했겠는가 싶다. 그때는 나일론장판은 없었고 종이장판도 귀했던 시절이다. 고서를 찧어서 시멘트 대신 종이장판을 만드는 것이 한창 유행했던 시대였다. 해방 전후에만도 수많은 문헌들이 이처럼 방바닥 속에 묻혀 버렸을 게다. 「삼대목」도 「구삼국사」도 「수이전」도 이렇게 사라진 게 아닌가 싶다.

당시는 엿장수 엿 한가락과 귀중한 고서 한 권을 바꾸기도 했다. 엿 한 가락과 바꾼 고서는 종이 공장으로 가든지 아니면 종이 장판의 재료로 쓰였을 테니 우리의 귀중한 전적들이 그래서 송두리째 사라진 것 같다. 여기에 비하면 현재 남아 있는 문헌들은 모두가 운이 좋은 책들이라고 할 수 있다.

이런 관점에서 석하선생의 공로야말로 이루 다 형언할 수가 없을 게다. 그런 시각에서 보면 선생은 평생을 보람있게 사신 게 틀림이 없다.

몇 궤짝의 가사를 가지고서도 출판하지 못하고 그냥 보관만 하고 있는 선생의 마음을 나는 잘 헤아리고 있다. 상업성 아니 독지가가 없어서 출판은 못했지만 우선 없어질 위기에서 구출한 것만도 그 공로가 얼마나 큰지 헤아릴 세대가 곧 다가올 것이다. 지금은 좀 답답하지만 언젠가는 흙 속에 들어갔거나 종이 공장으로 갔을 귀중한 문헌을 구출한 선생의 노고가 크게 빛이 날 것으로 믿는다.

끝으로 선생의 뜨거운 학구열이 영원하길 빌며 건강에 유념하시길 기원하는 바이다.

(석하 권영철박사 고희기념문집에서, 1998. 12. 6.)

우리 대학(大學) 회고담(回顧談)

내가 우리 대학에 입학한 것은 50년대 말, 그러니까 종합대학으로 출범한 지 얼마 되지 않았던 때로 기억된다.

그때의 우리 대학 캠퍼스는 그야말로 야산이었고, 그것도 문중의 종중산과 공동묘지가 여기저기 흩어져 있던 말 그대로의 황무지였다. 게다가 헐벗은 민둥산에 주인 없는 공동묘지가 대부분이었고 울도 담도 없던 황량한 교지(校地)였으니 지금과 비교하면 상전벽해(桑田碧海)를 실감케 한다.

우리 대학교의 전신으로는 사범대학이 1923년 4월 1일에 설립되었다. 의과대학이 1923년 7월 23일에, 1944년 4월 30일에 대구농업전문대학이 설립된 것이 전부였다. 이들 세 개의 단대를 합해서 종합대학으로 출범했다. 고병간 총장과 백낙중 문교장관이 현재 인문대 교수회관 옆 60고지 위에 올라 지팡이를 휘두르면서 사방 100만평을 교지로 계획했다. 남쪽에는 경대교, 북쪽으로는 고속도로가 있는 곳까지를 우리 대학의 잠정적인 경계선으로 정했다.

그러나 지금은 당시 계획의 사분의 일도 채 되지 않는 자그마한 캠퍼스로 남아 있다. 그래도 우리 대학 캠퍼스를 한 바퀴 돌면 4.7킬로미터이니 십 리가 넘는다. 더구나 전국 아름다운 대학캠퍼스 선발대회에서 최우수학교로 선발되기도 했다.

지금의 경대교에는 교량공사가 한창이어서 징검다리로 건너다 물에 빠지기도 했다. 비가 오면 성북교나 신암교로 빙 둘러 다녔다.

현재 신문사가 있는 복현회관 근처에는 판잣집의 본관이 있었고, 농대 1호관 근처에는 의예과 전용 판잣집 건물이 수양버드나무 속에 허허롭게 서 있었다. 현재 체육관 뒤편 8차선 고갯길에는 8명의 장정이 아니면 작살난다는 작살고개가 있었다. 인문대와 강당자리는 큰 구렁텅이로 기울어져 가는 촌가가 두어 집 있었다. 더구나 임자 없는 무덤과 채 묻혀지지 않은 송장 때문에 비 내리는 밤이면 수위들도 교정을 순찰하기를 두려워했을 만큼 으스스했다.

그래도 5, 60년대에는 한강 이남에서 제일가는 대학이었고 서울대 다음가는 명문대학으로서 학생들의 자부심도 대단했다. 당시 5개 단과대학 가운데 2개 단과대학은 실제 커트라인이 전국 어느 대학보다 높았을 만큼 화려했던 시절도 있었다. 학사고시 시험이란 제도가 있었던 기억이 난다. 3년 계속하다 없어지긴 했지만 4학년이 되면 학사고시 준비로 모두가 수험생이 되었다. 이 시험에서 종합대학으로는 우리 대학이 전국 1위를 했고, 단과 대학으로는 우리 학교 사범대학이 또 1위를 했던 것으로 기억된다. 학과별 개인 수석도 우리 대학에서 여러 명이 나왔으니 긍지를 가질 만도 했었다. 현재 이들 대부분이 모교에서 교수로 재직 중이다. 내가 다니던 학과에서만도 11명이 경남과 부산, 18명이 대구 경북, 나머지는 서울과 전라도 그리고 충청도, 강원도 출신으로 구성되어 있었으니 당시 경북대는 명실공히 삼남(三南)의 인재들이 모였다고 해도 지나친 말이 아니었다.

당시 여학생들은 가정과 이외에는 보기 드물었다. 같은 과 남녀학생이 대화 한 번 않고 졸업한 예가 상례였으니 오늘날의 캠퍼스 양상과는 현격히 다른 세계였다.

강의시간에는 교재란 것이 거의 없었기에 주로 교수님의 강의를 그대로 받아 적었다. 한 시간 강의를 듣고 나면 손목이 아파서 마사지라도 하지 않으면 안 되었던 기억이 난다. 당시의 열악했던 교육환경을 생각하면 요즘의 강의실은 별천지라 해도 과언이 아니다. 교실이라는 것은 아래는 흙바닥이었고, 벽은 판자로 겨우 바람을 막을 정도였고 위에는 루핑 지붕이었으니, 한여름이면 뜨거운 태양열로 용광로를 방불케 했다. 겨울이면 판자 벽 틈 사이로 불어오는 매서운 한기(寒氣)가 시베리아를 연상케 했던 기억이 난다.

학점도 지금과는 달라서 실격자가 교수에 따라서 반 이상이 나올 때도 많았다. 그래서인지 4년 이상 다니는 학생이 많아서 5학년, 6학년, 그리고 중간에 놓치면 8학년도 가끔 있었으니 요즘 같으면 이들 모두 학사경고를 받아 퇴학이라도 되었을 게다.

그래도 당시의 대학 캠퍼스는 낭만과 꿈으로 가득 차 있었다.

그래서인지 지금 생각해 보면 사각모에 새까만 교복으로 긍지와 희망을 안고 교정을 누비던 그때가 마냥 그립기만 하다.

(경북대 개교기념 특집호 편집기자의 청탁에 앞의 <경북대 야사>를 참고하였음을 밝혀 둔다.)

(경북대신문 개교기념 특집호, 1996. 5. 28.)

사랑이란 보다 나은 경지에로 이르게 하려는 것

언젠가 나는 「사랑의 미학」이란 글에서 '사랑이란 상대방을 보다 나은 경지에로 이르게 하려는 것, 상대방을 보다 나은 차원으로 이르게 하려는 것이다'라고 한 일이 있다.

내 인생도 이제 중반을 넘어 살았지만 그때 한 이 말이 더욱 피부로 느껴지는 것은 어인 일일까?

진정으로 사랑했다면 결과는 누구에게나 더욱 그렇게 되기 마련이기에 희미한 세월 속에서도 지워지지 않았던 것 같다.

일생을 기구하게 살다 간 소월의 「진달래꽃」의 마지막 귀절을 보자.

'나보기가 역겨워 가실 때에는 죽어도 아니 눈물 흘리오리다'.

이 마지막 귀절의 피맺힌 사랑의 하소연, 사랑하는 이를 위해 끝까지 자세를 흐트리지 않고 참고 견디어내는 그 억센 의지, 사랑의 역설적 표현이 독자로 하여금 가슴을 뭉클하게 한다.

하고많은 이별 가운데도 이처럼 아름답고도 처절한 이별이 또 어디 있단 말인가. 이는 분명히 연인을 사랑하기 때문에 고이 보내는 아름다운 여인의 마음씨를 그린 것이다.

자유분방하게 살다 간 소월에게 잊을 수 없는 이별이야 얼마나 많았겠는가. 그 가운데도 「진달래꽃」은 오순(吳順)이란 아가씨와의 사랑과 이별을 그린 것이다. 그녀와는 남산국민학교 동기생이었다. 당시 푸대접을 받던 어부의 딸로서 이룰 수 없었던 첫사랑의 러브 로망이라고 한다.

그 대상이야 누구라도 좋다. 우리 두 사람의 추억이 잠들어 있는 영변의 약산 진달래꽃, 님이 가시는 마지막 길 앞에 고이 뿌려두겠습니다. 님이시여! 이 위를 즈려 밟고 지나가 주십시오. 한없이 많은 눈물이 비오듯 흐르지만, 우리 두 사람의 마지막 이별을 어찌 눈물로 보낼 수야 있겠습니까? 그래서 흐르는 눈물을 가슴속으로 삼켰다가 님을 보내고서야 땅을 치며 울겠다는 너무나도 갸륵한 여인의 이지적인 심상을 그린 것이다. 사랑하는 이를 위해 흐르는 눈물을 참고 삼키는 애틋한 여인의 고운 마음씨는 독자로 하여금 사랑을 희생적, 헌신적인 심상으로 승화시키고도 남음이 있다. 그래서 사랑하기 때문에 미워한다는 역설의 항변이 나왔는지도 모른다.

나 아닌 다른 사람이 당신을 사랑해서 더욱 행복해질 수 있다면 자신은 비록 괴롭고 안타깝더라도 사랑하는 이를 미워해야 하는 기구한 사랑의 역설, 어쩌면 이것이 바로 진정한 사랑의 철리 중의 하나인지도 모른다. 그래서 사랑을 희생이요, 헌신이라 하지 않았던가?

송강의 「사미인곡」을 보자.

물론 송강이 선조 임금에게 충정을 호소했던 글이긴 하나, 표현상 가냘픈 여인의 애틋한 사랑의 호소가 전문을 이루고 있어 깊은 감명을 준다. 이별한 남편에게 호소하는 아내의 피맺힌 하소연이기에 우리의 심금을 더욱 울려주는 것인지도 모른다.

여기서도 처음부터 끝까지 님에 대한 희생적, 헌신적인 사랑을 역설하고 있다. 마지막 구절인 결사만 보자.

'차라리 님과 같이 있지 못할 바에야 내 죽어 한 마리 범나비라도 되겠습니다. 그래서 꽃나무 가지마다 돌아다니면서 향기 묻은 꽃가루를 님의 도포자락에 옮기겠습니다. 님이야 내 죽어 범나비 되어 님의 도포자락에 꽃가루를 옮기고 있는 줄 님은 모르셔도 좋습니다. 님과 같이 있고자 하는 일편단심뿐입니다'

라고 하였으니, 옛부터 우리 조상들은 사랑의 아름다움을 희생과 헌신에서 구하려 한 것인지도 모른다. 그래서 이 작품은 오랜 세월을 무수한 사람들에게 애독 극찬되어 온 것이 아닐까 한다. 당대의 대문장 서포도 이 글을 읽고 찬탄을 금치 못하면서 우리 나라의 진정한 문장은 바로 이 작품이라고 극찬하지 않았던가?

그렇다면 사랑이란 희생이요, 헌신이란 말로 표현할 수도 있을 것이다.

그러나 일방적인 희생과 헌신적인 사랑은 어쩌면 비극만이 기다리고 있을지도 모른다. 그래서 「사미인곡」에도 「진달래꽃」에도 주인공은 목메어 외치고 희생되었지만 소리 없는 메아리만 되돌아오지 않았던가?

사랑이 희생과 헌신이라지만 상호 보완적이라야 한다. 그래야만 아름다운 사랑의 꽃이 피고 열매가 맺혀질 수 있을 것이다.

젊은 지성들이여!

사랑이 무엇인지 알고 사랑하자.

그렇지 않으면 '사랑은 눈물의 씨앗'이라는 쓴잔을 받을지도 모르리라.

타락한 사랑의 궤도는 사랑을 소유요, 쟁취요, 전쟁으로 착각하고, 상대방을 나의 것, 내 것으로 빼앗는다는 이기적인 자기 중심의 사고 방식에서 나온 것이다.

백주에 총으로 인질극을 벌인 전쟁 아닌 전쟁으로 이루어진 사랑은 결코 진정한 사랑이 될 수가 없다.

그래서 타락된 사랑 이것은 바로 눈물의 씨앗이라 하지 않았던가.

사랑은 소유요, 쟁취요, 전쟁으로 이루어지는 게 아니다. 사랑은 희생이요 헌신이다.

그래서 상대방을 보다 나은 경지에로 이르게 하려는 것, 보다 나은 차원으로 이르게 하려는 것이 진정한 사랑의 철리(哲理)다.

뽀오얀 백사장에 사랑하는 사람끼리 어깨를 나란히 하고 거니는 장면을 떠올려 보라.

진정한 사랑의 철리를 알고 내일을 거닐 때, 이 얼마나 아름다운 한 폭의 그림이랴! (필자의 <사랑의 미학>에서 참조)

(「사랑도 수필처럼」, 한국대학교수수필가 모임, 문학예술사 간행, 1983. 10. 20.)

Ⅱ. 기행문

프랑크푸르트 공항

13시간 동안 동해를 거쳐 북해도, 시베리아, 모스크바 그리고 스웨덴의 스톡홀름을 지났다.

목적지인 독일의 중심 프랑크푸르트 공항에 도착했다. 좀 피곤하긴 했지만 이국만리 땅에 내리는 나는 어린 소녀처럼 들떠 있었다. 이 곳도 무더운 한여름이었다. 우리를 기다리던 관광버스에 몸을 실었다. 이 곳에서는 차를 정지해 둔 상태에서 엔진을 켜고 에어컨을 틀면 교통법규 위반이다. 때문에 에어컨을 켜지 않은 차 안은 찜질방 같이 더웠다. 인도로 다시 내려봤지만 아스팔트의 열기는 한층 더 뜨

프랑크푸르트 공항에서

거웠다. 우리가 서 있는 앞에 만국기가 있었지만 태극기는 보이지 않아서 좀 서운했다.

프랑크푸르트 공항은 독일의 중심이 되는 국제공항이다. 인구 70만의 도시에서 이 공항으로의 이동인구는 무려 80만 명에 이를 만큼 상상을 초월하는 거대한 공항이다. 또한 미국과 영국에 이어 세계에서는 세 번째, 유럽에서는 두 번째로 큰 공항이다. 3초만에 비행기가 5대씩 출항하여 하루 동안의 출항기 수가 800~1000대에 이른다고 하니 그 규모 와 시설에서는 더 이상 말할 것이 없을 정도로 거대한 국제공항이다.

우리나라에서 프랑크푸르트까지는 매일 1편씩(토요일 2회) 매주 8회 대한항공과 루프트한자(Lufthansa) 직항편이 운행된다. 여기에는 약 13시간이 소요되며 이밖에 일본의 도쿄나 홍콩 등지에서 프랑크푸르트로 가는 항공편은 훨씬 더 많다고 한다. 우리나라 김포공항의 규모도 작지 않다고 생각해 왔지만 그것과 비교가 되지 않았다. 아직도 우리나라의 항공기술이나 공항의 시설이 국제규모에는 턱없이 부족하다는 것을 실감했다.

안내원이 관광버스를 타라고 하더니 우리들의 목적지인 괴팅겐으로 가기 전에 괴테하우스를 관광하고 간다고 했다. 괴테 같은 위대한 대문호의 태생지를 관광한다고 하니 기분이 좋았다.

우리나라에도 나름대로는 위대한 시인, 소설가가 많다. 그러나 우리는 외국인에게 보이고 자랑할 만한 작가들의 태생지나 성장지를 왜 제대로 보존하지 못했을까 싶었다.

만시지탄이기는 하지만 지금부터라도 우리 문학인들의 자취를 찾아 보존하여 다음 세대에게 문화유산으로서의 면모를 보여줬으면 싶다.

(괴팅겐 Park hotel에서, 1992. 8. 21.)

괴테하우스(Goethe haus)

　프랑크푸르트 공항에 도착하자마자 바로 한식집으로 가서 식사를 마치고 거기서 조금 떨어진 괴테하우스로 갔다. 예상대로 외국에서 온 관광객들이 줄을 서서 기다리고 있었다.

　이 곳은 1749년 8월 28일 대문호 요한 볼프강 폰 괴테(Johann Wolfgang von Goethe)가 태어나서 청년기까지 지낸 곳이다. 법률가였던 아버지, 프랑크푸르트 시장의 딸인 어머니를 가진 사람의 집답게 상류 계층의 크고 우아한 저택이다. 이 건물은 제 2차 세계대전 때 파괴되었으나 시민들의 노력으로 복구되었다고 한다.

　건물은 5층으로 되어 있는데, 1층에는 식당과 부엌이 있었고 2층에는 로코코풍으로 외조부모의 초상화와 피아노 등이 있었다. 3층으로 가니 큰 시계가 눈에 들어오고 괴테가

괴테 생가 앞에서

태어난 방과 부모의 방 등이 루이 16세 풍으로 꾸며져 있었다. 4층은 그가 작품을 집필했던 방으로, 유명한 「젊은 베르테르의 슬픔」과 「파우스트」의 초고가 탄생한 곳이다. 괴테하우스 북쪽의 괴테박물관에는 그의 초상화와 생애에 관한 회화, 자료들이 전시되어 있었다.

괴테는 독일을 대표하는 대문호로서 1749년 8월 28일 프랑크푸르트에서 태어났다. 1771년 변호사업을 시작, 샤를로테 부프와의 비련을 체험한 후 쓴 「젊은 베르테르의 슬픔」으로 그는 일약 문단에서 주목받는 인물이 되었다. 1775년 바이마르 대공 카를 아우구스트의 초청으로 바이마르로 이주, 후에 수상이 되어 국정에 10여 년 동안 참여했다. 1786년 이태리를 여행하면서 창작활동에 전념하였으며 1794년에는 실러와 친분을 쌓기도 했다. 1832년 83세의 일기로 사망할 때까지 희곡 「파우스트」와 소설 「빌헬름 마이스터의 수업시대」, 서사시 「헤르만과 도로테아」 등 수많은 명작을 남겼다.

한국에는 이와 같은 세계적인 문호가 없다고들 한다. 그러나 내가 살고 있는 대구만 해도 우국시인으로 이름난 이상화의 출생지, 시조시인 이호우의 사저(私邸), 시인 백기만의 활동무대가 있다. 문제는 이들 작가들의 작품 활동지가 어디 하나 제대로 보존되고 있는 곳이 없다는 것이다.

조선조 사가 서거정 선생의 삶터도 보존할 만하다. 뿐만 아니라 이곳은 추로지향(鄒魯之鄕)인 만큼 대석학들도 많이 배출되었다. 그러나 지금은 자취도 찾아볼 수 없이 깡그리 망가뜨려지고 말았으니 한심하기 그지없다. 우리 조상들이 너무 가난해서 호구지책에 급급하여 그랬는지 아니면 문화유산에 관심이 없어서 그랬는지 모를 일이다. 지금부터라도 우리의 귀중한 문화유산을 잘 보존하여 후손들에게 물려주어야겠다는 생각이 들었다.

(괴팅겐 Park Hotel에서, 1992. 8. 21.)

노트르담 대성당(Cathédrale Notre-Dame de Paris)

괴팅겐대학에서 발표를 마치고 비행기로 파리에 도착했다.

아름다운 예술의 도시였다. 파리 제 4대학이며 세계적 명문인 소르본느대학부터 먼저 방문했다. 입구에는 이 대학 출신 철학자인 파스칼과 빅토르 위고의 동상이 좌우에 세워져 있었다. 운동장이라곤 양반집 안마당보다 약간 클 정도이다. 건물도 동네 한가운데 여기저기 흩어져 있어 우리네 대학 모습과는 사정이 아주 달랐다. 조그마한 마을에 있는 명문 대가의 안집과 같은 인상이었다. 그러나 조용한 분위기 속에서 열심히 공부하는 학생들의 진지한 모습, 거기서 명문대학이란 깊은 인상을 받았다.

다음에는 루브르박물관을 구경하고 노트르담 대성당을 관람했다. 고딕양식 건축의 최고 걸작으로 일컬어지는 노트르담 대성당은 시테섬 동쪽에

노트르담 대성당이 보이는 세느강변에서

자리잡고 있다. 1163년 파리 사교인 모리스 드 쉴리에 의해 초석이 다져졌다. 완공은 무려 200여 년이 흐른 1330년경이었다. 이 곳에서 수많은 왕의 대관식과 귀족들의 결혼식이 행해졌으며, 특히 나폴레옹 황제의 대관식도 바로 이 곳에서 행해졌다. 이 대관식 장면은 베르사유궁전과 루브르미술관에 전시되어 있는 다비드의 그림에 잘 재현되어 있다.

정면에 있는 탑 중에서 오른쪽은 남탑, 왼쪽은 북탑으로 둘 다 69m이며, 두 탑 사이에는 90m 높이의 뾰족탑이 있다. 내부에는 프랑스 최대의 파이프 오르간이 있고, 중앙에는 「장미의 창」이라는 스테인드 글래스가 있다.

그밖에 수많은 보물과 성전을 전시해 놓은 보물전도 흥미롭다. 노트르담 대성당은 이제 인류의 산 증거물이 되고 있다. 이를 보기 위해 세계 각국에서 몰려드는 인파는 문자 그대로 인산인해이다. 오늘도 마찬가지였다. 오래된 건물도 부수고 짓기를 쉽게 하는 우리네 사고와는 다른 것 같다. 우리나라에서는 3년이면 몇 천 평 건물도 짓는데 이네들은 이 건물을 짓는데 200년 걸렸다고 했다. 그들의 건축기술이 우리의 건축기술에 못 미쳐서 그러한 것은 아닐 것이다. 빠른 준공은 부실 건물의 원인이란 걸 미리 알았기 때문이리라.

여기서 조금 떨어진 곳에 알렉산드르 3세 다리(Pont Alexandre Ⅲ)가 있다. 1896년 니콜라이 Ⅱ세가 세운 다리이다. 길이 107.5m, 폭 40m인 매우 화려한 다리이다. 아치형 다리 네 모퉁이에는 그리스 신화의 여신과 페가수스상이 금색으로 빛난다. 이 교량은 앵발리드와 그랑팔레를 서로 연결하고 있는 가장 화려하고 아름다운 다리이다. 그네들은 다리를 만든 게 아니라 불후의 걸작 조각품을 만든 듯 했다.

우리도 이제 GNP 1만 달러로 선진국 대열에 들어서려고 한다. 그러나 문화예술은 아직 천 달러 수준도 안 된다. 인내를 갖고 후손에

게 물려줄 만한 예술품을 찾아 보존하는 데 게을리해서는 안될 것이
다. 21세기는 무기의 경쟁시대가 끝나고 문화와 경제의 경쟁시대라
고 하지 않았던가!

(괴팅겐 Park Hotel에서, 1992. 8. 22.)

독일의 정신적 지주 괴테

우리는 흔히들 괴테를 「대문호」라고만 생각하고 있다. 그가 남긴 수많은 문학작품을 대한 탓이다. 그러나 실상 독일에서의 괴테는 한 사람의 문인이라기보다는 독일 국민들의 정신적인 지주라고 할 수 있다.

그는 라이프치히에서 태어난 재벌가인 조부, 그리고 황제의회의 의원이며 황제의회 고문관이었던 부친의 피와 프랑크프르트 시장이었던 외조부의 피를 물려받았다. 그야말로 화려한 혈통을 이어받은

괴테 생가 2층 거실에서(왼쪽 연세대 김영철 교수, 오른쪽 두 번째 성신여대 이준형 교수, 다음이 필자)

유복한 환경에서 태어났다.

1749년 8월 28일 프랑크프르트에서 출생한 그는 라이프치히 법과 대학을 나온 뒤 변호사가 되었고, 색채학, 인체해부학, 광물학, 식물학, 곤충학 등도 연구하여 각 분야에서 뛰어난 재능을 보였다.

그가 그러한 재능을 보인 흔적은 지금 프랑크푸르트에 고스란히 남겨져 있다. 그 곳에 있는 3층 건물 안에는 그가 사용했던 장롱, 책상, 의자, 책 등은 물론이고 빨래 짜는 기계와 같은 다소 생소한 기구와 어렸을 적 가지고 놀던 장난감까지 그대로 보관되어 있다.

그는 27세 때 당시 자신보다 7세 아래였던 황제에게 발탁되었다. 공직에 있으면서 대문호, 정치가, 광물학자, 식물학자, 곤충학자, 인체해부학자, 철학자, 법학자, 그리고 미술가로서의 명성을 누리며 화려한 생을 보내다가 1832년 8월 28일 12시에 세상을 떠났다.

어머니의 빨래를 돕기 위해 빨래 짜는 기계를 만들 만큼 효자였던 그는 죽으면서 「나는 좀 더 밝은 빛을 원한다」라는 말을 남겼다고 한다. 이는 그가 죽음조차도 밝고 화려하게 맞이하고 싶어했음을 여실히 보여준 것이라 하겠다.

이처럼 괴테는 여느 위인들과는 달리 살아서는 물론이고 죽어서도 오래도록 존경받는 위인이었다.

(괴팅겐 Park Hotel에서, 1994. 7. 17.)

남녀혼탕과 서양오랑캐

서양오랑캐란 말을 자주 듣곤 한다. 나도 그런 말을 자주 쓴다. 근본이 없어 뿌리가 없는 민족, 예의범절을 모르는 족속이란 뜻에서 나도 동감을 하며 말인 즉 옳다는 생각이 들었다.

괴팅겐대학 동양학연구소 주최 국제학술발표대회로 낯선 이국 땅 독일에 온 지 이틀째 되던 날에 일어난 사건이다. 내 발표도 끝났고 사우나라도 하면 피로가 풀릴 것 같아서 호텔 — 내가 머물고 있던 Park Hotel은 괴팅겐시 입구에 있는 아담한 호텔이다. 울도 담도 없는

괴팅겐대학 정문(왼쪽 필자, 정순목 영남대 교수, 괴팅겐 Rosner 동양학 연구소장, 미국 Bloomburg대 노창섭 교수, 권오봉 포항공대 교수, 이완재 영남대 교수)

주위의 집들이 우선 달랐고, 인도 가운데에 빨간 보도블럭의 자전거 전용길이 낯선 이국 땅의 인상을 짙게 했다. ─ 지하에 있는 사우나실로 내려갔다.

내가 탕에 들어서자마자 예쁜 아가씨가 수건 한 장으로 앞을 가린 채 탕으로 당당하게 걸어오고 있었다. 너무 놀란 나는 걸음을 멈추고 잘못 들어온 것 같아 얼굴을 붉힌 채 멍하니 서 있다가 수건으로 내 앞부터 가리면서 뒤로 돌아섰다. 독일에는 남녀 목욕탕이 따로 없다는 얘기는 일찍이 들었는데 탕에 들어설 때까지 깜빡 잊고 있었던 것이다. 순간 내가 잘못 왔구나 싶었다. 말로만 들었던 남녀혼탕의 모습이 눈앞에 다가온 것이다. 태연한 자세로 들어서려 했지만 불가능했다. '인습이란 얼마나 무서운 것인가' 하는 생각이 들었다.

이미 탕까지 왔으니 정신을 가다듬고 용기를 내어 사우나를 하고 가야겠다고 작정을 했다. 우리나라처럼 공동탕은 없었다. 사우나를 하든지 아니면 바로 옆에 수영장 시설이 되어 있으니 수영을 즐기든지 해야 될 판이었다. 모두들 옆은 거들떠보지 않고 샤워에만 열심이었다.

한참 샤워를 하다가 보니 처음 들어올 때 본 아가씨는 맑은 물 위에서 인어처럼 수영을 즐기고 있었다. 옆에는 아주머니와 할머니 몇 사람이 언제 왔는지는 모르지만 샤워를 하고 있었다. 늙은 할머니, 아주머니 모두가 나체였다. 그 옆에는 벌거벗은 아저씨도 있었다. 나체 그대로 노출된 인간 본래 모습 그대로였으니 정말 별천지였다.

수건으로 계속 앞을 가리고 있는 나의 다급한 모습이 그녀들에게 이상한 모습으로 비춰진 것 같았다. 마치 다른 세상에라도 와 있는 듯 나 혼자만 얼굴이 홍당무였다. 정신을 가다듬은 뒤에는 용감하게 수건을 걷어치우고 샤워를 해보았다. 인간 본래의 모습 그대로를 보이면서 마음 내키는 대로 내 할 일을 해야 한다는 생각이 들었다.

한편으로는 그네들의 육중한 체격에 왜소함을 느끼기도 했는데, 오히려 한쪽 구석으로 피해 주는 것이 예의가 아니겠는가 싶었다. 끝내는 한쪽 모퉁이에서 쭈그리고 있다가 샤워를 하는 둥 마는 둥 황급히 달려 나왔으니, 얼굴이 뜨겁고 화끈거려 더 이상 견딜 수가 없었다.

남녀혼탕 사우나는 아무래도 이해가 되지 않는다. 이런 혼탕 사우나는 이 지구상에 완전히 없었으면 좋겠다고 생각했다. 그러나 그네들에게는 추호의 이상한 감정도 없는 듯하니 내가 잘못된 생각을 가진 것일까? 아니다. 서양오랑캐들 나라니까 그럴 수도 있겠지. 독일이 선진국이라지만 역시 서양오랑캐인 것만은 틀림이 없구나 싶어 혼자 웃으며 사우나실을 빠져 나왔다.

(괴팅겐 Park Hotel에서, 1994. 7. 18.)

나폴리(Napoli)의 미항(美港)

괴팅겐대학 동양학연구소 주최 국제학술대회에서 발표를 마치고 스위스를 거쳐 이태리에서도 가장 아름다운 도시 나폴리에 도착했다.

세계 3대 미항의 하나로 손꼽히는 나폴리이다. '죽기 전에 꼭 한번 나폴리에 가보자' 라는 말이 있을 정도로 잘 알려진 남부 이탈리아의 아름다운 항구도시이다. 내가 도착한 시간이 마침 오후여서 석양에 비친 바다가 더욱 아름다웠다.

음식으로는 피자와 스파게티의 본고장이기도 하다. 이 곳에서는

나폴리 미항

잘 익은 토마토와 물소의 젖으로 만든 모짜렐라 치즈를 재료로 한 피자 마르겐타(Pizza Marghenta)와 스파게티 알 포모도로(Spaghetti al Pomodoro)가 단연 최고이다.

남해의 낙원이라 불리는 카프리(Capri)섬도 고대 로마 때부터 황제와 귀족들의 별장지로 알려진 곳으로 다른 휴양지와는 달리 기품 있는 귀부인과 같은 곳이다.

그러나 이 곳 나폴리에서도 소매치기와 날치기를 주의해야 한다. 특히 중앙역 구내와 역전광장에서는 각별히 유의를 해야 한다고 안내원이 주의를 환기시킴에 나폴리 미항의 이미지가 구겨졌다. 또한 나폴리는 마피아의 영향력이 크게 미치는 곳이므로 보안이 엄격하고 약간의 인종차별을 감수해야 하는 곳이라고 한다.

우리 일행은 해변가를 거닐었다. 금빛 모래에 저녁 노을까지 덧붙여진 해변가를 따라 늘어서 있는 나폴리가 세계 3대 미항의 하나임이 실감이 났다.

우리에게도 이와 같이 아름다운 도시로 가꾸어 세계의 명승지로 만들 수 있는 곳은 없을까? 경주의 고풍스런 운치를 국제 관광도시로 발전시킬 수도 있을 것 같다. 그 규모가 작아 여기에는 크게 미칠 수 없겠지만 잘 가꾸기만 하면 가능성이 전혀 없는 것은 아닐 게다. 이 곳의 바다 대신 남산이 있고 천년의 고도답게 곳곳에 유적이 산재해 있으니 말이다.

우리도 세계인을 감동시킬 만한 관광지 개발사업이 시급하다고 생각하면서 소렌토를 거쳐서 이태리 남쪽에 있는 폼페이로 가는 버스에 몸을 실었다.

(로마 쉐레텐호텔에서, 1992. 8. 10.)

비행기를 타고 알프스 산맥을 넘고 이탈리아와 프랑스 국경을 지나자 스위스 제네바가 나왔다. 그리고는 지중해로 착각할 만큼의 큰 바다가 보였다. 알고보니 레만이라고 부르는 호수였다.

조그만 나라 스위스에는 1452개의 호수가 있다. 그 가운데에서 제네바를 형성한 호수가 바로 레만호이다. 이 곳은 세계의 대부호 혹은 위대한 정치가들이 만년에 도피처로 선정하는 곳으로 유명하다. 그 때문인지 호수 가운데에는 호화보트가 즐비해 있다. 호수 서쪽 건너편 언덕의 집들 역시 호사스런 별장들이어서 굴지의 재벌 혹은 정치

제네바의 레만호반에서

가들이 모여 산다는 것을 한 눈에 알아볼 수 있었다.

우리는 선상에서 제공되는 식사를 했다. 음식은 레만호에서 잡은 물고기로 만든 요리들인지라 진기한 맛이 있었다.

이 곳에는 스위스 사람이 가장 많고 다음으로는 유태인이 많다. 한국 사람이 적어서인지 「한강」이라는 여행사만이 진출해 있었다. 이 곳은 유럽연합, U.I.T., 세계은행, 세계지적소유기구, 국제연합연맹, 국제연합 총본부 등이 위치한 그야말로 국제기구의 총 본산지이다. 그래서 23개의 주가 모여서 스위스 연방국을 이루고 있다. 이 곳에서는 연간 약 8,000여 건의 국제회의가 열린다.

대학은 2개의 국립공과대학과 7개의 국립대학, 그리고 3,000여 개의 사립대학이 있다. 90년에는 GNP가 33,594＄, 92년에는 35,000＄를 기록했다. 미국의 23,000＄, 프랑스의 21,000＄를 훨씬 능가한다.

이 곳의 인물로는 교육의 아버지 「페스탈로치」와 인류의 아버지라 불리는 「앙리 뒤낭」, 그리고 사회계몽 운동가인 「루소」가 유명하다.

그 외에도 이 곳에서는 목사 칼뱅이 종교개혁을 일으켰는데 그는 그때 권위를 보이기 위해 법학박사 학위복을 입고 설교했다. 때문에 지금 목사들의 가운이 법학박사 학위복을 본뜬 것이라고 한다.

스위스는 인구가 650만인데 제네바의 인구는 35만 명이다.

레만호는 제네바 시내에 위치하고 있다. 그 가운데에는 260m 몽블랑 다리가 있고, 남쪽으로는 레만호 물기둥이 하늘로 치솟고 있다. 북쪽으로는 바론느강과 연결되어 있으며 그 길이는 72km에 이른다.

내가 처음 이 호수를 보고 지중해로 착각한 것도 과장은 아닌 듯하다.

(스위스 제네바에서, 1992. 8. 10.)

물값이 맥주값보다 비싼 나라

Park Hotel Ropener

Kasseler Land Str. 45 3400

Göttingen Tel : 0551-9020

독일은 1·2차 세계대전을 겪고도 굳건히 일어선 나라, 게르만이 가지고 있는 힘의 원천이다. 그래서인지 처음 독일 땅에 발을 내디딜 때에는 왠지 모를 기대감이 가득 했었다.

프랑크푸르트 공항에 내린 시각은 저녁 6시 30분, 서울에서 12시 40분에 출발하여 시속 980km의 속력으로 한참을 날았다. 그러나 해가 지는 서쪽방향으로 이동한 탓에 겨우 6시간 10분의 시간차만이 생겼을 뿐이었다. 한국에서 아침을 먹었고, 출발하기 전 점심식사를 했고, 기내에서 두 끼, 그리고 이 곳에 내려서 저녁을 먹었으니 6시간 10분의 시차 덕분에 하루에 다섯 끼를 먹은 셈이다. 그리 새삼스러울 것도 없는 시차를 끼니로 계산하고 나니 마치 반나절을 더 가지게 된 것 같아 괜스레 웃음이 났다.

옛날 같으면 앵커리지를 거쳐 쉬었다 갔을 텐데 이번에는 일본, 시베리아, 모스크바 상공을 거치고 스칸디나비아 반도, 헬싱키, 베를린을 지나 프랑크푸르트에 도착했다. 유럽의 심장부라 할 수 있을 거대한 프랑크푸르트 공항이다.

도착해서 먼저 눈에 띈 것은 출입구의 만국기였다. 수없이 꽂혀 있는 국기들 속에서 내심 태극기를 찾길 바랬으나 끝끝내 찾진 못했다. 내게 보이지 않는, 내 눈길이 닿지 못한 어느 먼 곳에 있었을지도 모를 일이다. 하지만 내 나라 국기가 그곳에 없다는 느낌은 이내 섭섭한 마음을 가지게 만들었다.

공항을 빠져 나와 교외에 있는 서울 레스토랑(Seoul Restaurant)에서 김치찌개와 돼지고기 삶은 것 등의 한국 음식으로 저녁 식사를 했다. 아직 하루도 채 지나지 않았지만 고국의 향수를 느꼈다. 친절한 주인의 대접과 숭늉 역시 고국을 더욱 그리워지게 했다.

식사를 마치고 관광버스를 타자 안내원이 이 곳 물은 석회질이 많아 그냥 마실 수가 없다고 했다. 사정은 식당이나 호텔의 경우도 마찬가지라는 얘기를 들었다. 만일 물을 그대로 마시면 석회가 핏속에 녹아들어 기현상이 일어난다고 설명했다. 이러한 이유로 와인이나 맥주와 같은 술이 발달했고 숲이 우거져도 뱀이 살지 못한다는 등의 설명을 들으며 괴팅겐의 파크호텔(Park Hotel)에 도착했다.

Park Hotel Room에서

214호에 짐을 풀면서 심한 갈증에 물을 마시고 싶었다. 물 한 병 값이 맥주 한 병 값과 맞먹는 3$이라는 안내장을 보니 갈증조차 사라지는 듯한 느낌에 기분이 이상해졌다. 강과 수돗물의 오염이 심각하다고 떠들긴 해도 우리나라의 자연환경이 훨씬 낫다는 생각에 자긍심이 생겼다. 외국에 나오면 모두들 애국자가 된다고 했던가? 석회가 많아 마실 수 없는 물, 습기로 인한 혹한 얘기를 들으면서 '역시 우리나라가 문자 그대로 금수강산이구나!' 하는 생각이 들었다.

괴팅겐에서의 첫날은 괴팅겐시와 그 주변을 관광했다. 버스를 타고 동독과의 경계지점으로 갔다. 서독의 1인당 GNP가 23,000$에서 17,000$로 하락했고 노동문제, 실업문제, 그리고 극우파라 할 수 있을 갱단 문제 등 통일의 후유증이 심각하다는 얘길 들었다. '우리의 통일도 그저 바람과 기대와 같은 감상적이고 감정적인 상태로 이뤄져선 안되겠구나' 하는 걱정이 앞섰다.

점심때에도 아침과 마찬가지로 우유와 보릿가루·밀가루를 탄 수프에 빵 몇 조각을 먹고 물과 커피를 마셨다. 물을 대신하여 맥주 등을 마시기도 했다. 술을 별로 좋아하지 않는 내게는 여간 힘겨운 일이 아니었다. 하룻밤을 새우고 나니 입술과 잇몸까지 부어오르는 것 같은 피로가 겹쳤다.

둘째 날에는 뮌헨에 있는

괴팅겐대학 발표장 입구에서(왼편부터 송석구 동국대 교수, 괴팅겐대 Rosner 교수, 필자)

친구로부터 전화가 걸려와서 호텔에서 만나기로 했다. 저녁 늦게야 취기가 오른 상태로 나를 찾아왔다. 내가 가지고 온 순 곡주 두 병을 꺼내 함께 마셨다. 같은 방을 쓰는 사람에게 미안한 감이 있긴 했으나 오랜만에 만난지라 계속 술병을 비웠다.

그런데 원래는 그러지 않던 친구가 양주에 취해 고주망태가 되어 술 주정을 부리기 시작했다. 이국만리 땅에서 13년이란 세월을 고독하게 살았으니 그럴 수도 있겠지 하며 이해하려 했지만 너무 지나친 것 같았다.

이튿날 일어나자마자 친구에게 바로 뮌헨으로 가라고 권했다. 얼른 가서 13년 동안 끝내지 못한 박사학위 논문도 끝을 맺고 귀국하라고 했다. 내가 정순목 교수와 같이 술을 마시고 호텔로 돌아오니 프론트에서 기다리다가 돌아간다는 그 친구의 메모가 남겨져 있었다. 무정한 친구라며 본인은 나를 원망했겠지만 '13년이나 유학하면서 이렇게 세월을 헛되이 보내면 어떻게 하는가?' 라는 생각에 그의 행동이 도저히 용납되지 않았던 것도 사실이다.

3일째부터는 「국제퇴계학회」에서의 정식발표 스케줄이 잡혀 있었

괴팅겐 발표단상(왼쪽 필자, 송석구 동국대교수, 중국 인민대 張立文교수)

다. 국제학술대회는 성황리에 계속되었다. 그 동안 나는 회의장에서 괴팅겐대학 동양학연구소장인 로즈너(Rosner)박사와 다른 나라 여러 학자들과 반갑게 인사를 하고 기념 사진도 찍었다.

마지막 날에 내 발표 차례가 돌아왔다. 단 위에서는 발표자와 좌장이 앉아 진행을 하게 되어 있었다. 내 발표에는 중국 북경대학의 장입문(長立文) 교수가 사회를 맡았다. 유인물을 보지 않고 발표를 하다 나중에는 유인물을 보완해 가는 식으로 발표를 했다. 우렁찬 박수소리가 들려왔다. 동행한 친구는 내가 발표하는 모습을 사진에 담느라 분주했다.

회의가 끝나고 교외에 있는 조그만 만찬장으로 향했다. 괴팅겐대학 주최의 만찬이었다. 국제회의 때마다 자주 단골로 만찬을 베푼 탓인지 모든 것이 풍성하고 순조로웠다.

여기서 베를린 보흠대학 한국어과 교수를 만났다. 그녀는 소련 레닌그라드대학 유학 중에 북한 유학생과 만나 열애 끝에 결혼을 했다고 한다. 그리고 그녀의 남편은 레닌그라드 대학원을 중퇴하고 아직 독일국적을 획득하지 못해 고민 중인 북한 망명 유학생이었다.

부인이 한국어과 교수로 국제대회에서 발표도 하고 토론에도 참여하고 있는데 그렇지 못한 그 남편의 처지가 초라해 보였다. 뿐만 아니라 회의장 밖에서 서성이는 그녀의 남편으로부터 북한 인민의 모습이 눈에 보이는 듯해서 안쓰럽기 그지없었다. 내가 가까이 가서 말을 건넸더니 반가워하면서도 경계하는 눈치였다. 같은 민족이면서 남북이 갈라져 초라한 삶을 살아가는 북한민들에게 연민의 정을 억누를 수 없었다.

작년인가 중국 산동성 위해(威海)에서 공자기금회(孔子基金會)주최로 국제학술대회가 있었다. 그때 우리 일행들이 위해(威海) 변두리에서 길을 잃고 어디로 가야할지 몰라서 한국말로 크게 떠들고 있었는데,

바로 옆에 서 있던 사람이 한국말로,

"이쪽으로 가야 합니다."

라고 하지 않는가. 내심 반가우면서도 한편으로는 놀라서

"당신은 어디서 왔소?"

라고 물었다. 경계하는 눈초리로 황해도에서 왔다고 하는 것이 아
닌가. 깜짝 놀라면서

"당신은 어디서 무얼 하느냐?"

고 다시 물었다. 그랬더니 이 곳 어느 고무신 공장에 다닌다고 하
면서 인사를 하며 가까이 왔다. 우리도 서로 인사를 하고 악수를 했
다. 손은 가죽같이 두껍고 거친 몸놀림이 보통 사람은 아니라고 느껴
졌다.

그래도 '우리는 한 민족' 이라는 감정이 서로가 대화를 할 수 있게
했다. 한 달에 한 번 정도씩 황해도에 간다고 하면서 매우 가난하게
산다고 했다. 지도자를 잘못 만나 저렇게 뼈아프게 노동을 하면서도
제대로 먹지 못하고 고생하는 우리 동족을 이국만리 땅에서 만나니
더더욱 만감이 교차하였다.

'우리도 독일처럼 통일이 되어 굶주림에 허덕이는 북한 동포를 구
해줘야 할 텐데' 라는 생각에, 비록 난관이 뒤따른다 해도 통일은 하
루 속히 이루어졌으면 싶었다.

(괴팅겐 Park Hotel에서, 1992. 8. 30.)

괴팅겐 시내관광 — 농촌이 더 잘 사는 나라

이 날은 괴팅겐 시내 구경에 나섰다.

맨 처음 '제네보'라는 호수를 구경했다. 이상하게도 하룻밤 사이에 지난 밤의 피로와 지친 기색은 온데 간데 없었다. 이국만리 땅의 이색적인 농촌풍경에 정신이 팔렸다.

괴팅겐대학은 1374년에 설립되어 지금은 학생 수 3만 명, 교수 수가 2,500명에 이른다. 노벨상 수상자만 해도 그 대학 출신자만 29명에, 관계 교수까지 합친 수는 40여 명이나 되는 독일 유수의 명문대학이다.

제네보 오반가에서(왼쪽부터 이남영 서울대 교수, 윤사순 고려대 교수, 필자)

이 대학이 있는 괴팅겐시는 인구가 13만 명이고 동·서독의 국경 지대에 가까이 있어 분단 시절의 비극에 대한 얘기가 많다.

그러나 이들은 통일을 이루었고, 통일되었기에 어려운 사정도 생겼다. 서독의 GNP가 23,000＄에서 17,000＄로 하락했고, 동독재건 비용이 매년 1천억＄씩 들어가며 실업자가 260만이나 된다고 한다. 통일이라는 것이 그저 감상적으로 이뤄지는 좋기만 한 일은 아니라는 것을 절감했다.

과거 동독국민이었던 이들은 공산체제 아래에서 이미 일에 대한 열성을 잃어버려 습관적으로 일을 게을리하는 경향이 있다. 물가는 10%나 뛰고 철도와 체신청, 간호사, 유치원 교사까지 파업을 했다. '라인강의 기적'을 이루었다는 독일도 이처럼 통일의 후유증이 심각하구나 하는 생각이 들었다. 통일은 서독만으로 볼 때는 뒷걸음질친 양상이라는 안내원의 설명에 잠시 생각에 잠겼다가 다시 눈앞에 펼쳐지는 농촌 풍경에 정신을 빼앗겨 버렸다.

괴팅겐 시내를 흐르는 라인강의 지류를 따라가 봤다. 교외가 나오고 양쪽 길가로 수목이 즐비했다. 그 수목들은 같은 수종끼리 심겨져 있는 인공조림 숲이었다. 나무들이 가지런하게 늘어서서는 하늘을 찌를 듯이 힘차게 위로 뻗어 있어 절로 탄성을 자아내게 했다. 괴팅 겐뿐만이 아니라 독일의 수목은 전체적으로 검고 높게 뻗어 있다. 알프스 근처의 검은 숲은 더 짙은 숲을 이루고 있다. 놀라운 것은 대부분 인공조림의 결과란 점이다. 질서정연하게 바둑판 모양으로 짜 맞춰져 장관을 이룬 수목을 보니 그 나무들처럼 독일 백년대계의 내일이 풍성하고 풍요로울 듯한 느낌이 들었다.

뻐꾸기 시계의 재료가 되는 알프스 근처의 수목들, 그 중에서도 두드러지던 가문비나무숲을 지나갔다. 그 사이로 잘 닦여진 아스팔트를 따라서 한 시간 거리를 가면 「제보가제」라는 호수가 나온다. 빽빽

한 홍송, 적송으로 둘러싸인 호수 위에는 부용이 많이 떠 있었는데
그 또한 장관이었다. 어딜 가도 보이던 유실수까지 포함한 인공조림
이 오늘날 독일의 풍요를 낳게 하지 않았을까 하는 추측까지 했다.
　물론 석회가 많아 물을 그대로 마실 수 없고 습기 많은 겨울의 혹
한과 2차 대전 이후의 이주민들에 대해 갱단이나 극우파가 극성을
부린다는 단점은 있었다. 그러나 패전 후 얼마 지나지 않아 열강의
대열에 든 독일은 분명 근면한 국민정신을 가진 저력 있는 나라인
것 같다.

(괴팅겐 Park Hotel에서, 1992. 8. 30.)

영원의 도시 로마

　유럽의 여러 나라 가운데에서 이탈리아만큼 복합적인 색채를 띠
는 나라도 드물다. 이탈리아에 대한 이해도를 볼 수 있는 재미 있는
일화가 많다.
　이탈리아는 3일이면 모든 것을 알 수 있다고 한다. 그러나 3개월을
체류한 사람이면 이탈리아가 뭐가 뭔지 잘 모르겠다고 한다. 또 3년
을 이탈리아에 체류한 사람은 전혀 아는 것이 없다고 이야기한다. 자
세히 보면 볼수록 자꾸 새로운 것이 생겨나기 때문이다. 장구한 세월
에 걸쳐 형성된 도시인 만큼 무궁무진한 문화자원이 있다는 것을 조

오박씨 까는 언덕에서 내려다 본 로마 시가지

금 과장하였지만 간접적으로 증명해 주는 말이라 할 수 있겠다.

이탈리아, 그 문화의 도시 속에서도 대표적인 곳이 로마이다. 이탈리아의 수도이기도 하고 고대 로마제국의 중심지로 커다란 번영을 누려왔던 영원의 도시이기도 하다. 로마는 테베레강 하구에 자리잡은 직경 5Km정도의 아담한 이태리의 수도이다.

그러면 그리 크지 않은 규모의 로마가 영원의 도시라 일컬어지는 것은 무엇 때문일까? 그것은 바로 그 내적 스케일 때문일 것이다. 실제로 로마를 방문한 사람은 그 도시의 참모습을 발견하기가 쉽지만은 않다고 한다. 그만큼 로마는 복합적이면서도 독특한 면이 내재되어 있기 때문이다.

간편한 옷차림을 한 사람들의 활기찬 발걸음, 주위를 의식하지 않는 우렁찬 목소리와 쾌활한 웃음이 끊이지 않는 거리, 아무리 낯선 여행자에게도 선뜻 말을 건네는 사람들, 이렇게 로마는 고대 로마의 영광을 간직한 채 개성과 자유로움이 돋보이며 어지럽지 않을 만큼의 술렁거림이 있는 도시이다.

수많은 유적지와 2000년이 넘는 역사를 대변해 주는 유물을 가진 로마이다. 유럽의 문화재 반이 로마에 있다고 하는 말이 과장된 말만은 아닌 것 같다. 그렇기에 며칠만에 생각없이 보내고 오기에는 너무나 아쉬운 곳이 바로 로마이다.

(로마 쉐라텐호텔에서, 1992. 8. 29.)

스위스와 몽블랑

1992년 9월 1일.

스위스 제네바의 펜타호텔(Penta Hotel)에서 하룻밤을 보내고는 일어나자마자 창문부터 열었다. 전날 세찬 비가 내려 유럽 여행의 꽃이라고 할 수 있는 몽블랑 등정이 불가능해질지도 모른다는 생각에 자못 걱정이 되었기 때문이다.

유럽의 날씨는 맑은 날이 드문지라 한국처럼 푸른 하늘은 아예 기대도 하지 않았다. 그러나 어제와는 달리 비교적 맑은 날씨였다. 또 부었던 잇몸이 약 기운 덕분인지 가라앉아 있어 기분이 매우 좋았다.

오늘은 어제와 다른 안내원이었다. 그곳 한강여행사 소속의 젊은 청년이었다. 훤칠한 키와 수려한 외모와는 달리 안내원으로서의 자질을 보이지 못해 약간 실망스러웠다.

어쨌든 관광버스에 몸을 싣고 어제 왔던 방향으로 달리다가 프랑스와 스위스의 국경지대에 이르러 남쪽 고속도로를 달렸다.

평화의 나라 그리고 부호들이 만년을 보내는 나라로 인식된 탓인지 스위스는 도시 구석구석을 보아도 담배꽁초는 물론이고 종이조각 하나도 흩어져 있지 않았다. 내게는 GNP가 높은 만큼 국민들의 의식수준 또한 높은 나라로 생각되었다.

스위스 국경을 넘어 프랑스 지역으로 진입하자 몽블랑이 만년설의 흰 옷을 입은 채 본래의 모습을 드러내었다. 몽블랑은 말 그대로 구름이 감긴 산허리 위로는 모두가 얼음산이며 여름에도 해발 4,810m 중 2,000m 이상은 항상 얼음으로 덮여 있다고 한다. 혈압이 높거나 낮은 사람은 조심해서 걷거나 산아래에 남아 달라는 가이드의 부탁이다. 한여름의 복장 위에 스웨터와 점퍼까지 입은 우리를 불안하게 했다. 가이드가 허약한 사람은 청심환을 먹으면 좋다는 얘기도 들려주었다. 집사람이 약국을 하는데도 불구하고 사전 지식이 없던 터라, 준비를 못한 것이 내심 안타까웠다.

두려움과 안타까움이 뒤범벅되었지만 이내 용기를 내어 일행 30명과 함께 우리는 케이블카에 몸을 실었다. 케이블카는 72인승으로 2,317m까지 가는 1단계와 62인승으로 2,318m부터 3,800m에 이르는 2단계로 나누어져 있다. 그러고 보면 백두산 꼭대기보다 약 1,000m나 더 높은 곳이다. 2단계부터는 숨을 가쁘게 몰아쉬어야 한다는 가이드의 설명 탓인지 2단계부터는 정말 산 아래와는 다른 기분에 무척 불안해지기 시작했다.

시속 100km의 속력으로 빠르게 올라가는 케이블카 안에서 밖을

해발 3,800m 고지 몽블랑 만년설 위에서

내다보았다. 만년설에다 천인단애의 절벽만 보였다. 2단계 케이블카의 정류장에서 200m 떨어진 곳에서 등산객들이 자일을 잡고 등정을 하고 있었다. 그 중 한 사람이 실수로 미끄러지다 다시 아슬아슬하게 빙판 위를 걸어가는 모습을 보았다. 그렇잖아도 불안했던 마음이 더욱 긴장되었다.

한여름인데도 불구하고 눈으로 덮여 있던 벼랑 끝은 고드름의 천지였다. 우리는 드디어 2단계 케이블카의 정류소에 도착했다. 산 아래와는 달리 가쁘게 숨을 몰아쉬어야 했다. 그곳에서 나는 자연의 신비함을 눈으로 보았다. 4810m의 몽블랑 꼭대기가 눈앞에 전개되다가 갑자기 구름으로 덮혀 버렸기 때문이다. 그런가 하면 거센 눈보라가 몰아치다가는 또 금방 그쳐버리곤 하는 문자 그대로 변화무쌍이었다. 비록 케이블카로 올라왔지만 태어나서 가장 높은 산을 등산한 셈이다. 대자연의 신비 속으로 빠져든 나는 쉴 새 없이 만년설을 배경으로 사진기의 셔터를 눌렀다.

한참을 그러다 보니 부부 여행객들이 눈에 띄었다. 그걸 본 순간 문득 약국에서 수고하고 있을 집사람이 생각났다. 마침 어떤 교수가 부인과 동행한 것을 보고 나니 나도 그랬더라면 하는 생각이 떠올랐다. 아니, 우리 식구 모두가 이 곳에 같이 왔으면 하는 욕심이 났다.

꼭대기에는 비바람도 피할 수 있는 동굴이 있었고 마치 '하늘 위의 집'과 같은 따뜻한 찻집도 있었다. 숨이 가빠오자 모두들 하산하자고 했다. 케이블카를 타고도 몇 번이나 떨어질 듯한 스릴을 만끽했다. 내가 보았던 그 모든 신비로운 풍광들을 가족들과 함께 감상할 수 있었으면 하는 생각을 했다.

해발 3,800m의 고봉에 올라 아래를 내려다보던 만년설의 장관은 영원토록 기억에 남을 것 같다.

(제네바 펜타호텔에서, 1992 9. 1.)

세계 속의 대우(Daewoo)

대우란 이름은 나에게는 그렇게 친근한 편은 못된다. 차에 대해서는 잘 알지도 못할 뿐더러 티코같이 작은 차가 아니면 로얄같이 투박하게 생겨 튼튼하긴 해도 기름이 많이 드는 차를 만들어내는 회사라고 기억하고 있기 때문이다.

그러나 평소 대우란 경상도 사나이같이 무뚝뚝하고 툭박지면서도 믿을만한 회사라고는 생각해 왔다. 그리고 기업에서 얻은 이익 중 많은 부분을 연구직에 종사하는 사람들에게 투자하고 있는 미래지향적인 기업으로도 알고 있다. 그런데 이번 기회에 대우의 새로운 면모를 볼 수 있었다.

67년 500만원의 자본금으로 출발한 대우는 27년이 지난 94년 7월 말 현재 전 세계에 65개국 94개의 지사망과 135개 현지 법인을 보유한 매머드 기업으로 성장해 있다. 종업원 수는 국내외를 합쳐 12만 명, 매출액은 26조 4천억(93년 통계)으로 미국 포튠(Fortune)지가 선정한 세계 500대 기업 중 33위에 랭크되어 있다는 놀라운 사실을 발견했다.

대우가 67년 창업 이래 당시 국내 기업으로서는 불모에 다름없었던 해외시장 개척에 선구적 역할을 담당해 왔던 것이다. 그 결과 국제적 기업으로 성장해 왔다는 사실을 실감하게 되었다.

내가 벨기에에서 처음 찾은 곳이 수도 브뤼셀에서 조금 떨어진 안트베르팬(Antwerpen)의 대우 정유공장이다. 이미 쓰러져 가는 공장을 대우가 인수하여 다시 일으켰다고 한다. 한국사람 몇 명을 제외하고는 모두가 현지인을 고용하여 훌륭하게 경영하는 모습을 가까이서 보았다. 안트베르펜(Antwerpen)은 항만시설이 인천 항구의 18배로서 유럽 물량의 30%를 감당하고 있는 현물시장으로 유명한 항구 도시이다. 이 곳에 대우의 마크가 멀리서도 눈에 띄게 우뚝해 보였다.

그리고 룩셈부르크의 수도에서 약간 떨어져 있는 몽스란 땅에도 대우 굴삭기 공장이 들어서 있었다. 룩셈부르크는 전 인구라야 65만 이면서도 GNP는 36,000 $ 세계 제 2위로, E.C.본부가 있는 곳이기도 하다. 네덜란드로부터 독립한 작은 국가로 국민 대부분이 카톨릭신도이다. 생활에 불편함이 없어서 성당에는 일년에 한두 번밖에 나가지 않는다고 한다. 너무 잘 살아가고 있기에 예수에게 의지할 필요가 없다고 생각하기 때문이다. '일 년에 한두 번'이라고 하는 것도 죽을 때 성당공원묘지에 묻히기 위해서라고 한다.

프랑스 Longwy에 있는 Daewoo 전자렌지 회사(경북대 전자과 졸업생과 필자)

이런 나라에도 대우 굴삭기 공장이 세워져 현지인들을 고용하고 있다. 세계 속의 대우의 모습이 넉넉해 보였다.

또한 프랑스 롱위(Longwy)에 있는 전자렌지 공장과 파멕(Fameck)에 있는 TV 공장도 둘러봤다. 롱위(Longwy)의 전자렌지 공장은 프랑스 동북부 로렌 지방에 위치하고 있다. 87년 11월 23일 프랑스 정부로부터 승인을 받아 88년 6월 30일에 합작계약서를 체결하여 89년 2월 6일부터 생산을 시작하였다고 한다. 현재 대지 면적이 10,370평, 건평 4,300평의 대규모 공장이다. 여기에 다시 2, 3배를 증설 중이라고 한다.

현재 직원은 주재원 5명을 포함해서 216명이다. 97년에는 300명으로 늘리려 하고 있다. 생산 판매량도 94년에는 300,000대, 97년에는 1,000,000대로 예상하고 있다.

현지에서는 동종의 등급에서 절대적으로 경쟁적인 가격의 제품을 생산할 수 있는 공장, 제품의 품질 면에서 완벽에 가까운 공장, 제조 비용과 품질 면에서 최고의 경쟁력을 갖춘 공장, 2000년대를 대비하여 장기 전망을 제시할 수 있는 공장으로 변모하려고 몸부림치고 있다고 한다.

그래서 유럽의 전자렌지 시장 부문 1위를 목표로 하고 있다. 소비자 만족도 1위의 완벽한 품질 달성과 유럽 최강의 전자렌지 공장 구축을 통한 이익 창출의 목표달성을 지향하고 있다. 세계 속의 대우, 선진국 속의 한국의 자랑스런 모습을 느낄 수 있었다.

또한 프랑스 동북부 지방 파멕(Fameck)에 있는 대우전자주식회사(Daewoo Electronics Manufacturing S. A.)를 둘러 봤다. 92년 2월 7일에 프랑스 정부로부터 승인, 93년 4월 1일부터 생산을 시작했다. 이 회사는 토지 15,500평에 건물 4,000평으로 주재원 8명을 포함하여 258명의 사원들이 바쁘게 움직이고 있었다. 94년 263,000대를 생산 목표로 하고, 주 판매시장은 EEC국가 및 북부 유럽을 포함해서 유럽 전역이다. 프랑스 판매 비율의 약 20%를 차지하고 있다고 한다.

이 회사는 세계 제 1의 공장지향, 튼튼하고 완벽한 품질의 TV 생산, 절대적 경쟁력 확보, 적정 이익 확보를 목표로 삼고 있다. 생산성 극대화, 부품의 현지화 적극추진, 현지인 관리자 양성을 중단기 운영 계획으로 삼고 있다. 앞으로의 무한한 발전 가능성이 엿보이기에 한국인으로서 긍지를 가지게 해 주었다.

현재까지 대우가 개설한 지역별 해외의 현지 법인을 일별(一瞥)해 보면 다음과 같다.

아시아에 태국, 베트남, 미얀마, 일본 등 14개국 47개 법인이 개설되어 있고, 오세아니아에 1개국 3개 법인, 아프리카와 중동에 수단, 이란 등 9개국 17개 법인, 서유럽에 영국, 프랑스, 벨기에 등 7개국 18개 법인이 개설되어 있다. 동유럽에 폴란드, 헝가리, 루마니아 등 4개국 7개 법인, C.I.S.에 러시아, 우즈벡 등 3개국 10개 법인, 북미에 미국 등 2개국 20개 법인, 중남미에 멕시코, 칠레, 페루 등 9개국 13개 법인이 개설되어 있다.

이처럼 대우의 해외 진출사는 국가간의 수교가 없던 제3 세계권, 또는 사회주의권과 교역 및 경제협력의 물꼬를 트고, 단순한 시장확대 측면을 넘어 민간외교의 첨병 역할을 수행해 왔다. 이런 점에서 타기업과는 다른 독특한 모습을 보여주고 있다.

이는 목전의 실익을 추구하기보다 이들 국가에서 확고한 기반을 구축한다는 장기적 안목의 경영전략과 기업철학에서 나온 것이라 생각된다. 국제학술발표회에 참가할 때마다 한국인과 한국문화의 왜소함을 느꼈던 나로서는 대우의 해외 경영 활동에서 한국인으로 태어난 것이 오히려 자랑스럽기까지 했다.

프랑스의 파멕(Fameck)을 방문하면서 한국인 주재원 8명을 만났다.

이 중 4명이 특별히 나를 반갑게 맞아 주었다. 경북대 출신이라면서 20여 년 전에 강의를 들었다고 한다. 이국 만리 땅에서 만난 제자들이 얼마나 반가웠던지 손에 손을 쥐고 힘차게 악수를 했다. 그들은 처자를 데리고 이 곳에 왔다고 한다. 불편한 것은 아이들 교육문제라고 한다. 프랑스에 국제 학교가 있어 그곳을 다니긴 해도 우리나라에 돌아갈 경우 대학에 들어가기가 어렵기 때문이다. 외교관 자녀들은 특례 입학을 허용하지만 자기들 경우는 과거와 달리 특례 입학이 없어졌다고 한다. 산업 일꾼으로 국위선양을 하는 공로를 생각하면 외교관 자녀들처럼 대학에 특례 입학할 수 있는 길이 다시 열려야겠다고 생각했다.

나는 그들을 위로하면서 고국에 돌아가면 미력이나마 특례 입학제도가 부활될 수 있도록 관계 요로에다 주선하겠다는 약속을 하고 돌아왔다.

세계 속의 대우, 세계 속에 한국의 긍지를 심는 대우 가족들의 모습을 보면서 대우의 앞날과 우리나라의 미래가 동서양 온 세상에 힘차게 펼쳐지고 있음을 느꼈다.

(프랑스 파멕에서, 1994. 7. 21.)

진실의 입(Bocca della Verita)

테베레강의 파라티나 다리의 동쪽에 가면 보카 델라 베리타 광장
(Piazza Bocca della Verita)이 있다. 그리고 광장 정면에 있는 산타 마리아
인 코스메딘(Santa Maria in Cosmedin)교회의 입구 왼쪽에 그 유명한 '진
실의 입(Bocca della Verita)'이 있다.

이것은 석판에 해신(海神) 트리톤의 얼굴을 새긴 원반 모양으로 되
어 있고, 거짓말쟁이가 트리톤의 입에 손을 넣으면 트리톤의 입이 다
물어져서 손이 잘린다는 전설이 있다.

지금은 그저 유적으로만 남겨져 있지만 여기에는 당시 진실을 가

진실의 입(오른쪽 필자, 김원중 포항공대 교수, 충남대 이철상 교수)

장한 독재자들의 횡포에 대한 억울한 사람들의 이야기가 전해오고 있다.

네로 황제 때의 이야기이다. 황제는 자신이 밉다고 생각하는 사람에게 「진실의 입」 안에 손을 넣어 보라고 했다고 한다. 만일 죄가 있다면 손을 넣은 사람의 손가락이 잘리게 된다고 하고는 폭군 네로는 손을 집어넣은 사람은 누구든 뒤쪽에서 도끼로 손을 자르도록 했다. 이런 식으로 억울하게 손가락이 잘린 사람이 당시에는 수없이 많았다고 한다.

폭군의 횡포가 여실히 증명되는 유적, 그 중 하나가 바로 이 '진실의 입'이다. 지금은 수많은 관광객의 구경거리로 허허로이 남아 있어 쓰라린 역사의 산 증거가 되고 있다.

우리 일행들도 호기심에서 차례대로 진실의 입에 손을 넣어 보았다. 모두가 착한 사람들이어서인지 아무도 손가락이 잘리지 않았다.

지금은 네로 황제와 같은 폭군이 없어서일까? 아니면 도끼가 없어서 그럴까? 한바탕 웃으면서 파라티나 다리를 건너 왔다.

(로마 쉐라텐호텔에서, 1994. 8. 30.)

카타콤베(Catacombe)

우리 일행은 버스를 타고 카타콤베 앞에 내렸다.

양쪽에 상점만 있고 입구는 자그마한 통로가 있을 뿐이다. 「움푹 팬 곳」이란 뜻의 카타콤베는 로마로부터 박해를 받던 그리스도인들이 박해를 피해 몰래 예배를 드리던 곳으로 그리스도인들의 예배당이나 묘지를 뜻한다.

아피아 고대 도로를 따라 크고 작은 카타콤베가 25곳 정도 있다. 대부분이 지하 2, 3층의 미로로 되어 있어 가이드가 없으면 길을 잃기 십상이다. 이것은 그리스도인들이 박해를 피하기 위해 길을 미로

카타콤베 앞에서(안병주 성균관대 교수, 필자)

처럼 만들다 보니 생겨난 결과이다.

카타콤베의 천장과 벽에는 크리스트교의 실상을 알 수 있게 하는 귀중한 프레스코화들이 그려져 있다. 수많은 성인들이 묻혀 있어 초기 크리스트교를 이해하는 소중한 장소로 순례자들이 많이 찾는다.

주요한 카타콤베로 산 칼리스토 카타콤베(Catacombe di San Calisto)와 그 앞의 산 세바스티아노(Cata combe di San Sebastiano)가 있다. 이들 카타콤베들의 총 길이만도 500km에 이른다. 입구의 영어, 프랑스어, 이탈리아어로 된 간판 앞에서 기다리면 적정 인원이 될 때 가이드가 안내해 준다.

한 번은 가이드의 말을 제대로 듣지 않아 굴속에 들어가 나오지 못한 일이 있었다고 한다. 이 속에 들어가면 미로가 많아 어느 쪽으로 가야 통로가 있는지 알 수 없으며, 좁은 통로 옆에는 해골만 남은 시신이 이 곳 저 곳에 널려 있으니 음산하기 그지없는 곳이다. 그래서 이름 그대로 미로이다.

이 곳을 관광하러 온 사람들은 이 길로 들어갈 때 어쩌면 햇빛을 보는 마지막 순간이라 생각하며 긴장하고 가이드의 안내를 잘 따라야 한다.

하기야 삶의 길이 바로 미로이니 그리 두려워할 필요는 없다.

우리 일행들은 정신을 집중시켜 안내자가 시키는 대로 잘 따랐다. 무사히 굴 밖으로 나왔다. 무서운 미로였구나 싶었다.

세계 각국의 관광객들이 끊임없이 줄을 잇고 있었다.

(로마 쉐라텐호텔에서, 1994. 8. 30.)

나보나광장(Piazza Navona)

로마 관광객이라면 한번은 가보는 곳이 나보나광장이다.

코르소거리를 지나 테베레 강가에 나보나광장을 관광했다.

서기 86년에 도미티아누스 황제가 조성한 길이 240m, 폭 65m의 전차 경기장 유적지가 바로 나보나광장이다.

코르소거리와 테베레강 사이에 있으며 차가 들어갈 수 없는 이 광장은 로마의 어떤 광장보다도 안정감 있게 설계되어 있다.

언제부터인가 관광객을 상대로 초상화를 그리거나 자신의 그림을 내다 파는 화가들이 많아져 예술가들이 모이는 광장으로 알려지게

나보나 광장에서, 가운데가 필자

되었다. 이날도 많은 화가들이 웃옷을 벗은 채 비지땀을 흘리며 초상화를 그리고 있었다. 모두가 삼류화가인 듯했다.

이 광장에는 3개의 분수가 주위의 건물과 조화롭게 배치되어 있다. 광장 남쪽의 것이 ‘무어인의 분수’, 북쪽의 것이 ‘넵튠의 분수’, 중앙에 있는 것이 ‘강의 분수(Fontana dei Fiumi)’ 이다. 베르니니가 만든 것으로 바로크 조각의 걸작으로 꼽힌다. 오벨리스크 아래에 다이나믹한 4명의 남성상이 있다. 이는 나일강, 갠지즈강, 도나우강, 라플라타강을 의인화한 것이라고 한다.

광장 앞 교회의 정면을 설계한 사람은 베르니니의 라이벌인 보로미니(Borromini)이다. 강을 의인화한 네 남성상을 만든 베르니니와 보로미니는 서로 사이가 아주 좋지 않았다고 한다. 이것을 알려주는 한 가지 재미 있는 이야기가 있다.

네 남성상이 보로미니가 만든 교회 정면을 보고 있자, 베르니니는 이것을 차마 볼 수 없다고 하여 나일강의 머리를 천으로 둘러 씌웠고 라플라타 강은 넘어지면 곤란하다는 이유로 팔을 위로 올리게 하였다. 하지만 보로미니가 실제로 교회 정면을 완성한 때가 이보다는 수년 뒤의 일이라서 어디까지가 진실인지는 모른다. 아무튼 둘 사이의 관계를 어느 정도 알 수 있게 하는 일화로 전해오고 있다. 많은 일화를 지니고 있는 나보나 광장에는 수많은 관광객들이 붐비고 있어서 마치 시장터 같았다.

한 바퀴 둘러 본 후에 바쁘게 버스를 탔다. 에어콘이 잘 되어 있어서 버스 안이 훨씬 시원해 좋았다.

(로마 쉐라텐호텔에서, 1994. 8. 30.)

트레비분수(Fontana di Trevi)

이탈리아의 분수 가운데 트레비(Trevi)분수는 가장 유명한 곳으로 손꼽힌다. 그래서 우리 일행은 무더위에도 불구하고 트레비분수를 찾아나섰다.

로마의 분수 중에서 가장 아름다운 것으로 꼽히는 바로크 양식의 트레비(Trevi) 분수는 교황 클레멘스 13세가 주최한 분수 설계 공모전에서 당선된 니콜라 살비(Nicola Salvi)의 작품이다. 1732년에 착공되어 1762년에 완공되었다고 한다.

폴리 궁전의 벽면을 이용한 조각은 이 분수의 아름다운 배경이 되고 있다. 바다의 신 넵튠이 트리톤의 두 마리의 말[격동의 바다와 잔잔한 바다를 상징]을 타고 달려가는 모습은 박력이 넘친다. 이 조각은 브란치의 작품으로 바로크 후기 미술의 걸작으로 꼽힌다.

트레비 분수, 왼쪽이 필자

이 분수를 등지고 동전을 던지면 다시 로마로 올 수 있다는 전설이 있다. 그래서 이 곳에 가면 누구나 할 것 없이 분수를 등지고 동전을 던지기에 여념이 없다. 오늘도 마찬가지였다.

각국의 관광객들이 던진 동전들은 정기적으로 회수되어 자선사업에 쓰인다고 한다. 이렇게 동전 던지는 관습이 언제부터 생겼는지는 확실하지 않다.

한번 던져 분수 안으로 들어가면 로마로 다시 올 수 있다는 의미가 되며, 두 번을 던져 들어가면 원하는 사랑을 이룰 수 있다는 의미가 된다. 하지만 세 번 시도하고자 하면 대단한 각오를 해야 한다. 성공하면 그 사람과 이혼한다는 의미가 들어 있기 때문이다.

하지만 우선 거리가 멀어 웬만한 힘과 기술이 아니고서는 단번에 들어가기 어렵다. 다만 자선사업에 기부한다는 마음으로 또 로마에 왔다는 추억거리의 하나로 한 번 해본다는데 의의가 있을 뿐이다.

유럽 문화재의 반이 로마에 있으니 로마에 다시 온다는 행운이야 보통의 일이 아닐 것이다. 나는 행운아의 한 사람이다. 작년에 왔다가 트레비 분수에 던진 동전 덕택인지 또 다시 왔으니 말이다.

(로마 쉐라텐호텔에서, 1994. 8. 30.)

이탈리아와 소매치기

유럽에 온 지 10여 일이 되었다.

유럽의 다른 어느 지역보다 치안의 상태가 좋지 않은 곳이 바로 이 탈리아라고 한다. 그래도 유럽 문화재의 거의 반이 이탈리아에 있다 고 하니 찾아보지 않을 수 없다.

먼저 로마와 바티칸시를 보기 위해 로마공항에 내렸다. 로마 교외 에 떨어져 있는 아에로골프 쉐라톤호텔(Aerogolf Sheraton Hotel)에 숙소를 정했다.

아무런 사고 없이 무사히 보낸 사람도 많지만 방심하고 있다가는 몇 번씩 소매치기 당하기도 쉬우므로 항상 예방 에 신경을 써야 한다고 가이 드가 당부한다.

사람이 많은 곳은 피해야 한다. 테르미니역 부근이나, 재미 있어 정신없이 바라보게 되는 축제 행렬 옆에는 항상

Aerogolf Sheraton Hotel 앞에서

소매치기가 있다고 생각하면 된다. 그리고 누군가가 친절하게 시원한 음료수를 권하거든 가급적 사양하는 것이 좋다. 음료수에 수면제를 탔을지도 모르기 때문이다. 또 분위기 잡겠다고 큰길을 벗어난 호젓한 길을 혼자서 가지 말아야 한다. 그리고 신문지를 들고 4~5명씩 떼지어 있는 어린이들을 조심해야 한다. 이들을 어린이라고 얕보다가는 큰 코 다치기 쉽다. 이들은 프로 소매치기다. 만일 이들이 다가오면 큰소리를 치거나 발로 차는 흉내를 내야 한다. 특히 콜로세움이나 보르게세 공원, 포로 로마노 근처 등이 우범지대이므로 이런 곳에서는 여럿이 동행하는 것이 안전하다. 남에게 사진을 찍어 달라고 카메라를 맡기는 일, 팔라티노 언덕 주변에 집단으로 모여 있는 집시 등, 로마에서는 이런 것에 무척 세심한 주의를 기울여야 한다고 한다.

그러고 보면 마치 로마가 범죄 소굴인 듯하지만 사실 그렇지는 않다. 자신이 조금만 신경 쓰면 얼마든지 소매치기의 위험으로부터 벗어날 수 있다. 가령 돈지갑이나 여권같이 중요한 것은 목에 거는 지갑 속에 넣어 옷 안에 감추면 안전대책으로 충분한 것이다.

이탈리아는 우리와 위도는 비슷하지만 여름에는 40도가 보통이다. 이처럼 높은 온도는 땅을 뜨겁게 하지만 우리보다는 기후가 더 좋다. 지중해의 해양성 기후 덕택이다.

그러나 이탈리아는 소매치기, 마약 환자, 에이즈 환자 등이 많아서 여행하는 동안 항시 긴장을 풀어서는 안 되는 곳이다. 특히 동양인의 경우는 더욱 조심해야 한다고 해서 우리는 초긴장을 하면서 관광해야 했다. 그래서인지는 몰라도 우리 일행은 아무 사고 없이 즐겁게 관광했다.

(로마 쉐라텐호텔에서, 1994. 8. 30.)

산 위의 마을(Viale Parco de Welici)

22 Roma Tel.6-655-3341

(Sharaton Golf Hotel)

27일 13시 25분 프랑크푸르트발 AZ 423편으로 이탈리아로 향했다. 로마로 가는 비행기 속에서 창측에 앉아 높은 상공에서였지만 유럽 각국의 산야를 어렴풋하게나마 볼 수 있어 좋았다.

처음 도착한 곳은 유명한 조각가인 레오나르도 다빈치의 이름을 따서 만든 레오나르도 다빈치공항이었다.

가장 먼저 눈에 띈 것은 바로 산꼭대기의 마을들이었다. 아니 엄밀하게 말하면 산 중턱에 마을이 있었다. 평지를 두고 산 중턱에 산다는 것이 처음엔 이해가 되지 않았으나 곧 안내원의 설명 속에서 그 해답을 얻을 수 있었다.

이탈리아는 14세기에 가리발디 장군이 통일하기 전에는 수많은 국가, 소위 장원이라 불리는 국가들로 이루어졌었다. 이들은 서로가 경쟁했던 탓에 상대방을 경계하기 위해서 높은 산 위에 마을을 이루어 살았다고 한다. 그리고 우리가 잘 알고 있는 「로미오와 줄리엣」이야기도 바로 이 장원제도 아래에서 이웃 장원끼리의 반목으로 생긴 비극의 이야기라고 했다.

이날 로마의 날씨는 40~50도를 오르내리는 무더운 날씨였다. 이와 같은 여름에는 3개월 간의 가뭄으로 인해 풀밭이 마르고 물이 귀하지만 겨울에는 비가 많다고 한다. GNP는 22,500＄이며 패션 모드(fashion mode)가 이 나라의 심볼이다. 로마의 인구는 400만이다. 교민 중에는 학생도 많은데 유학생의 60%정도는 성악전공이라고 한다.

'Roma'를 거꾸로 읽으면 '아모르'가 된다. 이는 곧 '사랑'을 뜻하니 로마는 곧 '사랑의 도시' 고대와 중세가 혼합된 '늙지 않는 도시'란 뜻이 된다.

로마를 보려면 쟈니콜로 언덕으로 올라가야 한다. 우리는 그 곳으로 향했다. 언덕으로 올라가니 시내를 한눈에 볼 수 있었다. 올라가는 길옆에 있는 아우렐리아 성벽을 보니 번성했던 지난날의 모습이 눈앞에 선했다. 쟈니콜로 언덕을 지나면서는 1km마다 성문을 만들었던 자리가 그대로 남아 있다. 양쪽 성벽에는 파피루스 — 파피루스는 잘 알다시피 종이를 만드는 재료로, '파피루스'란 이름에서 종이란 뜻인 'paper'가 생겨나게 되었다고 한다 — 가 즐비했다.

이탈리아는 남쪽은 그리스, 북쪽은 프랑스와 독일, 중간은 그 혼합민들로 이루어진 혼합종족 국가였다. 14세기에 가리발디 장군이 수

Roma 교외에 있는 산위의 마을

많은 장원을 통일시켜 통일 이탈리아를 만들었다고 한다. 가리발디 장군의 동상이 있는 공원을 쟈니콜로 언덕, 우리말로 '호박씨 까는 언덕' 이라고 한다. 정말 이름과 같이 그 곳에는 호박씨를 까는 아주머니들이 많았다. 그리고 세계에서 가장 작은 나라인 바티칸시국이 보인다. 로마의 한 가운데를 흐르는 아름다운 테베레강도 보인다.

가리발디 장군 동상이 있는 공원에서 로마를 내려다보면 색조가 노란색으로 통일되어 있다. 고색창연(古色蒼然)한 로마 시가지의 광경은 보기 드문 장관을 이룬다. 어쩌면 저렇게도 같은 색깔로 수백 년의 오랜 세월을 전해 올 수 있는 도시가 되었을까 궁금했다.

가이드에게 물었더니 개인 건물이라도 외벽의 색깔은 하나로 제한되어 있고 내부만 주인 마음대로 고칠 수 있다고 한다. 외벽은 함부로 고치지 못하도록 시에서 엄격히 규제한다는 것이다.

또 건물은 수백 년 이상 오래 갈 수 있도록 주로 석재를 사용하고 있다. 그렇게 하다가 보니 하나 짓는데 수십 년, 어떤 것은 몇 대를 이어서 120년 만에 완성된 건물도 있다고 한다. 그래서 오랜 세월이 지나도 풍상에 깎이지 않고 건재해 있다는 것이다.

6개월, 아니 3개월만에 4층 빌딩을 짓고, 100년도 못 넘기는 우리나라의 건물과는 좋은 대조가 된다. 우리도 내실을 기하고 튼튼한 건물을 지어 후손들에게 물려줄 수 있는 문화재감의 건물을 많이 지었으면 좋겠다고 생각했다.

(로마 쉐라텐호텔에서, 1994. 8. 30.)

소형차와 대형차

유럽 사람들은 몸집은 큰 데 비해 차들은 우리가 타는 것보다 훨씬 작은 소형차를 즐겨 탄다. 길거리에 다니는 차들의 80~90%가 거의 우리의 티코나 프라이드 만한 것들이다.

자동차는 생활 필수품이어서 어딜 가나 가지고 다녀야 하는 만큼 복잡한 거리에서 큰 차를 탈 필요가 없다는 그들의 생각 때문이라고 한다.

또한 차도 외에 인도가 있는데 그 인도의 차도 쪽은 자전거 전용도로가 설치되어 있다. 인도는 전체가 사람이 걷는 길이라고 생각하고 그 위를 서성이다가 실례를 범한 적이 있다.

우리보다 GNP가 4배나 높은 이들 국민들의 의식 속에는 투기를 하겠다거나 거액의 재산을 물려주겠다는 욕심은 추호도 없는 듯했다. 그저 휴

세느강변에서 에펠탑을 등지고, 김경수 경원대 교수와 함께

가 때 여행을 가기 위해서 저축하는 정도이다. 중형차나 대형차가 거리를 활보하고 외제차가 굴러다니는 우리의 현실과 비교가 된다.

무조건 큰 차와 고급 차가 대접을 받는 우리의 이상한 풍토와 그 근본인 허세가 바로 우리 국민을 타락시키는 것이 아닌가 하는 생각이 들었다. 그러한 과시욕과 허세를 버리지 않는 한 우리가 선진국의 대열에 들어서는 것은 아직도 멀기만 할 것이다.

(룩셈부르크에서, 1994. 8. 31.)

몽블랑과 보쇼부인

나에게 몽블랑 등정은 이번이 두 번째이다.

이 곳에 오면 흔히 보쇼부인에 대한 이야기를 듣게 된다.

때는 18세기, 영국까지 소문이 난 알프스의 몽블랑에 보쇼부부와 친구 한 사람이 몽블랑 등정을 시작했다. 그때는 만년설만이 있었을 뿐, 케이블카는 없었던 시절이었다. 세 사람은 몽블랑 꼭대기를 향하여 걷다가 마침내 샤모니 계곡에 도착했다.

그런데 갑자기 몰아치는 세찬 눈보라에 보쇼부인만 남고 나머지 두 사람은 눈 속에 묻혀버리고 말았다. 남편의 시신을 찾지 못한 보

해발 2,800m 몽블랑 중턱에 선 필자

송부인은 반드시 남편을 찾겠다는 결심을 하고 40여 년간을 샤모니 계곡을 지키며 살았다. 그동안 만년설이 조금씩 녹아 드디어 남편의 시신을 찾을 수 있었다.

그러나 이게 웬일인가? 40년이 지나 할머니가 된 보송부인 앞에 남편은 30대의 얼굴을 그대로 하고 만년설 속에 누워 있었던 것이다. 그 후에도 보송부인은 남편이 죽은 샤모니 마을에서 마지막까지 그의 영혼을 달래며 일생을 보냈다고 한다.

내가 이 이야기를 듣고는 남편에 대한 보송부인의 사랑이 얼마나 지극했던가 싶어 가슴이 저미는 것 같았다. 열녀비라도 세워주었으면 싶었다.

(제네바에서, 1994. 8. 27.)

세느강과 테베레강

유럽의 대도시에는 주로 큰 강이 있고 대개의 도시들이 그렇듯 그 강을 끼고 발전한다. 런던의 템즈강, 파리의 세느강, 베를린의 라인 강, 로마의 테베레강이 바로 그것이다.

모두가 도시 발전의 원천이었다는 것 말고도 다른 공통점이 있다. 바로 시내 한가운데를 지나고 있는 이들 강은 모두 맑은 물이 흐르고 있어 고기가 노니는 것조차 볼 수 있다는 것이다.

수많은 도시의 오수를 얼마나 철저하게 정화했으면 그처럼 맑은 물을 내보낼 수 있을까 하는 생각에 발길을 멈추고 서 있었다. 우리

세느강변에서, 이상철 충남대 교수, 필자, 김원중 포항공대 교수

나라 강들이 오수와 오물에 뒤섞여 몸살을 앓고 있는 실정을 생각하니 이 곳은 별천지인 것 같다.

우리도 이들처럼 시민의식이 변하고, 더불어 정화장치를 잘 해서 세느강과 테베레강처럼 고기가 노닐 수 있는 강으로 바꿀 수 없을까를 생각했다.

작고도 얕은 강이지만 강의 중심에 푸른 이끼와 수초들을 자라게 하는 이들의 자연보호 정신이야말로 우리가 가장 먼저 배워야 할 것이 아닐까 하는 생각에 가슴이 답답해졌다.

(네덜란드에서, 1994. 8. 19.)

룩셈부르크(Luxembourg)와 요새도시

스위스 취리히에서 출발하여 룩셈부르크에 도착하니 초저녁이었다.

룩셈부르크는 벨기에의 남쪽, 독일의 서쪽, 프랑스의 동쪽에 있는 인구 65만의 작은 나라이다. 수도도 나라 이름과 같은 룩셈부르크이다. 일찍이 나폴레옹은 룩셈부르크를 유럽의 골동품이라고 불렀다. 도시 같은 작은 나라지만 GNP는 세계 2위의 나라로 36,000＄이나 된다.

그렇다고 상공업이 발달한 나라도 아니다. 생산물이 많거나 큰 기

룩셈부르크에서, 왼쪽 두 번째가 필자

업이 있는 것도 아닌데 부유한 나라이다. 천혜의 험준한 산과 바위, 계곡과 절벽 등으로 관광객들이 끊이지 않는다. 수도 룩셈부르크는 인구 7만 6천여 명으로써 천연의 요새지로 강력한 성곽을 구축해 한때 유럽 최강의 요새도시로 평가받기도 했다. 지금도 곳곳에는 허물어진 성곽이 즐비해 있다.

원민족은 벨기에 원주민과 같은 트레베리족이다. 부르고뉴가, 합스부르크가, 프랑스, 네덜란드, 프로이센 등의 지배를 받다가 1867년 런던조약으로 독립국의 위치를 인정받았다.

그 후 1948년 벨기에, 네덜란드와 함께 베네룩스 3국을 결성, 활기를 띠고 있는 나라이다. 룩셈부르크 시가지 중앙에는 큰 비가 서 있다. 이것이 바로 네덜란드로부터 독립한 것을 기념하기 위한 통일비이다.

자그마한 도시지만 그네들 중 초조하거나 바쁘게 살아가는 사람은 보이지 않는다. 오히려 여유 있어 보이는 것이 인생을 만끽하며 살아가는 유유자적한 인상을 길가는 나그네에게 심어주기에 족하다.

조그마한 나라이긴 하지만 EC본부를 비롯한 국제기구가 헤아릴 수 없이 많다. 큰 건물은 거의가 국제기구들로 꽉 들어차 있다. 거기에서 나오는 수입이 룩셈부르크란 선진국을 만든 것이 아닌가 싶다.

또 유럽 최강의 요새도시로 각광을 받고 있다. 도시 한가운데는 말할 것도 없고 교외 변두리에까지 허물어진 성곽과 고가들이 즐비해 있어 수많은 외국 관광객의 발걸음을 멈추게 한다.

휘황찬란한 네온싸인으로 가득한 룩셈부르크의 시내 인상은 내 인생 여정에 있어서 영원히 잊을 수 없을 것 같다.

(룩셈부르크, Hyatt Hotel에서, 1994. 8. 19.)

작은 파리 브뤼셀(Brussel, Bruxelles)

우리 일행이 브뤼셀에 도착하니 밤이었다. 거리는 네온으로 휘황
찬란했다. 가로등도 유난히 밝았다. 자그마한 도시지만 활기차 보였
다.

브뤼셀에는 EC와 NATO본부 등 국제기관이 많다. 국제적인 도시
의 모습과 함께 시내 곳곳에 흩어져 있는 오래된 건물들을 통해 중
세도시의 향기가 물씬 풍긴다. 그래서 현대와 전통이 공존하는 매력
적인 도시로 「작은 파리(Petit Paris)」라는 별칭도 갖고 있다.

북위 51도에 위치하고 있으며 국민소득은 17,800$정도이다. 그리

브뤼셀 성곽에서, 왼쪽이 필자, 이중희 원광대교수

고 철강, 모직, 방직이 발달하여 산업박람회도 자주 열리는 곳이다.

이 지역의 특징은 남북 두 개의 민족언어를 가지고 있다는 것이다.

서로 결혼도 하지 않을 만큼 골이 깊은 두 민족의 분쟁은 경제 문제보다 더 큰 문제라 할 수 있다. 종교는 다행히도 거의가 카톨릭이지만 대체로 나이가 많은 사람들이 다닐 뿐 젊은이들은 거의 종교가 없다고 한다.

이 곳은 문화와 문명이 뛰어난 나라이다. 유럽 가운데 작은 나라 중 하나에 불과하지만 그래도 이 곳은 현대와 전통이 함께 숨쉬는 매력적인 도시이다.

작은 파리로 불리는 브뤼셀은 한 번쯤 가 볼 만한 곳이다.

(브뤼셀에서, 1994. 8. 19.)

취리히(Zürich)와 스위스

독일 프랑크푸르트 근교의 한식집에서 저녁식사를 마치고 공항에
서 이 곳 스위스의 취리히로 가는 비행기를 탔다. 아직 해가 지지 않
은 초여름인지라 비행기 안에서 내려다보이는 경치도 장관이었다.

한참 지나니 알프스 산의 전경이 눈 안으로 들어왔다. 독일과 프랑
스 그리고 스위스의 국경 근처에 자리잡고 있는 웅장한 몽블랑의 만
년설이 시야에 들어왔다.

두 해 전쯤인가 스위스를 방문할 기회가 있어 고속 케이블카를 타
고 산중턱까지 올라가 본 일이 있다. 서쪽으로 보이는 알프스의 산하

취리히 호반 분수 앞에서, 왼쪽 두번째가 필자

가 더욱 아름다웠다. 이제 막 꿈의 산 알프스 산하가 저녁 노을 속에 묻혀가고 있었다.

출발한 지 한 시간 정도 되자 알프스 산 속에 띄엄띄엄 들어선 농가에서 저녁을 알리는 전깃불과 네온사인이 빛을 내기 시작했다.

우리 일행은 목적지인 취리히에 도착했다. 공기가 맑고 자연경관이 더욱 아름다웠다. 호텔에 짐을 풀어놓고 저녁식사를 했다. 어제까지는 관광코스가 너무 꼭 짜여져 있어서 피곤한지라 오늘 저녁은 좀 쉬고 싶었다. 그러나 제네바에 가 본 적은 있어도 이 곳은 처음이라 저녁 거리를 구경했다.

취리히는 스위스 제 1의 도시다. 스위스 주요 은행의 본점을 위시해 350여 개의 은행이 들어서 있다. 국제금융의 중심도시로서의 역할을 담당하고 있다.

또한 거리 곳곳에는 중세도시의 흔적이 남아 있어 관광객들의 시선을 끌고 있다.

관광명소는 보행자 천국인 역 앞의 반호프거리를 비롯한 리마트강 좌우에 몰려 있다. 대부분 걸어서도 충분한 거리에 있어 한나절이면 관광을 마칠 수 있어 좋았다. 스위스를 보려면 역시 취리히를 봐야 한다는 말이 피부에 와 닿는다.

피로에 지쳐 저녁에는 간단한 쇼핑을 하고 호텔로 돌아왔다.

GNP 세계 제일의 나라, 세계에서 가장 살기 좋은 나라로는 역시 스위스를 꼽는다. 자연경관이 수려해서 좋고, 환경이 깨끗해서 좋다. 한 번 더 찾고 싶은 나라이다.

(스위스 취리히에서, 1994. 7. 24.)

네덜란드(Netherlands)와 풍차

유럽 북서쪽에 위치한 네덜란드는 독일과 벨기에 사이에 있다.

네덜란드어에 의한 정식 명칭은 Konmkrijk der Nederlanden이고 영어로는 흔히 The Netherlands라고 한다.

공항에서 내려 곧 야외로 갔다. 이 나라의 특징인 풍차가 멀리서 보이기 때문이다.

'신이 자연을 창조했다면 네덜란드는 네덜란드인이 만들었다' 라고 할 정도로 네덜란드는 생존을 위해 자연환경, 특히 바다와 힘든 싸움을 계속해 왔다. 네덜란드 역사 자체가 바로 물과의 투쟁이었던

네덜란드의 풍차가 멀리 희미하게 보인다. 필자, 김원중 포항 공대 교수

것이다. 제방을 쌓고 새로운 간척지를 개발하는 등 전 국민의 피나는 노력으로 이제 네덜란드는 대단히 풍요로운 삶을 구가하고 있다.

1814년 헌법에 따라 입헌군주제를 채택하여 정치적인 안정을 이루었고 해외시장을 확대함으로써 무역에도 중심국가가 되었다. 렘브란트와 고흐, 풍차와 튤립, 치즈의 나라 네덜란드, 현재의 아름다움과 풍요는 네덜란드인 모두의 끊임없는 노력의 산물이라고 한다.

나라 이름이 말해 주듯이 네덜란드는 해수면보다 낮은 곳이 무려 25%나 된다. 따라서 네덜란드를 이해하기 위해서는 이러한 자연 조건을 극복해 나간 과정을 제대로 아는 것이 필요하다. 단지 풍차와 튤립의 아름다움만 보고 감탄한다면 네덜란드의 참모습을 보았다고 할 수 없다.

이렇게 열악한 자연환경을 극복하는 데 온 힘을 쏟아 부었던 네덜란드는 1810년 프랑스 혁명의 여파로 한때 프랑스의 영토로 편입되기도 했다. 제 2차 세계대전 때는 나치 독일의 지배에 놓인 적도 있었으나 안정된 경제발전을 지속해 현재에 이르고 있다. 열악한 환경에도 굴복하지 않고 인내와 극기로 이기면서 경제부흥을 이루어 낸 그네들에게 경의를 표하고 싶다.

라인강의 기적을 자랑하던 독일의 부흥, 우리도 한강의 기적이라 외쳐대던 박대통령 당시의 우리 경제, 그러나 이제 '아시아의 다섯 마리 용'에서 밀려난 지 오래다. 오히려 이제는 멕시코의 전철을 밟지 않을까 모두들 걱정이다.

지도자의 안목에 따라 국운이 좌우된다는 어느 학자의 말이 더욱 실감난다.

(네덜란드에서, 1994. 7. 21.)

안트워프(Antwerpen)와 정유공장

우리 일행이 이 곳을 방문한 것은 우리나라 대기업의 하나인 대우가 이 곳에 큰 정유공장을 경영하고 있다고 해서이다.

이국만리 땅에 우리나라 사람이 세운 공장이다. 여기뿐 아니고 대우는 프랑스에서도 더 큰 회사를 운영하고 있어 밖에서 본 대우는 더 크고 위대해 보였다.

영어식으로 안트워프라고 하는 안트베르펜은 브뤼셀 북쪽 47km지점에 있는 인구 50만 명의 벨기에 제 2의 도시이다. 세계 제 3의 항구를 갖고 있으며 상업과 금융의 중심지로서 또 17세기 최대의 화가 루벤스와 그의 제자 반 다이크가 활동한 곳으로도 이름이 높다.

이 곳은 또한 다이아몬드 거래의 세계적인 중심지이다. 세계 다이아몬드의 50%가 이 곳

안트워프 정유공장 앞, 오른쪽이 필자

에서 연마된다고 한다. 안트베르펜에는 네 군데의 다이아몬드 거래
소가 있다. 특히 중앙역 근처의 페리판거리(Pelikaans str.)와 가보너거
리(Govenrer str.)에 몰려 있다. 중앙역 지하의 프레메트로역 이름까지
도 다이아몬드역(Station Diamond)일 정도이다.

다이아몬드와 관련된 장소로는 중앙역 근처 다이아몬드 주립 박물
관(Provincial Diamond museum)이 있다. 이 곳에서는 다이아몬드의 역사
와 원산지 설명, 19세기 안트베르펜 연마공장의 모습, 다이아몬드를
사용한 장식품 등을 전시하고 있다. 그 외에 다이아몬드랜드(Diamond
land)에서는 다이아몬드의 가치를 결정하는 캐럿, 커트, 색, 투명도 등
을 상세히 설명해 주고 있다. 연마하는 과정도 보여 주고 직접 판매
도 한다.

이 곳에 우리나라 대우가 큰 공장을 경영하고 있다.

한국 내에서 보던 대우에 비해 더욱 위대한 대우의 모습을 발견했
다.

(벨기에 안트워프에서, 1994. 7. 21.)

화산재 속에 묻힌 비극의 도시 폼페이(Pompeii)

로마에서 하룻밤을 자고 바티칸시를 관광했다. 인구에 비해 관광 수입은 세계 제 1위라고 한다. 유럽을 구경하려면 로마를 보라는 말처럼 유럽문화재의 반 정도가 로마에 있다고들 하는 이야기를 실감하게 한다.

로마는 유럽문화재의 보고임에 틀림이 없다. 로마를 보는 순간 도시 전체가 한 색깔로 형성된 성곽의 도시 같았다. 건물의 외벽을 채색할 때는 반드시 시의 허락을 받아야 한다고 한다. 마구잡이로 채색할 수 있는 우리네의 사정과는 다르다.

비극의 도시 폼페이에서

바티칸시로 들어서는 길가에 즐비해 있는 파피루스 나무, 여기서 종이를 일컫는 페이퍼란 말이 생겨났다고 한다.

로마 근교의 호텔에서 하루를 묵고 이튿날 소렌토를 경유하여 다시 이탈리아 남쪽 비극의 도시 폼페이로 갔다. 서기 79년 8월 제정로마시대 때 베수비오 화산의 폭발로 번영과 쾌락의 도시 폼페이는 한순간에 화산재 속에 파묻혔다. 당시 폼페이는 농업·상업의 중심지였을 뿐만 아니라 로마 귀족들의 피서·피한지로서도 인기가 높았다. 이러한 폼페이가 전성기 때 갑자기 멸망했으므로 현재 발굴되고 있는 자료들 중에 흥미로운 것들이 많이 발견되고 있다.

1748년부터 시작된 발굴 작업은 현재는 도시의 약 3/5이 드러나 있는 상태다. 출토품 중에는 당시의 생활과 문화를 알 수 있게 하는 다양한 유적과 유물이 많다. 우선 광장과 주요 도로를 중심으로 한 고대도시의 형태를 살펴볼 수 있다. 하수도와 목욕탕, 극장, 레스토랑, 공중화장실까지 갖춰진, 현대의 도시와 조금도 다를 바 없는 각종 시설이 완비되어 있었다. 게다가 도로 역시 완전히 포장되어 있어 당시의 번영했던 도시의 모습을 엿볼 수 있다.

돈 많은 상인인 베티의 집은 상당히 부유한 편에 속하는 집으로 입구에 들어서면 풀장이 있고, 양쪽으로 금고와 침실이 있다. 파우노의 집은 2개의 회랑식 안뜰과 식당이 있는 부자 상인의 집으로 모자이크화가 걸린 거실도 있다. 뿐만 아니라 사창과 공창도 있었음을 유물로써 알 수 있었다.

우리가 이 곳을 찾았을 때는 늦은 오후였다.

지중해에서 불어오는 해서풍을 맞으며 서쪽으로 기우는 저녁 노을 또한 대단한 절경이었다. 한때는 풍요로웠던 이 도시가 일시에 폐허화되었다가 이제는 고고학자들의 발굴대상이 되고 있다. 20세기 기술로도 단시간에 끝내지 못하며 몇 십년 아니 앞으로 몇 백년이 걸

릴지도 모른다고 한다.

　이 거대한 폼페이의 옛 모습이 완연히 드러나면 몇 천년 전의 인류 문화의 양상이 드러날 것이라고 현지 발굴자들은 기대하고 있다. 그러나 난 그 기대와 희망보다 인생의 무상함이 밀려오는 것 같아 답답해졌다.

　인생이 허무하고 무상하다는 것은 바로 이를 두고 한 말인 것 같다.

(로마 쉐라톤호텔에서, 1994. 7. 26.)

하이델베르크(Heidelberg)와 대학

괴팅겐에서 출발하여 하이델베르크시에 도착했다.

이 도시는 대학도시라 할 만큼 하이델베르크대학이 온 시가를 차지하고 있다.

프랑크푸르트에서 남쪽으로 약 75km 떨어진 곳에 있는 하이델베르크는 독일의 학문과 문화의 중심지 역할을 담당해 왔다. 수많은 철학자와 예술가들의 사랑을 받는 곳이다.

이 곳의 볼거리로는 하이델베르크 성과 학생감옥, 옛 다리 등이 있다. 이들 명소들은 대부분 몰려 있으므로 도보 혹은 자전거로 관광이

하이델베르크대학 앞에서, 앞 왼쪽 네 번째가 필자

가능하다. 철학자의 길만이 옛 다리 건너편에 약간 떨어져 있을 뿐이다.

이 곳에 있는 하이델베르크대학(Ruprecht Karl Universität)은 선제후 루프레히트 Ⅰ세가 1386년에 창립한 것이다. 독일에서 가장 오래된 역사와 전통을 가진 대학이다.

이 대학은 16세기 말~17세기 초의 독일의 문화·종교혁명의 중심 역할을 수행해 왔다. 학문적으로 높은 수준을 자랑하지만 와인과 사랑과 노래를 즐기는 자유로운 분위기가 넘쳐흐르는 곳이다.

하이델베르크대학에서 시가를 내려다보는 경관도 장관을 이룬다. 학교 앞을 흐르는 강이며 멀리까지 퍼져 있는 캠퍼스는 역사와 전통을 자랑하는 명문대학의 모습을 떠올리게 한다. 안내원의 말에 의하면 이 곳 명문대학에 다니다가 자기 집이 뮌헨으로 옮겨가면 생활의 불편함을 덜기 위해 뮌헨대학으로 전학을 가며, 부모가 이 곳으로 이사해 오면 다시 하이델베르크대학으로 전학을 온다고 한다.

나는 이야기를 듣다가 놀랐다. 우리 같으면 명문대학에 들어가려고 과외공부는 물론 온갖 고초를 감수해야 하는데 우리네의 사고와는 달랐기 때문이다. 또 하나 대학의 진학을 생활의 편의에 따라 자의로 옮겨 다닐 수 있는 그네들의 교육정책도 부럽기 그지없다. 가고 싶은 대학이면 어디든지 옮겨 다닐 수 있는 그네들의 현실이 얼마나 부러운지 모를 일이다.

입시지옥이란 말은 상상도 할 수 없는 나라, 그 나라가 바로 지상 천국이 아니겠는가?

(하이델베르크에서, 1994. 7. 26.)

독일의 역사와 지리

독일의 정식 명칭은 Federal Republic of Germany이다.

총면적 35만 6,910㎢, 인구 약 7,950만 명이며 수도는 베를린으로 인구는 약 330만 명이다. 독일은 2차 세계대전 이후 냉전의 산물로 서로 이념을 달리하는 동·서 양국으로 나뉘었으나 1990년에 통일을 향한 국민들의 열망대로 마침내 통일되었다.

독일은 지리적으로 동쪽은 폴란드와 체코, 서쪽은 프랑스와 베네룩스 3국, 남쪽은 오스트리아와 스위스 등과 접해 있다. 남에서 북으로 향한 알프스 산지로 인해 라인강 등 주요 하천 등이 북쪽으로 흐른다. 전체적으로 남쪽은 알프스 고원지대와 아름다운 호수로 이루어져 있고, 중부는 해발 1,000m 내외의 산악지대, 북부는 완만한 평야지대로 되어 있다.

라인강변의 전적비 앞에서, 가운데가 필자

375년 게르만 민족의 대이동으로부터 시작되는 독일의 역사는 옛날부터 분열과 통일의 연속이었다. 이러한 대이동은 서로마제국의 멸망으로 이어졌고, 마침내 486년에 프랑크 왕국이 성립되었다. 800년에 카를 대제가 황제의 직위를 수여 받았으나 카를 대제가 죽은 후 프랑크 왕국은 세 나라(동프랑크; 독일, 서프랑크; 프랑스, 이탈리아)로 나뉘었다.

그러다가 동프랑크의 오토 1세는 962년 로마 교황으로부터 새롭게 황제의 관을 받았다. 이것이 바로 신성로마제국의 시작이다. 당시 프랑스는 독립해 있었고 독일과 이탈리아는 신성로마제국의 영향 아래 있었다.

1517년에는 루터에 의해 종교개혁이 시작되었다. 이로 인해 30년 전쟁이 1618년부터 30년간 계속되었다. 1806년에는 프랑스 나폴레옹 군에게 신성로마제국이 멸망했으나 신흥왕국 프로이센의 철혈재상 비스마르크에 의해 마침내 1871년 독일제국이 결성되고 빌헬름 1세가 즉위했다.

제 1차 대전의 패배로 황제는 퇴위하고 바이마르 공화국이 들어섰지만 나치 히틀러의 등장으로 제 2차 세계대전이 발발, 패전으로 인한 분단국가가 된 것이다. 하지만 통일을 향한 독일인의 노력은 또 다시 현재의 통일독일을 이룩하게 하였다.

우리도 독일처럼 평화적인 방법으로 하루 빨리 남북 통일이 되었으면 하고 기대해 본다.

(게팅겐 Park Hotel에서, 1994. 7. 17.)

라인강과 포도주, 로렐라이언덕

독일 하면 라인강을 생각하고 라인강 하면 포도밭이 떠오른다.

나는 이 곳을 두 번째로 방문한 셈이다. 재작년 이때쯤 괴팅겐대학 동양학연구소 주최로 국제학술발표대회를 마치고 이 곳에 온 일이 있다.

첫 번째 방문 때는 라인강 언덕의 로렐라이 전설에 감명을 받았고, 이번에는 강 따라 길게 퍼져 있는 포도밭에 시선이 모아졌다.

라인강의 기적, 이것이 '바로 여기다'라는 생각이 언뜻 떠올랐다.

라인강은 스위스의 알프스 산 속에서 발원하여 네덜란드의 로테르담을 거쳐 북해로 흘러 들어가 장장 1,320km에 달한다.

라인강 유역을 따라 펼쳐지는 독일 여러 지방들의 독특

라인강변의 로렐라이 동상 앞에서

한 관광명소가 여행자들의 눈길을 끈다. 특히 이 곳에서는 산뜻하고 부드러운 맛과 향을 가진 라인산 와인이 유명하다. 라인강 유역은 낮에 받은 햇빛이 밤새 열을 발산하면서 아침에 부드러운 안개가 포도밭을 감싸안는 천혜의 와인 산지로 독일에서 가장 많은 양을 생산한다.

'성모의 젖'이라고 불리는 라인 헤센 지방의 백포도주, 독특한 신맛의 녹색병의 모젤 와인, '태양의 아들'인 바텐 와인의 적포도주, 괴테가 즐겨 마신 남성적인 맛의 프랑켄 와인 등 기후와 토양에 따라 여러 가지 맛의 다양한 와인이 있다.

도자기로 유명한 마이센은 백포도주의 산지로 엘베강을 따라 계속 이어지고 있다. 이 곳의 백포도주는 어느 종이든 시큼하면서 확실한 맛을 지니고 있다.

와인의 격을 매기는 세 가지 방법으로 테이블와인인 타펠와인(Tafel wein), 식사용인 퀼리태츠와인(Qualitäts wein), 고급인 퀼리태츠와인 미트 패드카트(Qualitäts wein mit Pädikat)가 있다.

이것은 당도 및 포도를 딴 시기에 따라 다시 6등급으로 나눠진다. 적당한 것은 스패트레세(Spätlese)나 아우스레세(Auslese)급이다.

우리 일행은 라인강변에 있는 로렐라이 언덕의 조그마한 주점에서 포도주를 두어 잔씩 마셨다. 한국산 포도주와는 다른 향기가 은은히 풍기어 입맛을 돋구었다.

바로 옆에는 로렐라이 동상이 그 비극적인 이야기를 말해 주는 듯 내려다보고 있었고, 그 뒤로 라인강물은 수많은 전설을 품은 채 말없이 흐르고 있어 장관을 이룬다.

라인강 폭이 90여m로 좁아지면서 소용돌이치는 가운데 132m 높이로 우뚝 솟은 산이 그 유명한 로렐라이(Loreley)언덕이다.

미모와 멋진 노랫가락으로 지나가는 뱃사람들을 물에 빠뜨린다는 전설로 널리 알려져 있다.

　이 곳은 실제로도 배가 운항하기에 난코스 중의 난코스로 알려진 곳이다.

　라인강은 교량을 놓지 못하게 되어 있다. 자연보호의 차원에서 규제를 하고 있다고 한다. 그래서 교통편은 거의 배가 주를 이룬다.

　이 곳을 지날 때 관광선에서는 로렐라이 멜로디가 흘러나오면서 동시에 비극의 주인공 로렐라이의 전설을 이야기해 준다. 특히 라인강 가운데서도 장크트고아르스 하우젠에서 로렐라이까지 도로가 나 있어 정상에서 라인강의 장대한 파노라마를 느낄 수 있기에 더욱 장관을 이룬다.

　독일에 가면 라인강, 그 가운데 이 로렐라이 언덕에 한 번쯤은 올라가 보라고 권하고 싶다.

(게팅겐 Park Hotel에서, 1994. 7. 18.)

자유가 낳은 방종

1989년 미국을 찾았을 당시 미합중국은 낙조의 기류가 완연했다. 과거 우리나라에 통금이 있었지만 미국에도 요즘 통금 아닌 통금이 있다. 저녁 9시가 되면 수도 워싱턴의 거리에는 거의 사람이 보이지 않는다. 차들만이 불빛을 흘리며 달릴 뿐이다. 비틀거리며 거리를 활보하는 것은 범죄자뿐이다. 가끔 길 가던 사람이 아우성을 치거나 죽어 가는 듯한 비명 소리가 들려도 아무도 신경을 쓰지 않는다.

워싱턴의 중심가 백악관 거리에는 흑인들만이 활보한다. 어느 동네에 흑인이 이사왔다고 하면 백인들은 자기 땅과 집을 버리고 교외로 이사를 가기도 한다. 참다 못해 고향을 떠나는 백인들의 심정을 직접 보지 않은 사람은 모를 일이다.

몇 달 전에 콜롬비아(Colombia)대학의 유명한 정치학 교수가 대낮에 점심식사를 하려고 교문 밖을 나섰다가 시커먼 강도를 만났다. 살벌한 거리인 줄은 진작 알고 있었다. 그래도 한심한 생각이 들어서 돈을 주기 전에 꾸짖어 보려고 고성을 돋우어 질책했다. 아니나 다를까 결국 그는 칼을 들고 달려드는 그들에게 무참하게 희생당하고 말았다. 그러나 끝내 범인은 잡지 못했다. 증거가 없고 증인도 없으니 어쩔 수 없다는 그들의 변명이 너무나 한심했다.

이런 애길 교포 친구에게 했더니 그의 대답이 더욱 걸작이었다. 단속해야 할 경관조차도 마약의 노예가 되어 비틀거린다는 것이다. 자유가 지나치면 방종과 무질서가 생겨나고 급기야는 사회 전체를 불안하게 만든다. 이처럼 불안한 사회에서 오래 머물고 싶지 않아 빨리 미국을 떠나고 싶었다.

예정보다 1주일 앞당겨 미국 본토를 떠나 하와이로 갔다. 이 곳은 본토와는 달리 늦게까지 밤거리를 누빌 수 있어 좋았다. 상권을 비롯한 주도권을 일본인들이 쥐고 있다고 한다. 그래서인지 평화로운 사회풍토가 느껴지는 것이 본토와는 대조적이었다. 동양은 아직도 정신문화가 물질문화를 압도하고 있는 것 같아 자랑스러웠다.

우리나라도 문제는 있다. 마약과 에이즈가 우리 사회에도 번지고 있다니 고질이 되기 전에 송두리째 뽑아야 한다. 자유가 지나쳐 방종으로 흘러서는 안 되겠기에 말이다.

(하와이 Quality Hotel에서, 1989. 8. 25.)

워싱턴의 나지막한 건물

89년 8월 3일 국내선 비행기로 L.A.에서 세인트루이스를 거쳐 워싱턴에 도착했다. L.A.에서 곧바로 워싱턴으로 가는 비행기가 있긴 했으나, 시간이 맞지 않아서 세인트루이스를 거쳐가야 했기 때문이다.

비행기가 세인트루이스에 도착했을 때 우리는 시계를 다시 맞추어야 했다. 워낙 넓은 땅이라 같은 나라 안에서도 시차가 컸기 때문이었다. 미국이란 나라의 거대함을 실감할 수 있었다.

2시간 정도 머물다가 워싱턴 행 비행기를 탔다. 또 다시 시계를 조정하라는 안내양의 목소리에 거대한 국토를 다시 한 번 실감했다. 미국 비행기 내 승무원 아가씨들은 워낙 체구가 큰 데다가 흰 피부에 금발이라

백악관 잔디밭에서

나이보다 겉늙어 보였다. 하지만 그들의 친절만큼은 감탄할 만했다.

뉴욕에 도착하자 사전 약속대로 버스가 대기하고 있었다. 뜨거운 태양을 피하기 위해서 서둘러 버스를 타고 키 브리지 메리오트호텔(Key Bridge Marryott Hotel)로 직행했다.

교량 건너 조지타운 대학이 바로 보이는 곳이었다. 짐을 풀어놓고 내일 있을 회의자료를 간추린 뒤에 워싱턴 시가지 관광에 나섰다. 백아의 건물과 녹음이 짙게 우거진 도시 워싱턴은 보통 'Washington D.C.'라고 표시한다. 여기서 'D.C.'는 콜럼비아 특별구(District of Columbia)의 약자이다.

1776년에 독립한 미국은 수도를 필라델피아에 두었다. 그 후 1790년에 지금의 워싱턴을 수도로 결정하고 건설에 착수했다. 현재 워싱턴에는 100여 개의 대사관과 세계은행, 국제통화기금 등의 국제기구가 밀집되어 있다.

워싱턴 시가의 도로는 일목요연하게 배치되어 있고, 의사당을 중심으로 북쪽(North Capital), 남쪽(South Capital), 동쪽(East Capital)의 3개의 도로로 구분되어 있다. 또한 몰(Mall)에 따라 워싱턴은 북서(N.W), 북동(N.E), 남서(S.W), 남동(S.E)의 4개 지구로 구분된다. 관광명소로는 화이트 하우스, 워싱턴 기념관, 링컨 기념관 등이 있다.

먼저 국회 의사당 앞으로 갔다. 사진으로만 보았던 그 곳이 현실로 다가왔다. 의사당 건물은 높이가 250피트이다. 이 때문에 시내 건물의 높이가 250피트 이하로 제한되어 있다고 한다. 건물이 의사당보다 높아서는 안 된다고 생각했기 때문이다. 워싱턴 시가지의 건물들이 나지막한 이유는 바로 의사당 건물 때문이다.

워싱턴에서는 극장을 제외한 모든 관광지와 유적지가 무료이다. 게다가 세금도 내지 않는다고 한다. 이처럼 많은 혜택이 주어지니 가난한 흑인들이 이 도시에 모여들기 시작했다. 급기야 현재 워싱턴 인구의 60~70%를 흑인이 차지하게 되었다. 머지않아 워싱턴은 흑인 도시가 될 것이라는 우려의 목소리도 나오고 있다.

세계의 대통령이라 불리는 미국의 최고 통치자가 거주하는 백악관도 예상 외로 그 규모가 작고 아담하였다. 자그마한 건물에 잘 가꾸어진 잔디밭이 인상적이었다. 백악관은 관광객을 위해 일부를 개방하고 있다. 그야말로 체면이나 권위보다는 실리를 우선하는 미국인다운 정책이라 생각된다.

백악관 앞의 찻집에 들어가 시원한 냉커피를 한 잔 마시고 자연사 박물관을 관광했다. 자연계를 구성하고 있는 자료 및 현상, 자연의 역사에 관한 자료를 다루고 있는 곳이다. 자연사 박물관에는 세계 각지에서 수집된 자료들이 5,000만 점 이상 소장되어 있다. 수십만 년 전 지구를 지배했던 거대한 공룡의 화석들도 아프리카 · 유럽 · 동남아시아 등에서 발굴된 것인데 이 곳으로 옮겨 진열되어 있다. 자연사 박물관 바로 옆에 우주 박물관이 있었다. 우주탐험대의 발전상, 우주의 신비, 현재 우주 과학의 발달 과정과 현재의 성과 등을 한눈으로 볼 수 있도록 꾸며 놓았다. 우주 박물관은 인류로 하여금 우주에 대한 야심을 가지고 식견을 넓히게 한다는 목적 하에 엄청난 자본을 들여 세워졌다. 이들 박물관을 둘러보면서 미국의 힘이 어디에서 시작되었는지 대충 짐작할 수 있었다. 기초과학에 대한 그들의 관심이야말로 오늘날 기술대국을 이룬 저력이 아니었나 생각된다.

자그마한 미국의 수도 워싱턴, 오래 전에 지어서인지 규모가 크지 않은 백악관과 세계 최강다운 면모를 보여주는 엄청난 규모의 박물관 등 문화재가 진열되어 있는 건물들이 묘한 대조를 이룬다. 이것이 나에게 이 나라 사람들의 정신을 일러주고 있는 것 같았다. 이들 모두가 나에게 잔잔한 감동으로 다가왔다.

(워싱턴 Key Bridge Marryott Hotel에서, 1989. 8. 5.)

워싱턴의 벚꽃과 청년 이승만

매년 3, 4월이면 워싱턴 D.C에 있는 제퍼슨 기념관 근처에 벚꽃이 만발하여 이를 구경하러 사람들이 인산인해로 몰려든다.

이 벚꽃나무는 1912년에 당시의 퍼스트 레이디인 윌리암 아무어드 태프트가 처음 심었다. 이 후 주일 미국대사 부인이 두 번째로 심었던 것이다. 동경에서 워싱턴 D.C에다 1,700여 그루의 벚나무를 기증한 적도 있었다. 그 중 650여 그루가 포토맥강 연안을 둘러싸 봄마다 장관을 연출하고 있다.

이 벚꽃과 관련된 이승만 박사의 일화가 있다. 청년 이승만이 워싱

멀리 국회의사당과 제퍼슨 기념관이 보이는 벚꽃 거리에서

턴 대학에서 공부를 하고 있을 때였다. 일본에서 기증한 벚꽃을 버지니아주에 있는 제퍼슨 기념관 주위에 심었다. 3, 4월이면 이들이 일제히 피어나 장관을 이룬다. 이를 본 미국인들은 일본의 국화인 벚꽃이 참으로 아름답다며 극찬했다. 이승만은 이 소리에 분개하지 않을 수 없었다.

벚꽃은 일본의 국화이긴 해도 그 원산지가 한국의 제주도가 분명하니 한국의 꽃이었기 때문이다. 나라를 빼앗아가더니 이제는 꽃까지 빼앗아가는구나 하는 생각이 든 청년 이승만은 제퍼슨 기념관 연못가를 무수히 맴돌며 외쳤다고 한다. '벚꽃은 분명히 한국의 꽃'이라고 말이다. 그리고 워싱턴 대학에 세 그루의 벚꽃나무를 기증하고 나무에다가 이 아름다운 벚꽃의 원산지는 한국이라고 써 붙였다. 그러나 아무도 이를 읽어주거나 애국에 불타는 청년 이승만의 우국지정을 헤아려 주지 않았다고 한다.

그 후 해방된 조국의 초대 대통령이 된 이승만은 워싱턴 대학에다 벚꽃을 다시 기증했다고 한다. 그의 애국지심이 청년 유학생시절부터 잠재해 있었음을 읽을 수 있어 잔잔한 감동을 받게 한다.

(워싱턴 Key Bridge Marryott Hotel에서, 1989. 8. 6.)

제퍼슨 대통령의 유언

미국 독립선언문을 기초한 사람으로 유명한 제퍼슨은 미국 제 3대 대통령이었다.

비교적 부유한 집안에서 태어난 그는 자상한 아버지로부터 남다른 애정을 받으며 자란 탓인지 매우 사려 깊은 인물이었다고 한다.

제퍼슨이 미국의 대통령으로서 많은 업적을 남기고 세상을 떠나던 날 다음과 같은 유언을 남겼다고 한다.

"내 비석에 대통령을 했다고 쓰지 말고 독립선언문을 기초했다고 써달라."

제퍼슨 기념관 앞에서

그는 항시 대통령이란 내가 한 것이 아니고 위대한 미국 시민이 나를 대통령으로 만들어 주었을 뿐이라 했다. 제퍼슨은 또

"미국 시민이 나를 위대한 대통령으로 만들어 주었으니, 대통령은 미국 시민의 자랑거리이지 내 자신의 자랑거리가 아니다."

라고 했다.

실제로도 제퍼슨은 자신이 대통령이라는 것을 한번도 자랑한 적이 없었다고 한다. 그가 자랑했던 것은

첫째, 자신이 버지니아 헌법을 기초한 것,

둘째, 버지니아 대학에 개인 사유재산을 들여 대학의 설계를 완성하도록 한 것,

셋째, 자신의 돈독한 신심이었다.

고 한다. 제퍼슨이야말로 대통령이라는 직분을 가장 잘 이해한 사람이 아니었나 한다. 시민들 위에 군림하는 자, 권력의 중심에 선 자가 아니라 '시민의, 시민에 의한, 시민을 위한' 것이 대통령의 진정한 직분임을 알았던 것이다.

제퍼슨의 치적과 그의 유언을 떠올리면서 우리나라의 정치 현실을 생각지 않을 수 없다. 왜 우리의 역대 대통령들은 외국 망명길에 오르거나 유배와 다름없는 생활을 해야 했던가? 우리 국민은 언제쯤 제대로 된 대통령을 만날 수 있을까? 생각할수록 마음이 쓸쓸할 뿐이다.

(워싱턴 Key Bridge Marryott Hotel에서, 1989. 8. 6.)

미국은 병든 나라지만 저력 있는 나라

1938년 전후에 미국은 지상낙원으로 불리었다. 그러나 반세기가 지난 지금 미국은 병든 나라로 세계인의 지목을 받고 있다.

마약의 범람과 20세기 흑사병으로 불리는 에이즈의 만연, 대낮의 길거리에서도 범죄가 자행될 만큼 붕괴된 무법천지이다. 뿐만 아니라 사회의 기초를 이루는 가정이 그 뿌리째 흔들리고 있다.

인구의 50% 이상이 이혼을 하고, 특히 흑인의 경우는 55%가 이혼의 경험을 가지고 있다. 극단적인 예로 캘리포니아주의 경우 70%가 이혼을 했다고 한다. 우리로서는 상상도 못할 일이다.

성도덕의 붕괴도 심각한 사회 문제를 야기시키고 있다. 사생아가 반이 넘고, 중학교까지 탁아소가 있어야 한다니 참으로 어처구니가 없다. 12~15세에도 상당수의 미혼모가 있다는 현실의 상황은 이 나라의 미래를 어둡게 한다.

미국을 병들게 한 원인으로 KGB를 드는 사람도 있다. 마약을 퍼뜨린 장본인이 KGB라는 것이다.

그렇다고 미국의 미래가 반드시 어두운 것만은 아니다. 그들은 57일 간 메이플라워호를 타고 태평양을 건널 만큼 끈질긴 인내와 투지력을 지닌 영국 청교도인들의 후손들이기 때문이다.

당시 그 배를 탄 많은 사람들이 굶어 죽어 102명만이 살아 남았다.

그리고 정착해서도 허허벌판 황무지에서 혹독한 첫 겨울을 나고 겨우 47명만이 살아 남았다. 그러나 이처럼 기아와 추위에 시달리면서도 그들은 다음 해 농사를 위한 곡식의 씨에는 절대로 손을 대지 않았다고 한다.

미국은 지금 청교도의 인내력과 근검 절약의 정신을 되살려야 할 때이다.

굶어 죽어가면서도 내일을 위해 씨앗을 남겨서 오늘의 풍요를 이루었다. 그 때를 회상하면 이 정도의 위기는 쉽게 극복할 수 있을 것 같다.

미국, 그들은 저력 있는 나라임에는 틀림이 없다.

(워싱턴 Key Bridge Marryott Hotel에서, 1989. 8. 7.)

L.A.에서 위싱턴까지

1988년 8월 2일 16시 KE012 비행기로 ICF 주최 국제학술회의에 참석하기 위해 미국으로 출국했다.

하루 시차가 있어서인지 8월 3일 09시 50분 L.A.상공에 도착했다. 기다렸던 도시 L.A. 상공에 도착했으나 기상이변으로 공항에 쉽게 착륙하지 못했다. 피곤에 지친 승객들은 L.A. 상공만을 배회하던 KAL기 안내양의 방송에 모두가 불안해졌다. 마침 나는 창가에 앉아 있었기에 비행기가 착륙을 시도했다가는 다시 뜨고 떴다가는 다시 착륙을 시도하는 숨막히는 순간을 눈으로 똑똑히 볼 수 있어서 더욱 불안했다. 그러는 동안에도 L.A.의 시가지를 눈여겨 볼 수 있었다. 가장 인상 깊었던 것은 온 도시가 나무에 싸여 있는 것과 대개 주택이 2층 건물들인 것이었다.

몇 번이나 상공을 배회하던 비행기가 드디어 무사히 공항에 도착했다. 그러나 위싱턴까지 가야만 3일 후에 있을 국제회의에 참석할 수 있을 텐데 하는 걱정이 앞섰다. 위싱턴 직행 비행기가 없어서 중간 지점인 L.A.에 우선 내린 것이었다.

이국 땅인지라 신기한 모습들이 많았다. 우리 일행 외에도 한국어를 쓰는 사람이 많이 보였다. 나도 L.A.에 사는 친구에게 전화를 걸었다. 회의를 끝내고 돌아올 때 다시 전화하기로 약속했다.

우리 일행은 시간이 없어서 한인촌의 할매집을 찾아가서 허기를 면했다. 그런데 그 옆에 할배집도 있어 흥미로웠다. 하루 정도 여기에 머물다가 가자는 일행들의 의견에 따라서 L.A.에서 자기로 하고 오후에는 시가지 구경을 했다.

라스베가스와 길바닥에 유명한 영화인들의 이름이 새겨져 있는 헐리우드 영화인의 거리 등을 둘러보았다. 바닥에 연예인들의 이름과 손바닥과 발바닥, 발 모양 등이 새겨져 있었다. 헐리우드 스타(star)거리의 진기한 모습들이다.

그리고 L.A. 올림픽 경기장을 관람했다. 거대한 규모였다. 입구에 두 개의 동상이 서 있었는데 목이 없는 것이 이상했다. 인종차별을 없애기 위해 목 위로는 일부러 만들지 않았다고 한다.

회의를 마치고 돌아올 때 이 곳을 거쳐 며칠을 일행끼리 머물기로 약속했다. 이튿날 국내선 비행기를 탔다. 이것도 바로 워싱턴으로 가는 것이 아니고 세인트루이스를 거쳐서 몇 시간 머물다가 간다고 한다.

L.A.공항의 규모는 우리 김포공항에 비할 바가 아니었다. L.A.까지는 KAL을 타고 왔으나 여기서부터는 미국 국내선 비행기를 이용하기로 했다.

13시 45분 TW 444편으로 출발하여 19시 28분에 세인트루이스에 도착했다. 거의 6시간을 서쪽에서 동쪽으로 날아왔으나 아직 워싱턴과는 먼 거리라고 한다. L.A.에서 6시간만에 세인트루이스에 겨우 도착했으니 미국 땅의 광활함을 가히 짐작할 수 있었다.

비행기는 6시간 동안 3,000피트 상공에서 서쪽에서 동쪽으로 계속 날았다. 유타주에서부터 애리조나주에 걸쳐 있는 그랜드 캐년을 내려다 봤다. 마침 날이 맑은데다가 창문가에 자리했기 때문에 더욱 자세히 볼 수 있었다.

안내양의 설명으로는 애리조나주를 흐르는 콜로라도강이 수억 년의 세월에 걸쳐 대지를 침식하여 만들어낸 것이 그랜드 캐년이다. 1540년 스페인 탐험대가 이 거대한 모습을 처음 발견했다고 한다. 1886년부터 관광객이 모여들기 시작했고 1959년에 국립공원(National Park)으로 지정되었다고 한다.

협곡은 길이가 446㎞, 너비 29㎞, 깊이 1.6㎞에 달하는 웅대한 규모이다. 상상할 수 없을 정도로 크고 장엄한 광경을 기내에서 내려다보았다. 길이가 서울에서 부산까지의 거리보다 더 길어 비행기로도 1시간 이상 그 위를 날았다. 강이 흐르는 주된 협곡 이외에도 갈라져 나간 협곡과 골짜기, 첨봉, 그리고 고립된 봉우리 등 다양한 구조로 이루어져 있다. 색상도 흑색과 황갈색으로부터 적갈색, 분홍색, 크림색, 백색에 이르기까지 시간에 따라 형체와 색에 다양한 변화를 주는 모습이 한 눈에 들어왔다.

경치가 멋진 부분은 그랜드 캐년 국립공원에 속해 있는데 거대한 벽화의 아름다움 이상의 것을 갖고 있다. 이들 벽에 노출된 바위들은 오랜 시간을 두고 발생한 거대한 벽화의 흔적을 보여준다고 한다.

워싱턴 세미나 장에서, 가운데가 필자

동식물 분포 면에서도 아열대·아한대가 걸쳐 있다. 역사적으로 보아 그랜드캐년은 아메리칸 인디언의 영역으로 국립공원 내에는 500개소 이상의 유적지가 발견되었다고 한다. 말로만 들었던 그랜드캐년! 우리 일행은 학술회의를 마치고 이 곳을 꼭 들러보자고 했다.

L.A.에서 6시간만에 겨우 세인트루이스에 도착하니 19시 28분이었다. 공항에 도착하니 땅거미가 내리기 시작했다. 공항에는 낯선 비행기가 즐비했다. 특히 TW라고 붉은 글자로 쓰여진 비행기가 가장 눈에 선명했다.

세인트루이스에서 워싱턴으로 가는 비행기를 타려면 또 몇 시간을 기다려야 했기 때문에 세인트루이스 시가지를 구경했다. L.A.에서 시차 때문에 시계를 조정했는데 또 시차가 생겨 시간을 조정했다. 거대한 나라라는 생각이 들었다.

우리 일행은 20시 39분에 TW 240편 비행기로 워싱턴으로 출발하여 23시 36분에 워싱턴 비행장에 도착했다. 자정이 가까웠기 때문에 거리가 조용했다. 3박 4일로 예약되어 있었던 키 브리지 매리오트호텔(Key Bridge Marriotte Hotel)로 향했다.

아침에 일어나서 보니 호텔 앞의 다리 건너편이 바로 조지타운대학이었다.

조지타운대학 주위에는 회의에 참석하기 위해 모여든 수많은 석학들이 운집하고 있었다. 조지타운대학은 우리네 캠퍼스와는 달리 동네 속에 묻혀 있었다.

회의 개회식이 하루 남았기에 우리 일행은 워싱턴 시가지를 구경하기로 했다.

국회의사당을 중심으로 일목요연하게 짜여진 계획된 도시였다. 의사당을 중심으로 둘러싸여 있는 주요 공공건물들이 한눈에 와닿는다.

대법원, 워싱턴 상징탑, 워싱턴 박물관, 제퍼슨 기념관 등이 국회 의사당에서 바라볼 수 있는 지점에 위치하고 있어 워싱턴의 주요 건물이 한 곳에 몰려 있었다. 또한 링컨 도서관, 워싱턴 국회도서관의 수많은 서적들은 상상을 초월하는 규모였다. 그러나 워싱턴 시가지는 한눈에 보이기는 해도 규모가 너무 커서 걸어다니며 관광하기에는 힘이 들었다.

워싱턴은 거대한 미국 도시들 가운데서는 그런대로 나지막한 건물이·많다. 주요 관공서가 밀집해 있어서 행정의 편의를 생각해 계획된 도시이다. 수도로서의 역할을 잘 할 수 있게 구상된 도시임을 알 수 있었다. 그러나 무엇보다도 흑인의 집성촌이 많으니 거리를 활보할 때는 경계를 늦추지 말라는 주위 사람들의 충고와는 어울리지 않는 모습이었다.

내일 있을 회의에 참석하기 위해 우리 일행들은 저녁을 먹고 호텔에서 쉬기로 했다.

오늘 하룻밤은 충분히 쉬어야겠다고 생각하면서 일찍 잠자리에 들었다.

(워싱톤 Key Bridge Marriotte Hotel에서, 1989. 8. 5.)

뉴욕거리

1988년 8월 2일 워싱턴에서 3박 4일 간의 학술회의를 마치고는 자유로운 시간을 가질 수 있었다. 그래서 8월 5일 미국 동해안을 관광하기로 했다. 국내선 비행기보다 버스를 이용하기로 했다.

5일 12시 워싱턴 키 브리지 매리오트호텔(Key Bridge Marriotte Hotel)을 출발하여 뉴욕으로 향했다. 우리 일행은 4박 5일로 예약해 둔 뉴요커호텔(Newyorker Hotel)에 도착했다. 학회도 끝나 가벼운 마음으로 일찍 일어나 거리를 구경했다.

호텔 뒤안길의 한인 음식점에서 오랜만에 한식을 맛있게 먹었다.

엠파이어스테이트 빌딩 80층에서 다시 올라가는 필자와 김두희 경북의대 교수

그런데 한국에서 300원 하는 소주 한 병이 여기서는 1만원이었다. 그런 줄 미리 알았더라면 소주 몇 병을 더 준비했을 텐데 하면서 비싼 소주 몇 잔을 맛있게 나눠 마셨다.

호텔이 맨해턴의 중심지에 있었는데 근처에 엠파이어스테이트 빌딩이 있어서 그 곳을 먼저 관광했다. 엠파이어스테이트 빌딩은 세계 각국의 관광객으로 통로가 막힐 정도였다. 한때는 세계에서 제일 높은 건물로서 명성이 나 있었다가 그 자리를 내주었지만 그럼에도 지금까지 수많은 관광객으로 몸살을 앓고 있었다.

입구에는 자세한 안내판이 설치되어 있었다. 미국 뉴욕시 32번가에 걸친 부지에 1931년에 완성된 고층건물로서 102층, 381m의 높이라고 한다. 86층과 102층에는 관광객들을 위한 전망대가 설치되어 있다. 1950년에 68m나 되는 텔레비전탑이 그 위에 세워져 관광객의 눈길을 끌었다.

102층 전망대에서 내려다보는 뉴욕 시가지는 문자 그대로 마천루(skyscrapers)다. 하늘을 찌를 듯이 솟아 있는 고층건물이 바다를 이루고 있어 더욱 장관이다. 여기서 먼 남쪽 바닷가 쪽에 우뚝 솟아 있는 자유의 여신상이 허드슨 강변에 외로이 서 있다.

오후에는 할렘가를 둘러봤다. 미국이 선진국이라지만 무서운 곳으로 이름이 나 있는 할렘거리도 있다. 그런데 우리 일행은 택시를 타고 그냥 지나칠 수밖에 없었다. 마약 환자와 도둑과 무질서가 판치는 무서운 거리였다. 곳곳에 휴지조각이 널려 있었고 부서진 빈집에는 유령이라도 나올 듯했다. 차를 멈추고 싶어도 그네들이 곧 달려들 것 같아서 정지할 수가 없을 만큼 무서운 거리였다. 미국의 진면목이 여기에 있는가도 싶었다. 자유와 방종과 무질서가 난무하는 험악한 거리, 웃옷을 벗고 다니는 젊은이들이 예사로 주먹을 휘두르는 거리였다. 어쩌면 인간 본연의 모습 중 감성만이 존재하는 무법의 거리라고 생각했다.

　이튿날 배를 타고 자유의 여신상이 있는 곳으로 관광을 했다. 수많은 관광객이 홍수를 이루고 있었으며 바쁘게 움직이는 뱃전에서는 뉴욕의 시가지가 한눈에 들어왔다.

　구경을 끝내고 저녁 늦게 돌아왔다. 뉴욕 거리는 해진 후에 다니다가는 마약환자나 소매치기에게 봉변을 당한다고 일러주던 친구의 말이 생각났다.

　이튿날 한국으로 편지를 보내려고 우체국을 찾으러 나섰다. 그것도 나 혼자였으니 무서운 생각도 들었다. 우체국이 호텔 가까운 곳에 있고 더구나 아침시간이라 용기를 내어 걸어가고 있는데 비틀거리며 다가온 흑인이 무서운 눈초리로 달려드는 것 같았다. 나는 그 순간 겁에 질려 편지 보낼 생각도 잊고 걸음아 날 살려라 하고 되돌아왔다. 마약환자인지 소매치기인지는 몰라도 부딪쳤다면 봉변을 당했을지도 모른다. 지금도 그 순간만은 잊을 수가 없다.

(뉴욕 Newyorker Hotel에서, 1989. 8. 6.)

나이애가라폭포

1988년 8월 8일 뉴요커호텔(Newyorker Hotel)에서 버스를 타고 가까운 케네디 국제 공항에 도착했다. 여기서 국내선 비행기를 타고 버팔로 국제공항으로 출발했다. 50분만에 버팔로에 도착하여 우리 학교와 자매결연을 맺고 있는 그 지방의 명문인 뉴욕 주립대학(SUNY Buffalo)을 둘러 봤다.

오대호 주위와 나이애가라폭포가 오늘 관광의 주목적지였다.

버팔로 국제공항에서 캐나다의 피나소닉타워 앞 버스터미널까지 약 1시간 정도 거리였다. 캐나다 쪽으로 들어갈 때는 여권을 제시해

나이애가라 폭포, 오른쪽 맨 위가 필자

야 하는 불편함이 있었다. 우리 일행은 양쪽 경치를 같이 바라볼 수 있는 국경지역으로 먼저 갔다. 아치형 교량 한가운데가 양국의 경계선이다. 아직 폭포와는 먼 거리였지만 뿌연 물보라가 하늘 높이 치솟는 장관이 연출되고 있었다.

나이애가라강은 캐나다와 미국의 국경이자 미국 최대 관광 명소인 나이애가라폭포가 있는 곳이다. 나이애가라강은 그 뿌리가 오대호의 하나인 이리호에서 시작된다. 그 강물이 온테리오호로 들어가면서 나이애가라폭포를 만들어 내고 있다. 약 50m의 낙차로 1분당 50만톤의 물이 떨어지는 세계 유수의 폭포를 형성하고 있다. 큰 강물이 그대로 포효하며 떨어지는 장관은 세계 제일의 폭포로 자리잡기에 충분했다. 지축을 뒤흔드는 듯한 요란한 물소리와 하늘로 날아오르는 물보라, 그리고 수시로 나타나는 아름다운 무지개가 우리 일행들로 하여금 감탄을 자아내게 했다.

1678년 네핀 신부가 이 폭포를 발견한 이후 수많은 관광객들이 다녀갔다고 한다. 지금은 신혼 여행의 메카로 알려진 탓에 허니문 시티란 별명을 가지고 있다.

나이애가라폭포는 미국 쪽과 캐나다 쪽으로 나뉘어진다. 동쪽이 미국의 나이애가라폭포이고 서쪽이 캐나다 나이애가라폭포이다. 미국 쪽은 뉴욕주에 해당하고 캐나다 쪽은 온테리오주에 속한다. 이들 두 도시는 무지개 다리로 연결된다. 이 다리 한가운데에서 나이애가라폭포를 바라보면 양쪽이 모두 장관이다. 그러나 캐나다 쪽 나이애가라 폭포에서 더욱 장중함을 느낄 수 있다.

또한 폭포 중앙의 고트 섬(Goat Island)을 경계로 폭포를 나누어 볼 수도 있다. 미국 측의 아메리칸 폴즈는 폭이 328m, 낙차 56m이며, 신부의 베일(Bride Veil Falls)이라는 또 하나의 작은 폭포가 있다. 캐나디안 폴즈는 말굽폭포(Horseshve Falls)라고도 불리는 반월형 모양인데 그

폭이 아메리칸 폴즈보다 배가 넘는 625m이고 낙차는 54m로 거대한 물보라를 이루며 떨어지고 있다. 해가 지면 이들 폭포에는 컬러 조명을 비추어 환상적인 모습을 연출한다.

이 거대한 자연의 신비를 제대로 감상하기 위해 우리 일행은 폭포와 멀리 떨어져 있는 전망대에 올랐다. 미국 쪽 전망대는 높이 86m로 프로스펙트 공원에 설치되어 있었다. 캐나다 쪽에는 두 개의 전망대가 있는데 그 가운데 스카이론(Skylon Tower)은 높이가 160m나 되어 나이애가라폭포 전체가 한눈에 들어온다.

폭포 가까이 접근하려면 폭포 바로 아래까지 다가가는 투어가 있다. 지하 입구에는 니콜라테스(NIKOLATES)의 동상이 있어 여기서 기념 촬영을 했다. 다시 고트 섬에서 흘러내리는 미국 폭포의 지류인 브라이드 베일폭포 아래로 걸어서 겨우 건넜다. 그러기 위해 먼저 드레싱 룸에서 구두와 양말, 황색코트를 갈아입었다. 조심스럽게 접근하는 모습과 수많은 물보라 숲을 헤치고 지나가는 기분은 스릴과 서스펜스 그 자체이다.

폭포에 더 접근하기 위해 관광선을 탔다. 폭포 낙하지점에 가장 가까이 접근할 수 있는 방법이다.

우리 일행은 안개아가씨호(Maid of the Mist)라고 불리는 관광선을 타고 낙하지점 가까이에 접근했다. 곧 덮칠지도 모르는 물보라를 헤치며 아슬아슬한 지경에 이르기도 했다.

미국측의 선착장은 프로스펙트타워 아래에 있다. 관광객이 인산인해여서 밀고 밀리면서 엘리베이터를 타고 지하로 내려갔다. 그 곳에서 나오면 브라이드 베일폭포 옆으로 나오게 된다.

안내자의 설명을 들으면서 걸었다. 사실은 걸었다기보다는 심한 폭풍우를 만난 것 같았다. 물보라가 시야를 가로 막았다. 삽시간에 온몸이 젖어버렸다. 들어오기 전에 레인코트를 입었지만 입으나 마

나였다. 물보라 때문에 시야가 가려 중도에 포기하고 돌아가고 싶었
으나 그럴 수도 없었다. 그러나 이 거대한 폭포 속으로 걸어 들어가
고 있다는 생각에 마치 수중의 와룡이라도 된 듯했다.

(뉴욕 Newyorker Hotel에서, 1989. 8. 8.)

향학열을 꽃피운 부부

　L.A.를 거쳐 워싱턴 죠지타운대학에서 국제학술회의를 끝내고 뉴욕과 나이애가라폭포가 있는 오대호를 거쳐 마지막 기착지인 하와이의 호놀룰루에 도착했다. 이 곳에는 한국 사람들도 많았지만 일본인들이 대부분 상권을 쥐고 있는 것 같았다.

　미국 본토에서 머무는 동안에는 흑인을 비롯한 갱단의 습격이 겁이 나서 밤거리는 고사하고 낮에 거리를 다닐 때에도 긴장하지 않을 수 없었다. 그러나 하와이는 달랐다. 그런대로 안심하고 거닐 수도 있고 저녁에 술이라도 한 잔 할 수 있어 좋았다.

오하우섬의 파인애플 농장에서

하와이에 온 지 4일 만에 서북쪽의 파인애플 농장을 구경한 일이 있다. 이 곳을 개간한 사람이 한국인이라 해서 찾아간 것이다. 가난한 한국의 어느 부부가 여기에 처음 정착했다고 한다. 열심히 개간하면서 일을 했다. 이들에게 아들 셋, 딸 둘이 있었다. 노부부의 눈물겨운 인고의 세월은 여기서부터 시작된다.

아이들만은 그대로 이 섬에 머물게 할 수 없다고 생각한 이들 부부는 있는 힘을 다해 공부를 시켰다고 한다. 그들은 자식 공부에 무엇보다 신경을 썼다. 낮에는 땅을 파고 밤에는 자식 공부를 위해 모든 인생을 바쳤다. 옆집에 사는 동양계 중국인은 돈만 모으고 자식 공부는 뒷전이었다. 이에 비해 한국인 부부는 자식들의 공부를 위해 부모의 희생을 감수한 것이다. 그래서 농장에서 나오는 수입 전부를 자식들에게 투자한 것이다. 부모의 뜻대로 아이들 다섯은 있는 힘을 다해 공부를 했다. 부지런한 부부는 농사도 잘 지었을 뿐 아니라 자식농사는 더욱 잘 지었다.

아들 셋이 모두가 명사(名士)가 되었고, 딸들도 훌륭하게 자랐다. 그 중 두 아들은 미국 명문대학 교수가 되었고, 또 한 사람은 변호사가 되어 본토에서 이름 있는 법조인이 되었다고 한다. 그래도 노부부는 이 곳을 떠나지 않았다. 제2의 고향인 이국만리 땅 하와이 어느 촌가에서 수구초심으로 고향을 그리며 살았다는 이야기가 전해오고 있다.

지금은 이 농장을 한국인의 성공 사례담 설명지로 관광객들에게 미담으로 들려주고 있다. 우리 민족의 향학열을 하와이 외딴섬에서까지 꽃피운 셈이다.

우리 민족의 향학열은 치맛바람, 고액 과외, 일류 대학병 등의 부작용을 낳고 있기도 하지만, 그래도 배워서 앞서겠다는 정신만은 높이 평가해야겠다. 백년의 계획은 사람을 기르는 데 있다는 말, 이건 분명 만고의 진리인가 싶다.

(하와이 Quality Hotel에서, 1989. 8. 24)

오페라 하우스와 하버브리지

1995년 7월 한여름이었다. 전국대학 신문사 주간교수들을 인솔하고 호주에 온 것이다.

천혜의 자연이 고스란히 보존되고 있는 지상천국이라고나 할까? 더구나 시드니는 세계 3대 미항 중의 하나이다. 아름답기 그지없는 도시다. 아름답다기보다 청정하기 그지없는 세계 3대 미항 중의 하나임에 틀림없다. 더구나 동서로 멀리 구름다리처럼 뻗어 있는 하버브리지야말로 시드니란 도시의 경관을 돋보이게 하는 아름다운 교량이다. 그 유명한 하버브리지를 우리도 같이 걸어 봤다.

시드니 교외에서, 필자 부부

그 앞의 해변가에 조개 껍질같이 생긴 집이 바로 세계적으로 유명한 오페라 하우스이다.

이 집을 설계한 사람이 이 집 덕분에 유명해졌다 한다.

그는 오페라 하우스의 설계를 12번이나 수정해도 마음에 들지 않아서 고심하고 있었다. 보다 못한 아내는 그의 남편의 애타하는 모습에 같이 잠을 이루지 못했다. 그는 건물 하나를 설계하기 위해 몇 해를 보냈지만 마음에 들지 않았기에 고치기만 12번이나 했다. 설계하던 사람은 고심하다가 다시 헐어 버리기를 여러 차례 뜬눈으로 밤을 세우기도 했다.

그러던 어느 날 부인은 여느 때처럼 과일을 접시에 담아 밤을 세우며 고민하는 남편의 사무실을 찾아왔다. 접시에 담긴 것을 유심히 바라보던 남편이 무릎을 치면서 '바로 이것이다, 이거!' 하며 소리쳤다. 그의 아내가 접시에 곱게 잘라 소담스럽게 담아온 오렌지 껍질에서 힌트를 얻은 것이다. 그는 순간적인 영감으로 '바로 이것이다!' 라는 생각에 다시 제도펜을 잡았다. 드디어 완성의 희열을 맛볼 수 있었다. 이것이 바로 세계적으로 유명한 오페라 하우스의 최종 설계가 완성된 과정이다.

부인이 접시에 담아서 썰어 둔 오렌지 껍질을 보고 설계를 완성하여 세계적으로 유명해진 것이다. 고심 끝에 순간적인 영감을 잡아 표현한 것이 바로 위대한 오페라 하우스이다.

세계적으로 알려진 오페라 하우스 건물이긴 하지만 이 건물을 준공할 때에 설계자는 참석하지 않았다고 한다. 설계자는 완성한 후 이것마저도 마음에 차지 않았기 때문이라는 것이다. 순간의 영감을 잡아 미완성의 세계를 완성할 수 있었던 예술적인 감각의 결실이다. 만족해하지는 않았지만 부창부수의 절실한 노력의 결실인가 보다.

(시드니 Hyatt Hotel에서, 1995. 7. 7.)

2층 이상 건물이 없는 도시 시드니

　1995년 7월 한국은 무더운 여름이었지만 이 곳 호주 땅은 겨울이었다.

　제법 싸늘한 날씨였다. 호주의 시드니가 아름다운 도시라는 것은 세계적으로 알려져 있다. 그러나 이만큼 청정한 공기에 공해 없는 나라인 것은 직접 보기 전에는 상상할 수도 없다.

　우선 높은 건물이 거의 없다. 대체로 2층 이하의 나지막한 건물과 넓은 땅에 걸쳐 있는 천혜의 자연환경, 그래서인지 이들에게는 높은 건물을 지을 필요가 없다. 일본의 동경이나 오오사까와 매우 대조적이다.

　조용하고도 한가한 대평원에는 캥거루가 자유분방하게 뛰어다니고 사슴이 낮잠을 즐길 수 있는 초원이 있어서인지 그네들에겐 바쁠 것이 없다. 이와 같은 지상 천국에는 오래 살 수 있어 백수를 누릴 것 같았다. 우선 공기가 맑은 것이 그렇고, 거리가 넓어 매연이 적은 것이 그렇고, 경쟁이라는 스트레스를 덜 받아 그럴 것 같다. 브리스베인 골드코스트 시내는 더욱 그렇겠다고 생각했다.

　그러나 우리가 생각하는 것과는 다르다. 이 곳에도 문제는 있다. 태양의 직사광선이 수명을 단축시킨다고 한다. 남반구 직사광선, 구름 한 점 없는 맑은 하늘을 내려 비추는 적외선과 자외선이 생명을 단축시킨다는 이야기이다. 이처럼 아름다운 도시와 청정한 공기는 누릴 수 있어도 무제한 살 수는 없게 만드는 것이 있구나 싶었다. 그래서 평균 수명이 우리와 비슷하다고 한다.

시드니공항에서 브리스베인 공항으로 옮겨갈 때 그 광활한 평원을 공중에서 마음껏 보고 즐겼다. 집과 집 사이는 말할 것도 없고 마을과 마을 사이의 거리는 한국의 도시와 도시 사이의 거리보다 더 넓었다. 그리고 호주의 야생동물 코알라의 재롱, 캥거루의 재주 등은 세계 어디에도 보기 드문 광경이다.

우리의 도시와 다른 점이 그것뿐이겠는가?

25층 아파트에 사는 우리네 도시인들은 상상도 할 수 없다. 천혜의 자연 속에 묻혀 사는 이네들의 행운, 요즘 우리도 5층 이상은 지기(地氣)가 올라오지 않는다 하여 피하는 경향이 있다. 6층 이상에는 지기가 전혀 올라가지 않는다는 말 때문에 높은 아파트를 피하는 경우가 있다. 그러나 우리의 현실은 좁은 국토이니 고층 아파트는 어쩔 수 없는 궁여지책이 아니겠는가 싶다.

어찌 이것뿐이겠는가? 허술한 방범 때문에 우리는 시멘트로 만들어진 콘크리트 새장 속에 갇혀 살고 있지 않은가?

복 받은 나라 호주, 금싸라기를 뿌려놓은 듯 깨끗한 해변과 문자 그대로 '골드코스트'인 자연경관, 이네들이 아름다운 자연을 후손에게 물려주려는 의지는 대단하다.

인가에서 흘러나오는 오수는 거의 없었다. 아예 바다로 유입되는 통로가 없다. 자연에 대한 애착은 상상을 초월한다. 깨끗한 길거리 그 이면에는 그 나라 국민의식이 반영돼 있다. 아무리 넓고 깨끗한 천혜의 자연을 주어도 제대로 보존하지 못하면 하루 아침에 오물투성이가 될 텐데! 우리의 사고와는 다른 점이 바로 이것이구나 싶었다.

　곳곳에 자연과 무관하지 않은 팻말이 붙어 있었다. 휴지가 나뒹구
는 것을 볼 수 없는 나라, 이런 국민에게 걸맞게 청정한 공기와 자연
의 특혜를 마음껏 누릴 수 있는 선물이 주어진 것이다. 이 곳 호주인
에게 선망과 존경의 뜻을 보내고 싶다.

(브리스베인 노보텔에서, 1995. 7. 9.)

시드니 하버 국립공원, 왼쪽부터 조주환 효가대 교수, 이수성
사장, 필자 부부

하버브리지와 돌아올 수 없는 집

시드니는 브라질의 리오데자네이로, 이탈리아의 나폴리와 더불어 세계 3대 미항 중의 하나이다. 시드니의 청정한 공기와 종이 조각 하나 뒹굴지 않는 깨끗한 거리는 이미 알려진 바 그대로 세계 3대 미항의 하나가 되고도 남음이 있다.

이 도시의 경관을 더욱 돋보이게 하는 것이 하버브리지이다. 이것은 초승달같이 둥그스름한 아치형 아래 긴 다리로 아름다운 시드니의 한가운데에 위치하고 있다. 이 거대한 다리 위를 수많은 차가 달리고 있다.

시드니 시가 중앙에 있는 하버브리지, 필자 부부

하버브리지는 조용한 항구, 오목한 바닷가를 따라 펼쳐져 있는 미항 시드니의 남북을 이어주는 교통의 요새지라 할 수 있다.

하버브리지 위에서 밑으로 내려다보면 우리나라의 첨성대 같이 생긴 집이 보인다. 그 곳은 바로 중죄인을 가두는 감옥이다. 정치범을 비롯한 무기수를 가두고 있다고 한다. 육지와는 그리 멀지 않은 곳이어서 쉽게 탈출하여 헤엄쳐 나올 수 있을 것도 같지만 결코 그렇지 못하다. 감옥을 둘러싼 바다에는 무서운 식인 상어가 우글거리고 있기 때문이다. 그래서 물가에도 마음 놓고 접근하지 못하는 곳이다. 때문에 이 감방에 가면 다시 육지로 나오기 어렵다고 하여 「다시는 돌아올 수 없는 집」이라고 부른다.

아름다운 도시 시드니와는 어울리지 않는 감옥이다. 이 집은 도시 한가운데를 가로지르는 바다 한가운데 우주선 모양으로 외로이 떠 있다. 뿐만 아니라 이 바다 속에는 세계 3대 미항과는 어울리지 않는 식인상어가 우글거린다. 무서운 바다가 시드니 한가운데에 있다고 생각하면 미항 시드니로서의 모습이 일그러져 보인다.

그러나 싱그러운 푸른 숲, 잘 정돈된 시가지며, 청정한 공기, 도시를 둘러싸고 있는 나무들, 깨끗하고 조용한 도시 시드니는 미항 중의 미항인 것만은 틀림이 없다.

(시드니 Hyatt Hotel에서, 1995. 7. 8.)

무스탕의 어원은 비행기 무스탕에서

호주에서 첫 밤을 지내고 시드니를 구경하고자 관광버스를 탔다. 안내양은 우리 일행들이 한국 사람임을 알고는 재미 있는 일화를 들려주었다. 안내양은 한국 사람들이 겨울에 많이 입고 다니는 무스탕이란 말이 어디에서 나온 것인지를 아느냐고 물었다. 그리고 무스탕의 어원에 대해 다음과 같이 얘기해 주었다.

한국전쟁이 일어났을 때이다. 당시 제일 먼저 원군으로 상륙한 공군기가 호주 비행기 '무스탕'이었다. 항시 따뜻한 호주와 달리 겨울이 있는 한국에 비행사들을 보낼 때 호주군은 먼저 추위를 걱정했다. 이에 사계절이 분명하고 더구나 겨울이면 살을 에는 듯한 무서운 추위를 잘 극복할 수 있도록 하기 위해 호주 비행기 무스탕을 몰던 비행사들에게 호주산 양가죽에 털을 붙인 자켓을 만들어 입혀 보내게 되었다. 잘 생긴 미남 호주 비행사가 멋진 가죽 자켓을 입은 모습은 특히 여성들에게는 선망의 대상이 되었다.

이 때문에 무스탕 비행기를 몰던 호주 비행사를 우리나라 사람들은 그냥 무스탕이라 불렀다. 그래서 지금까지도 무스탕이라고 하면 비행기의 이름이라는 것은 모르고 무스탕 비행사가 입던 자켓만을 일컫는 말로 의미가 바뀌어 쓰이고 있다.

한번은 호주로 이민온 한국인이 그 자켓을 입고 싶어 옷가게에 갔다. 그리고는 주인에게 무스탕을 사러 왔다고 하였다. 주인은 눈을 중발만큼 크게 뜨고 놀라면서 '무스탕을 여기서는 주문받지 않는다' 고 하였다. 그러나 자켓을 입고 싶었던 한국인은 억지로 주문을 받아 달라고 하였다. 할 수 없이 주인은 이민온 한국인을 비행장으로 안내 해 주면서 '저것이 무스탕인데, 저 비행기를 주문하시렵니까?' 라고 되물었다고 한다. 이처럼 무스탕이라는 자켓은 무스탕 비행기를 조종하던 비행사들이 입었던 자켓인데 이것이 마치 자켓 이름처럼 바뀌어져 사람을 당황하게 만들었던 일화가 생긴 것이다.

우리말에는 이런 오류가 한두 가지가 아니다. 스테인레스 밥그릇은 스텐 그릇이라는 일상용어로 불려지고 있다. 이것은 사실 '녹슬지 않는 그릇'이란 뜻에서 불려진 명칭인 스테인레스 그릇이 '녹슨 그릇'이라는 뜻의 스텐 그릇으로 잘못 불려지고 있는 것이다. 이것 또한 크게 잘못 붙여진 이름이라는 사실을 알고 써야 할 것이다.

(시드니 Hyatt Hotel에서, 1995. 7. 30.)

장군의 유언

우리에게 매우 가까운 우방인 대만은 한국인이면 모두가 가깝게 여기는 나라이다.

지금부터 수 년 전의 일이다. 내가 P.C.F.(태평양문화기금회)의 특별 연구원으로서 이 곳을 방문한 일이 있었으니 이번이 두 번째의 방문이다.

타이뻬이에서 남쪽으로 떨어져 있는 도원(桃園)이란 곳을 둘러보았다. 그 곳은 대만을 세운 장개석 총통의 시신이 안장되어 있는 곳으로 유명하다. 당연히 땅 밑에 묻혀 있을 것이라고 상상했던 것과는

도원현 장개석 총통 가매장 능침입구 운석 앞, 류기룡 경북대 교수와 필자

달리 아직 시신이 그대로 알콜물 위에 떠돌아다니고 있다는 사실에
놀랐다. 왜 시신을 땅 밑에 묻지 않고 알콜물 위에 띄워 두었느냐는
방문객의 의심은 입구에 있는 현판을 읽음으로써 해소될 수 있다.

　장총통이 대만에 살았던 것은 임시로 산 것이다. 사실은 자기가 살
곳은 이 곳이 아니고 중국 본토라고 했다. 그는 머지 않아 곧 본토를
수복할 것이라고 호언장담을 했다고 한다. 그래서 그는 호시탐탐 그
목적을 이루기 위해 혼신의 힘을 다 했다.

　장총통이 죽자 문상객 중에는 노총각이 줄을 이었다고 한다. 더구
나 그들은 허탈감에 빠진 듯한 표정의 노총각들이었다. 그들은 다름
아닌 장총통이 대륙에서 모택동에게 쫓겨날 때 데리고 온 군인들이
었다. 곧 내일이라도 본토 수복이 가능할 것 같아서 고향에 돌아가
장가를 들려고 기다렸던 옛 부하들이었다. 이제 백발이 성성한 노총
각이 되어버린 한 많은 문상객들이다.

　그렇다면 장총통이 이들에게 거짓말을 했단 말인가? 결코 그렇지
않다. 그는 혼신을 다해 일했으며 마지막 숨을 거둘 때까지 그는 본
토 수복의 꿈을 버리지 않았다. 그래서 '내가 지금 죽더라도 땅 밑에
묻지 말라. 대신 너희들이 본토를 수복하거든 나를 중국 본토로 옮겨
그 땅에 묻어달라'는 유언을 남겼다. 그 유언대로 하느라고 시신을
알콜 물 위에 띄워 놓았다는 것이다. 이 얼마나 한 맺힌 유언인가?
이 얼마나 충정된 뼈아픈 유언인가?

　그는 못다 한 일이 몇 가지 있다. 지금도 그 시신 위에는 책이 한
권 얹혀 있다. 이것 역시 그의 유언에 따라 한 것이다. 그는 혼신을
다해 중국어를 통일하려 했지만 역시 그 뜻을 이루지 못했다고 한다.
그래서 죽어서라도 그 뜻을 이루고자 하는 일념에서 자신의 시신 위
에 국어사전을 얹어달라 했다고 한다. 그러나 아직도 대만에는 수많
은 방언이 있어 언어의 통일은 요원하다. 대만이라는 이 조그마한 섬

나라, 이 곳에서마저 언어가 통일되지 못하고 있으니 장총통의 소원은 언제 이루어지겠는가? 더구나 자신의 시신이 땅 밑에 편안히 잠잘 수 있는 본토 수복의 날은 아직도 요원하기만 하다.

그러나 한 나라를 짊어지고 이처럼 혼신을 다해 몸과 마음을 바쳤던 장총통의 위대한 정신은 오늘날 우리의 지도자에게도 무엇인가 시사하는 바가 있을 것 같다.

(타이빼이 중앙청년활동중심에서, 1981. 8. 5.)

민요의 힘

1990년 그 무덥던 여름을 이국 땅에서 보냈다. 6, 7, 8월. 그러니 3개월 동안 중국 교육부 한학연구중심 초빙교수로 타이뻬이에 머물렀다. 당시 중국정부에 초청 받은 사람이 26명이었다. 여기는 미국인이 가장 많았고 한국, 이태리, 덴마크, 호주, 이스라엘, 일본 등 8개국 학자들이 있었다. 나는 한국 대학에서 교수급이어서 이 곳에서도 초빙연구교수의 예우를 받았다. 처음에는 타이뻬이의 중심지인 자유지가(自由之家)에서 머물다가 중앙연구원에서 연구를 했다.

그러던 어느 날 이들 26명의 초빙연구교수가 한 자리에 모여 오찬을 함께 하게 되었다. 나는 간단한 오찬으로 생각했는데 그것이 아니

오른 쪽 수산대 고강옥 교수, 필자, 선아

었다. 여러 종류의 음식이 순서대로 들어왔다. 주최측에서 권주하는 모습도 보였다. "깐뻬이!"라고 하면 다 마시고 잔을 비워야 했는데 술 실력에 자신이 없었던 나에게는 고역이 아닐 수 없었다.

한참이나 되었을까 모두들 주기가 도도해지자 중앙도서관의 양관 장의 사회로 서로의 노래 솜씨를 겨루는 순서가 있었다.

미국인이 많아서인지 미국사람부터 노래를 시작했다. 그러다가 한국인 3명이 두 번째 차례가 되었다. 우리들은 우리 나라의 민요 아리랑을 부르기로 했다. 3명이 합창으로 노래솜씨를 보였다.

다음은 이탈리아에서 온 교수의 차례였다. 그는 혼자였다. 자기 나라의 민요를 부르겠다고 하면서 노래를 시작했다. 제목은 <산타 루치아>였다. 누가 같이 하자고 애기를 끄집어낸 것도 아닌데 얼마 지나지 않아서 합창으로 변했다. 세계 여러 나라 사람들이 모여 있었지만 산타루치아를 모르는 사람이 없었다.

이는 물론 외롭게 혼자 와 있는 그 사람의 고독을 달래기 위한 것만은 아니었다. 누가 먼저 합창을 제의한 것도 아닌데 산타루치아는 그 방의 열기를 뜨겁게 했다. 나도 모르게 같이 합창을 했다.

조금 전 우리가 불렀던 아리랑을 따라 부르는 사람이 아무도 없었던 것과는 아주 대조적인 현상이었다. 나는 갑자기 내가 왜소해짐을 느꼈다. 이탈리아 민요 산타 루치아는 세계적인 학자들이 누구라도 따라 부를 수 있었다. 그러나 우리의 아리랑을 따라 부르거나 아는 사람은 한국인 외에는 아무도 없었으니 말이다. 우리에게도 세계에 내놓을 만한 민요의 발굴과 홍보가 절실하다는 생각이 들어서 우리의 책무가 더 무겁게 느껴졌다.

우리도 세계 어느 나라 사람이든 즐겨 부를 수 있는 세계적인 민요가 있었으면 하는 아쉬움이 나의 마음을 무겁게 만들었다.

(타이뻬이 自由之家에서, 1981. 8. 21.)

중화민국 교육부 한학연구중심(中華民國 敎育部 漢學硏究中心)

중화민국 교육부 「한학연구중심」에서 외국학자들을 초빙하여 한학발전에 기여할 수 있게 하는 제도가 있다. 몇 년 전에 나는 중국 P.C.F.(pacific culture foundation)의 특별연구원으로서 「중국소설이 한국소설에 미친 영향」이라는 제목으로 연구비를 받아서 논문을 쓴 일이 있다. 그래서 중국과 인연이 매우 깊다.

1989년 가을에 중화민국 교육부 한학연구중심에서 외국교수들에게 논제를 공모했다. 주제는 동양학에 관한 것이었다. 그래서 1989년 9월에 연구 프로젝트를 제출했더니 엄격한 심사를 거쳐 채택되었다는 연락을 받았다. 논문제목은 「韓中文學作品中夢的樣相和意味志向硏究」였다. 당시 계획서에는 연구기간이 6개월로 정해져 있었다. 연구비는 재직학교 랭크에 따라 달리 책정되어 있었다. 나는 당시 정교수였기 때문에 중화민국 교육부 한학연구중심에서 지급하는 최고의 연구비를 받게 되었다.

지금 기억으로 항공료는 별도로 지급받고도 우리 학교에서 받는 봉급보다 조금 많은 수준이었으니 대우가 좋은 편이었다. 당시 대만이 달러 보유국으로서는 세계 1위였기에 외국학자들을 초빙하여 연구비를 넉넉하게 주었다. 자기 나라가 중공에 비할 바가 아니라는 저의가 있는 것 같았다.

심사에 통과되었다는 연락을 6개월 전에 내가 직접 받았다. 때문에 나는 논문을 쓸 자료와 초안을 한국에서 이미 완성에 가깝도록 준비하고 있었다. 거기에 중국 국립중앙도서관과 대만대학, 문화대학 등에 희귀한 사료와 새로운 자료 몇 가지를 추가하면 논문이 완성될 수 있도록 작성하였다. 그러나 당시 내가 퇴계연구소장을 맡고 있었기 때문에 6개월 계속 중국에 있기는 곤란한 처지였다. 연구를 위해서 소장직은 중도에 물러나기로 작정을 했다. 소장직을 사임하려고 사직서를 제출했다. 그러나 간사장이 대신 일을 하고 임기대로 계속해 달라는 총장의 통보를 받았다. 할 수 없이 중국 교육부에 다시 연락했다. '「한학연구중심」의 객원교수가 6개월 기간을 연속하지 않고 중간에 한 학기를 중심으로 우리나라 여름방학과 겨울방학 각각 3개월씩 근무해도 가능하냐?'고 물었다. 그랬더니 중국 교육부에서 허락이 왔다. 우여곡절 끝에 1990년 6월부터 8월까지 3개월, 1990년 12월부터 1991년 2월까지 3개월로써 모두 6개월 간의 객원 교수로 초빙되어 가기로 계약했다.

처음에는 1990년 6월부터 중국 교육부에서 별도로 준비해 주는 아

중정기념관 앞에서, 필자 부부

파트에 딸(선아)과 같이 있기로 했다. 그러나 딸아이가 대학에서 단대별 신입생 중 한 명씩 선출하여 유럽과 동구권, 소련의 모스코바에 연수시키는 기회에 선발이 되어 부득이 나 혼자 가게 되었다.

일찍 종강을 하고 6월 3일 김포공항에서 델타 항공편으로 타이뻬이에 도착했다. 타이뻬이 공항에 내리자 뜻밖에 대만 외교부에 근무하는 유순달(劉順達) 박사가 마중을 나왔다. 얼마나 반가웠는지 모른다. 우리는 함께 차를 타고 타이뻬이로 갔다.

한학연구중심에서 마련해 주는 숙소가 자유지가(自由之家)였다. 숙소는 타이뻬이에서 가장 중심지인 애국서로(愛國西路)에 있었다. 중앙연구원의 숙소가 빌 때까지 이 곳에 있게 되었다. 타이뻬이의 중앙지이고 대만대학, 국립중앙도서관, 문화대학 등 연구기관과도 가까워서 더욱 편리하였다. 더구나 자유지가는 국빈들의 전용 숙소로 쓰는 곳인데 교육부에서 나에게 특별대우를 해주는 것 같았다.

또한 자유지가는 타이뻬이의 중앙지여서 그 근처에는 중앙 관공서가 밀집되어 있는 곳이다. 그래서인지 야자수와 같은 열대림들이 길 중앙과 양쪽에 정돈된 모습이 대만의 참모습을 보는 것 같았다. 10차선 도로에 자동차와 오토바이가 홍수를 이루고 만만디한 중국인들의 특성과는 달리 거칠게 오가는 모습이 이국 땅에 와 있다는 실감을 갖게 했다. 더욱 특이한 것은 오토바이 행렬이다.

타이뻬이의 아가씨들은 치마를 입고 오토바이를 즐겨 탄다. 기사들이 이를 훔쳐보려다가 교통사고를 자주 낸다고 대만 친구가 넌지시 일러주었다. 그 말이 실감이 나는 듯했다. 그러고 보니 모두 그런 것은 아니지만 치마를 입고 오토바이를 타는 아가씨들이 매우 많다는 것이 어쩌면 타이뻬이의 진풍경 같았다. 이 곳 도로 3, 4차선은 오토바이 전용도로로 남녀노소 할 것 없이 오토바이를 즐겨 타고 다닌다. 그네들은 달러 보유국 세계 1위이면서도 무더운 여름, 게다가 내려쬐는 불볕더위에도 오토바이를 즐겨 타는 검소함에 익숙해져 있는 것 같다.

나는 도착하는 즉시 먼저 교육부 「한학연구중심」에 입국 수속과 함께 모든 절차를 마쳤다. 연구실과 도서를 이용할 수 있는 신분증 및 용역에 관한 자세한 설명을 듣고 숙소로 돌아왔다.

당시 같이 중국 교육부에서 초빙을 받은 8개국 객원교수들은 모두 26명이었다. 미국, 중국, 이스라엘, 일본, 이태리, 독일 등 동양학에 관계되는 교수들로서 중국계 화교들이 많았다. 국립중앙도서관을 마음대로 이용할 수 있도록 여기에도 연구실을 마련해 주었다. 내 연구실은 4층 421호였다. 시설이 매우 좋았고 도서도 상상을 초월할 만큼 많았다. 당시만 해도 우리나라에서는 중국 본토나 북한 자료를 마음대로 볼 수 없었다. 그러나 여기서는 마음대로 볼 수 있어서 편리했다.

객원교수 26명 중 한국 사람으로는 나 외에도 서울대학교 인문대학 동양사학과 조교수인 박한제(朴漢濟) 박사와 부산 수산대학 교수 고강옥(高康玉) 박사가 있었다. 또한 미국 국적의 중국계 교수인 황계강(黃啓江) 박사, 캠브리지대학의 니콜라디 코스모(Nicora di cosmo)교수가 동료 교수(Research fellow)의 자격으로 같이 연구했다.

내 연구실과 같은 층인 412호에는 일본인 좌등공열(佐藤貢悅)교수가 있었다. 자주 이야기도 하고 일본에 있어서의 동양학에 관한 문제를 함께 논의하기도 했다.

이튿날 대만대학 도서관에 프로젝트와 관계되는 자료를 찾기 위해 방문했다. 도서관을 방문했을 때 왕매령(王梅玲) 양의 친절한 안내를 받았다. 또한 대만대 법률연구소의 한상돈(韓相敦) 교수의 도움도 잊을 수 없다.

국립중앙도서관 3층 내 연구실에서 바로 내려다보면 장개석 총통의 중정기념관(中正紀念館)이 보인다.

한여름인지라 낮 12시쯤에는 아스팔트가 뜨거워서 밖에 나다니지를 못한다. 도로 위에는 달걀을 익힐 정도로 뜨거운 열기가 화끈거린다. 얼굴이 타들어가는 듯했다.

오후에는 거의 매일 소나기가 내린다. 그렇지 않으면 생활하기가 어려울 것 같았다. 전형적인 아열대 지역이라서 오후 늦게라야 밖으로 다닐 수 있을 정도의 후덥지근한 날씨다.

국립중앙도서관 내부는 목조로 지어서 깨끗했다. 더위 때문에 점심식사 후 여기저기에서 엎드려 자는 모습이 그들에게는 습관화되어 있지만 나에게는 진기한 모습으로 다가왔다.

더구나 이 곳은 추위가 없는 따뜻한 곳이기에 난방시설이 전혀 필요가 없다. 겨울에도 우리나라의 초가을 날씨 정도이다.

기후도 문제지만 이국만리 땅에서 가족과 떨어져 산다는 것이 얼마나 힘들고 어려운지를 처음으로 느꼈다. 연구에 몰두하다가 보면 모든 것을 잊을 때도 있다. 그러나 고국 땅이 그리워질 때가 한두 번이 아니다.

사철이 분명하고 산하가 아름다운 천혜의 자연을 지닌 우리나라가 정말 금수강산이구나 하는 생각이 여러 번 들었다. 추울 때는 춥고 더울 때는 더워야 하는데 사철이 없는 이 곳 사람들은 모두가 느리고 처져 있어서 중국 사람을 만만디라 하는지도 모른다고 생각했다.

이번에 초청된 교수 가운데 마침 한국인 교수가 몇 사람 있어서 좋았다. 서로 재미있는 이야기도 나누고 학교 이야기도 하는 것이 우리말의 전부이다. 간혹 경북대 중문과 출신의 학생들이 찾아오기도 했다. 특히 경북대 금종욱 교수의 아들인 금지수군이 대만 사대 박사과정에 유학중이었다. 자주 찾아와서 환담도 하고 때로는 유학 생활의 애로를 나에게 토로하기도 했다. 또한 금군은 교통비를 아낀다고 자

전거를 타고 다녔다. 정말 근면 성실한 사람이라는 기억으로 남아 있
다.

하루는 중문과 출신 유학생 10여 명이 나를 초대해 다과회를 베풀
어 주었다. 그들은 교양학부 때에 나에게 배운 제자들이다. 타국에서
제자들을 만나니 감회가 새로웠다. 이들 유학생들의 고초는 이루 말
할 수 없었다. 이 때부터 나는 외국에서 공부하는 학생들의 고통을
이해해 줄 수 있게 된 것 같다.

늦게 숙소인 자유지가에 갔더니 우리 학교 중문과 교수인 이치수
교수님이 와 계셨다. 대만대학에 박사논문 준비로 가족 전부가 여기
에 계신다고 했다. 얼마나 반가웠던지 이루 표현할 수가 없었다.

이튿날 이교수가 살고 있는 집을 방문했다. 오랜만에 사모님께서
만든 한국음식을 맛있게 먹었다. 아들과 함께 세 식구가 살고 있는
아담한 개인 주택에 한국식 장식들이 눈에 와 닿았다.

그는 박사논문을 심사 받고 있는 중이어서 자료를 보완시키고 있
다고 했다. 이교수의 뜨거운 학구열에서 한국 중문학에 일역을 담당
할 큰 학자로서의 풍모와 겸손이 지금까지 내 머리에 자리하고 있다.

'향수병'이라는 것을 말로만 들었는데 1개월이 못 되어서 나에게
도 찾아왔다. 할 수 없이 「한학연구중심」 원장에게 부탁을 했다. 다
행스럽게 한국을 잠깐이나마 갔다 올 수 있게 되었다. 그것도 4박 5
일간의 휴가를 얻은 셈이었다. 대만에 있는 6개월 동안 무려 네 번이
나 왕복을 하였으니 길에다가 연구비를 깔았던 것이 아닌가 하는 생
각이 든다. 그러나 나에게 많은 연구비와 교통비가 별도로 지불되었
으니 다행한 일이었다.

기실은 경북대 퇴계연구소장으로서 의논할 일도 있었다. 차라리 소
장직 사직서가 수리라도 되었으면 더욱 홀가분한 마음으로 연구에 몰
두할 수 있었을 텐데 싶었다. 중간에 잠깐 와서는 학과 사무실에 밀린

일과 퇴계연구소의 잡무들로 하루라도 편하게 쉬지는 못했다.

8월 12일 휴가를 마치고 타이뻬이로 갔다. 그때도 외교부에 근무하는 유순달 박사가 비행장까지 차를 몰고 마중을 나왔다. 정말 고마운 제자이다.

나 혼자서 연구를 한다고 바다를 건너서 바쁘게 왕복을 하다가 주위에 사는 유학생이나 학교 제자들도 제대로 챙겨 주지 못했다. 특히 대만에 있는 유학생들 중에서 안병렬 교수의 따님이 기억에 남는다. 내가 그 학생한테 우리 학교 출신의 유학생들에게 저녁을 대접할 테니 전부 불러모으라고 했다. 13명이 모였는데 무엇이 먹고 싶으냐고 했더니 모두가 한국 음식이 먹고 싶다고 했다. 고국이 그리워서라기보다 한국 음식을 너무 오래 먹지 못해서라고 한다. 나는 이들을 타이뻬이 중심부 근처에 화교가 경영하는 한식집으로 데리고 갔다. 타이뻬이에는 중국 음식은 매우 싸지만 한국 음식은 너무 비싸기 때문에 유학생들은 한식을 먹어보기가 쉽지 않다. 나는 한 달 연구비를 다 털어도 좋으니 마음껏 먹으라고 했다. 정말 며칠을 굶은 듯이 먹는 것을 보니 측은해 보였다. 나는 그 날이 타이뻬이에서 가장 기분이 좋은 시간이었다. 어렵게 살아가는 유학생들을 한 자리에 불러모아 배불리 대접하면서 회포를 털어놓고 환담을 즐길 수 있는 시간이었기 때문이다. 타이뻬이에 머물러 있는 동안에 가장 보람있는 일이었다고 생각된다.

그 날 저녁에 갑자기 전화가 걸려 왔다. 중문과 졸업생으로서 타이뻬이에서 한약재 도매업을 하는 '김달식'이라는 졸업생이었다. 어떻게 소문을 듣게 되었다고 하면서 선물 꾸러미를 들고 부인과 함께 인사를 드리러 온다는 것이었다. 그들은 나를 자기 집에까지 초대를 했다. 「대륙(大陸)」이라는 상호를 걸고 한약재 무역사업을 하고 있었다. 이후에도 자주 나의 연구실을 찾아주었다.

이튿날 국문과 대학원에서 나한테 지도를 받고 학위를 받은 왕매용(王梅蓉)이라는 졸업생이 찾아왔다. 남편은 일본에서 학위를 받고 문화대학 교수로 재직 중이다. 그녀는 벌써 두 아기의 엄마가 되어 있었다. 정말 세월이 많이 흘렀구나 하는 생각이 들었다. 아까운 재원이 사회에 쓰이지 못하고 집에 있다고 생각하니 안타까웠다.

이튿날 나와 평소에 친분이 가까운 문화대학 한국어과의 임명덕(林明德) 교수를 만났다. 국립 경북대학교에서 석사과정을 했고 한국어를 잘 하니 문화대학 한국어과에서 꼭 필요한 사람이라고 왕매용을 추천했다. 그랬더니 같은 과에 있는 임추산(林秋山) 교수에게 부탁을 하면 좋겠다고 해서 이튿날 임추산 교수를 직접 만났다.

두 임교수는 한국에서 유학을 했던 사람이라 평소부터 나와는 매우 가까운 사이였다. 특히 임추산 교수는 며칠 전에 타이뻬이 시내에서 나를 환대해 주신 분이다. 그는 중국문화대학 한국연구소장이면서 국민대회 대표직을 맡고 있는 정치학 박사이다.

임 교수에게 부탁을 했더니 그 자리에서 바로 왕매용을 문화대학

自由之家 앞에서. 왼쪽 李瑾桂文化大교수와 부인 王梅蓉, 필자

의 강사로 채용하겠다고 약속을 했다. 약속대로 그 다음 학기인 9월부터 강의를 맡게 되었다. 이국만리에 와서 제자 한 사람을 취업시킨 셈이다.

경북대학도 2학기 강의가 시작되어 일시 귀국했다. 이번에는 서류상으로 일시 귀국이지만 사실은 2학기 강의가 계속되는 동안에 3개월 간의 휴가를 받은 셈이다.

그 해 11월말 다른 교수들보다 빨리 종강을 하고 타이뻬이로 갔다. 마지막 3개월 동안 연구를 마무리해야 했기 때문이다.

이번에는 중앙연구원 교수 사택에서 3개월을 머물면서 연구하게 되었다. 낯선 이국 땅에서 혼자 머물기란 여간 괴로운 일이 아니다. 그래서 경대에 다니는 딸아이를 데리고 같이 있기로 했다. 사택이 크고 넓어서 한 살림을 차려도 괜찮을 공간이었다.

내가 중앙연구원에 도착하자 충남대학 사학과 장인성 교수가 내 방에 찾아왔다. 중앙연구원에 연구원 자격으로 먼저 와서 연구하고 있는 교수였다. 이국 땅에서 같은 나라 사람을 만난다는 것은 매우 반가운 일이다.

장교수의 안내로 중앙연구원의 경내를 둘러보았다. 중앙연구원은 동양 최대의 연구소답게 최신 시설에다 그 규모도 동양 최대이기에 충분했다. 산뜻한 서구식 건물에다가 시설 하나하나가 완벽한 연구소라는 것을 직감할 수 있었다. 바둑판같이 쪽 곧은 경내의 도로에 야자수가 적당한 간격으로 심어져 잘 정돈되어 있고, 열대수림이 우거진 뒷 경내에는 레저시설까지 갖추어져 있었다. 아침저녁에는 잘 닦여진 테니스장에서 체력 단련을 하는 연구원들, 밤 늦게까지 불이 꺼지지 않는 연구실, 명실공히 중국문화의 산실이라 자부할 만했다. 우리나라 정신문화연구원이 대만의 중앙연구원을 모델로 해서 지었다고 하지만 비교가 되지 않을 것 같았다.

중앙연구원에는 '원사(院士)'란 이름이 있다. 그네들은 석사 위에 박사, 박사 위에 원사가 있다고 하면서 이 곳 출신을 최고의 엘리트로 인정하고 있다고 한다.

역사 자료실에는 귀중한 사료들이 많았다. 그네들의 말에 의하면 고궁 박물관에는 모조품이 많이 진열되어 있고 귀한 진품의 문화재들은 이 곳에 진열되어 있다고 했다.

외국에서 초빙을 받은 26명의 학자들에게 오랜만에 중앙연구원의 사료들을 공개하면서 교수 5명당 1명의 보디가드를 붙여 주었다. 처음에는 외국인에게 예우를 하는 것이라 생각을 했다. 그런데 나중에 알고 보니 문화재 손실을 우려하여 우리를 감시하는 것이었다.

나는 이스라엘 교수와 한 조가 되어 함께 다니게 되었다. 그러다가 10mm 유리관 속에 '조선 국왕 이종(李倧)'이 중국 황제에게 보낸 서신을 보고 나는 큰 충격을 받았다. 조선의 왕이 중국의 황제에게 보낸 서신의 말미에 '조선국왕 신 이종(朝鮮國王臣李倧)'이라고 기록하였는데 왜 조선의 왕이 '신(臣)'이라는 말을 적었는가 하는 질문 때문이었다. 나는 순간 얼굴이 붉어져서 얼른 대답이 나오지 않았다. 대등 관계가 아닌 변방 속국의 왕이기 때문에 '신(臣)'자를 써야만 했다는 대답을 할 수도 없었다. 그렇다고 사대(事大)사상의 뜻을 가지고 있다고 말할 수는 더욱 없는 일이었다. 그래서 우리나라는 '동방예의지국'이라 상대방에 대해 자신을 일부러 낮추는 상투적인 말일 뿐이라고 구차한 변명을 했다. 10mm 유리 속이 아니었다면 없애버리고 싶다는 충동을 순간적으로 느꼈다.

이처럼 귀중한 그네들의 문화유산 속에는 우리 조상들이 살아온 모습들도 간혹 진열되어 있다. 그렇지만 대부분이 중국의 위상을 과시하고자 하는 사료들뿐이었다. 이들을 보고는 역시 우리 조상들이

중국을 사대(事大)했구나 하는 씁쓸한 기분에 하루종일 왜소한 조국
의 모습이 사라지지 않았다.

일요일에 시간이 나는 대로 딸아이를 데리고 고궁박물관을 구경시
켜 주었다. 그리고 내가 연구실에 있는 시간에는 국립중앙도서관에
서 자기 전공에 맞는 서적들을 탐독하라고 일러줬다. 대만대학과 문
화대학의 전공교수들에게 인사도 시켜주고 지도를 받도록 주선도
해 주었다. 딸아이는 친구도 없는 이국 땅인지라 쓸쓸하게 지내는 것
이 조금 안쓰러워 보였다.

어느 토요일 아침이다. 왕매용과 그의 남편이 차를 몰고 왔다. 양
명산과 대만 동해안을 한바퀴 돌면서 교외로 나가자고 했다. 대중(大
中)을 거쳐 열대 식물서식지인 고웅(高雄)까지 갔다. 열대 밀림지대가
있는가 하면 야자수 소철나무가 즐비해 있었다.

대동(大同)에서 이산(梨山), 관원(關原), 천상(天祥), 수림(秀林), 화평계
(和平溪), 남만계(南灣溪), 남오(南澳), 이란현(宜蘭縣), 이담(利潭), 장원(壯
園), 비두각(鼻頭角), 기륭시(耆隆市) 등을 거쳐 타이빼이로 돌아 왔다.
이틀만에 대만 한 바퀴를 둘러 본 셈이다.

대만은 여러 번 왔지만 전국을 관광한 것은 이번이 처음이다. 감자
같이 생긴 조그마한 땅이라고 생각했던 것은 나의 잘못된 선입견이
라는 것을 분명히 깨닫게 되었다.

대만 제2의 도시 고웅(高雄)은 열대 지역으로 최남단 항구도시이다.
야자수며 열대어 등 희귀한 수목과 어패류들이 많았다. 이 곳은 중국
본토와 가까워서 항상 중공의 공격에 만전을 기하고 있는 준 전시
상태란 것을 느낄 수 있었다.

중공과 마찰을 빚고 있는 검문도가 바로 눈앞에 보였다. 바닷가에
는 일부러 선인장을 길러서 중공군의 기습에 대비하고 있다고 한다.

이런 상황은 북한과 대치하고 있는 우리나라와 마찬가지라는 생각
이 들었다.

동해안을 따라 국도를 달리다 보면 깎아지른 듯한 절벽과 기묘하
게 생긴 바위들이 눈길을 끈다. 곳곳에는 바다신을 모시는 해신각이
있어 울긋불긋 채색한 누각같은 집이 보였다. 뿐만 아니라 동해안에
는 거센 파도와 천인단애의 절벽이 절경을 이루고 있는 곳이 즐비했
다.

바위뿐 아니라 사람의 발자취가 미치지 않은 처녀림도 많았다. 그
가운데 지은 통나무집의 운치는 더할 나위 없는 일품이다. 처녀림 속
에 있는 통나무집에서 일박을 했다. 상긋한 공기며 산새소리, 뛰어
다니는 사슴, 토끼가 있고, 노루, 다람쥐며 태고적부터 자란 아름드
리 고목이 있어 마치 선경에 온 것 같았다. 나는 무릉도원같은 깊은
산장에서 하룻밤을 지낸 것이다.

왕매용의 남편인 이황계(李瑝桂) 교수는 대만 동부지역 처녀림이
많은 곳을 잘 알고 있었다. 이교수는 전공이 목재화학공학이어서 이
방면에 더욱 조예가 깊다는 것을 늦게나마 알게 되었다.

타이뻬이에서 고속도로를 타고 남쪽 고웅으로 달릴 때는 지평선이
보였다. 그런데 동쪽 해안지역에는 험준한 산악지대의 연속이니 조
그마한 섬나라가 이렇게 다를 수 있는가 싶어서 다시 한 번 감탄을
했다. 우리나라의 백두산보다 1Km가 높은 산이 일본의 부소산이고,
부소산보다 다시 1Km 더 높은 산이 조그마한 섬나라 대만에 있다는
사실이 처음에는 믿어지지 않았다. 험준한 고개를 감돌고 돌아 옥산
(玉山) 중허리에 이르러서야 대만에 백두산보다 2km 높은 옥산이 있
을 법도 하구나라는 생각이 들었다.

2월 24일에는 교육부 「한학연구중심」에서 초빙받은 26명의 교수

들에게 연회를 베풀어 주었다. 외국교수들은 대부분 부부동반으로
와 있었다. 나는 딸과 함께 참석을 하였더니 홀아비 같다는 생각이
들었다. 부인이 약국을 경영하고 있어 장기간 비울 수 없다고 했다.
그래서 딸아이와 함께 왔다는 구차한 변명을 했다. 한국인 교수 세
명만 모두가 홀아비처럼 홀로 와 있으니 외국인들은 모두 의아한 눈
으로 우리를 보는 것 같았다.

연회장에는 풍성한 음식부터 나오기 시작했다. 둥근 식당에 차례
대로 나오는 음식은 문자 그대로 산해진미였다. 고량주 몇 잔이 오가
자 홍이 나기 시작했다.

노래자랑 순서에 대부분의 교수들은 각기 자기나라 민요를 불렀
다. 한국 교수 세 사람과 딸아이가 앞에 나가서 '아리랑'을 불렀다.
아무도 따라하는 사람이 없었다. 그런데 이탈리아 교수가 자기 나라
의 민요인 '산타 루치아'를 부르자, 처음에는 혼자 부르던 것이 점차
따라 부르는 사람이 늘어나서 8개국에서 온 26명의 교수들이 함께
불렀다. 각 국의 말로 불러서 가사는 비록 다르지만 곡은 같았다. 예
술의 힘이 얼마나 위대하며 그것이 얼마나 국위를 선양하는지 비로
소 실감을 했다.

지금부터 5, 6년 전에 나는 대만을 방문하여 동해안의 고산(高山)지
역을 관광한 적이 있었다. 그 때 우리 일행이 옥산(玉山) 중허리에 도
착하자마자 한명숙이 불렀던 '노란 샤쓰 입은 사나이'라는 우리 대
중가요가 들려 왔다. 고산족 원주민의 아가씨들이 한국 관광객들을
알아보고 불러 준 것이다. 관광수입을 위해 얼마나 신경을 쓰고 있는
지를 알 수 있었다. 이국만리 땅에서 한 때 유행했던 우리나라의 유
행가가 들려왔으니 우리 일행 모두를 감동시키기에 충분했다. 기분
이 좋아서 다시 한 번 찾아와야겠다고 생각했다.

96년 2월 23일 다시 3일 간의 휴가를 얻어 한국에 일시 귀국했다. 같이 왔던 딸을 집으로 돌려보내고 이번에는 아내와 같이 대만에 왔다. 마지막 연구결과가 완성되었고 구두발표만 남은 상태였다. 그래서 숙소도 중앙연구원 326호실에서 타이뻬이 중앙지로 옮겨 달라고 했다. 중앙연구원은 시 외곽지에 있어 교통이 불편해서였다. 마지막 일주일간은 검담해외청년활동중심(劍潭海外靑年活動中心)으로 숙소를 옮겼다. 며칠 전에 구경했던 고궁 박물관도 다시 관광했다.

  2월 28일, 연구한 논문을 여기서 발표해야 하는 부담 때문에 약간은 긴장이 되었다. 8개국 26명의 학자와 관심있는 많은 사람들이 경청했다.

  발표논제는 「韓中文學作品中夢的樣相和意味志向硏究」였다. 열심히 듣고 있던 문화대 임교수 한 분이 질문을 했다.

  '『침중기(枕中記)』를 중국소설사에서 소설이라고 하는데 한국의 『조신전(調信傳)』의 장르는 어떻게 취급되고 있느냐?'는 것이었다. 임교수가 한국에서 공부한 사람이어서 한국소설사의 문제점을 꼬집어 준 셈이다.

  그 자리에서 나는 '과거 문학사에서는 설화로 다루었지만, 최근에는 『조신전』을 소설로 다루려는 쪽'이라고 대답했다.

  '『침중기』와 『조신전』을 비교하는 결론에서, 『침중기』는 닫힌 작품이고, 『조신전』은 열린 작품으로서 우리 작품이 더 우수하다'고 한데에 대한 반론 대신 질문한 것이라고 생각했다.

  이 날 발표가 끝나자 문화대학 두 임교수가 자기대학에 특강을 요청했다. 문화대는 양명산 중턱에 자리하고 있는 명문 사립이다. 쾌히 승낙을 했다. 대상이 한국어과 1, 2, 3, 4학년 학생들이니 「한국어와 한글의 특징」이라는 제목으로 특강을 해 달라는 요청이었다.

　나는 우리 글과 중국 한자와의 차이점을 차근차근 설명을 했다. 대견스럽게도 우리말을 잘 알아듣는 듯해서 우리말에 대한 자긍심을 느꼈다. 질문도 받아줬다.

　두 교수가 초청하는 만찬에 참석하고 3월 1일에 귀국할 예정이었으나 특강 때문에 3월 2일로 연기되어 하루 늦게 한국에 도착했다. 보람있는 시간들이었다.

(검단해외청년활동중심, 1991. 3. 2.)

대만 양명산 공원에서, 필자부부

국제학술연토회(國際學術硏討會)

  공자기금회(孔子基金會) 주최 국제학술연토회(國際學術硏討會)에 참가
하기 위해 1993년 8월 22일 아침 9시 서울에서 대한항공 680편기로
출국했다.

  영남대 홍우흠 교수와 국제퇴계학회 대구경북지부 이동훈 이사장
그리고 나, 세 사람이 일행이
되어 학회에 참석코자 같이
출발하였다.

  상해에 도착하기까지 세
시간이나 비행기를 탔지만
시차 때문에 아직도 오전 10
시였다. 곧바로 직행하는 비
행기가 없어서 상해를 잠깐
들렀다가 북경을 거쳐 위해
(威海)까지 가기로 한 것이다.

  첫번째 도착지인 상해(上海)
에서는 공자기념회 서기장인
장안기(張安奇) 교수의 딸이
우리를 안내해 주기로 되어

上海역에서, 왼쪽 이동훈 이사장, 필자, 홍우
흠 영남대 교수

있었다. 장서기장은 내가 퇴계연구소장을 맡고 있을 때 연구소 연구원으로 와 있던 중국사회과학원 보근지(步根智) 교수의 부인이다. 때문에 그가 우리 일행의 안내원으로 수고하기로 약속되어 있었다.

상해공항에 도착하니 내 이름자를 크게 써 가지고 서 있는 소녀같은 사람이 있었다. 자신은 장서기장의 딸로 류단(劉丹)이라고 하면서 자기 남편과 같이 나왔다고 한다. 남편은 일본 동화무역주식회사(東和貿易株式會社) 장이평 소장(張貽平 所長)이라고 소개했다. 승용차를 가지고 다니는 것을 보니 인텔리인 것 같았다.

그런데 이상한 것은 어머니가 장씨(張氏)이고 아버지가 보씨(步氏)인데 딸은 어찌 류씨(劉氏)인가 하는 것이었다. 뒤에 안 사실이지만 장서기장의 첫 번째 남편의 성이 류씨이고 보근지(步近智) 교수는 그의 두 번째 남편이었던 것이다.

이들은 우리 일행을 상해에서 제일 큰 음식점으로 안내해 주었는데 상해 중심가인 상해유화원(上海裕和園)이라는 곳이었다.

부경리(副經理) 류홍이란 사람이 메뉴판을 가지고 와서는 주문을 받아갔다. 생김새가 소매치기같이 생겨서 기분이 썩 내키지가 않았다. 처음 온 중국 땅인지라 잘 알지 못해서 제일 좋은 걸로 시켰다. '상해진미(上海眞味)'라고 해서 시켰더니 7가지의 음식이 차례대로 나오고 3가지의 과일과 따뜻한 차가 곁들여진 음식이었다. 문자 그대로 한국에서 먹어 보지 못한 진미 7가지여서 우리 일행은 맛있게 먹었다. 사실 우리는 맛있는 음식을 먹으러 온 것이 아니기에 상해를 간단히 구경하고 북경을 거쳐 국제학술발표장인 위해로 가야 했다. 그래서 점심만 간단히 먹고 떠나려 했는데 우리들의 예상과는 달리 상해에서 제일 큰 음식점으로 들어오게 된 것이다.

류홍부경리가 계산서를 가지고 왔다. 1730원이었다. 달러로 173불이고 한국 돈으로 15만원이었다. 중국 대학 교수 월급이 당시 한화로

3만원 내지 5만원이었는데 우리 세 사람의 음식값이 15만원이니 그네들 대학교수 월급의 3배 내지 5배를 먹은 셈이다.

우리 일행은 포식을 하기 위해 온 것도 아닌데 괜히 안내원만 따라왔다가 바가지를 쓴 기분이 들었다. 그러나 자주 올 수 있는 것도 아니라 생각하며 좋은 경험을 했다고 위안을 삼을 수밖에 없었다. 앞으로는 음식값을 물어본 후 시켜야겠다고 하면서 우리들은 첫날부터 그네들에게 봉이 되었구나 하면서 한바탕 웃었다.

학회 참석을 위해서는 오늘 저녁 바로 상해를 떠나야겠다고 생각되어 류단에게 북경행(北京行) 기차편을 부탁했다. 기차를 타고 가면 주마간산격이나마 중국대륙을 구경할 수 있을 것 같아서였다. 그의 남편 장소장(張所長)이 승용차로 상해역(上海驛)까지 우리를 안내해 주었다.

마침 차표가 있었다. 여기까지 오기도 힘든데 온 김에 저녁까지만 시가지 구경이나 하고 북경으로 가기로 했다. 저녁 7시 39분발 북경행 기차를 예매했다. 기차요금은 외국인에게는 태환폐 1380원(250弗)이었고 이는 비행기표 값과 비슷하다. 침대 시설이 되어 있는 초고속 기차였다.

우리 일행은 먼저 상해시 남경로의 번화가를 걸어 봤다. 모택동이 통치 30년 동안 죽의 장막이라는 철권정치를 펼쳤기 때문에 폐허화된 곳도 많았다. 그러나 아직도 이 곳은 인가가 많기로 유명한 곳이었다. 오후 네 시경이었는데 차도 많고 사람도 많았다. 인민들 사이에서는 무법천지로 유명한 환락가라고 한다. 그래서 그런지 그네들의 얼굴은 마치 아귀다툼의 모습인 것 같았다. 웃통을 몽땅 벗고 젊은이들끼리 싸우는 광경도 보였고, 차들은 아예 교통도덕이란 것을 지키지도 않았다. 인산인해(人山人海)의 사람들! 정말 무법천지를 방불케 했다. 다니는 승용차 가운데에는 현대 자동차가 간혹 보여서 마치 한국인을 만난 듯 반가웠다. 후덥지근한 날씨에 거리의 사람들마저 축 늘어져 있어서 공산당의 말로를 보는 듯했다.

4시 30분쯤 되어 우리 일행이 이 곳에서 가장 가보고 싶었던 상해임시정부 청사를 예방했다. 맨 먼저 눈에 띈 것은 김구 선생의 동상이었다. 방명록을 가지고 안내하는 사람은 한국인이 아닌 중국인으로서 서투른 한국어로 관광객들을 맞이하고 있었다.

청사 3층 건물 모습은 옛날 그대로이나 가구 등은 새로 복원한 것이라고 한다. 입구에는 독립운동을 하던 애국지사들의 사진과 당시 활동 상황들을 설명하는 현판이 붙어 있었다. 여기서 우리나라의 관광객도 만났다. 3층으로 올라가니 그 곳에는 김구, 이동영, 이승만, 이상룡 장군의 활약상과 독립투쟁사를 한 눈으로 볼 수 있게 해 두었다. 당시의 사무실, 침실, 침구까지 보관되어 있어서 참담했던 상황을 알아볼 수 있었다.

또한 한국에서 오는 관광객들을 위해 중국어 옆에 한글로 설명이 되어 있어 편리했다. 우리 일행은 갈 길이 급해서 이 곳을 대충 살펴보고는 임시정부청사에서 걸어서 황포강으로 갔다. 애국지사들이 불렀다는 황포돛대가 생각이 나서였다. 여기는 황포강 입구이어서 바다와 접해 있는 곳이다. 강이라고 하지만 그곳은 바다였다. 멀리 수평선 위에 큰 배, 작은 배가 점점이 떠 있어서 육지에서 살아온 우리에게는 참으로 보기 드문 장관이었다.

강가에 단장되어 있는 황포공원에 올라가 봤다. 수많은 나그네와 관광객들이 붐비는 부두에 섰다. 나는 무서운 일인(日人) 경관과 맞서 싸웠던 우국지사의 용기를 생각했다. 그들이 없었다면 오늘의 우리 조국이 있었겠는가 싶었다. 이름 그대로 누런 강물이 흐르는 황포강 가에서 시름을 달랬던 독립투사들을 생각해 봤다. 암담했던 조국의 독립을 위해 우국지사들이 황포돛대로 목숨을 걸고 왕래하면서 암담했던 고국의 소식을 전했다고 한다. 그래서 대중가요의 한 토막인 황포돛대가 우리 민족의 심금을 울렸던 것이리라.

7시 39분발 북경행 기차를 예약해 두었기에 바쁘게 역으로 갔다. 시커먼 연기로 자욱한 역사가 보였다. 피곤한 몸으로 연와거(軟臥車)에 타기 전에 화장실로 갔다. 우리나라처럼 그냥 볼일을 보는 줄 알고 나오려니까 붙들고는 돈을 요구했다. 2각(角)이란다. 거스름돈이 없어서 달러를 주고 기차에 올랐다.

하루종일 다니다 보니 피곤해서 침대차에 누워서 눈을 붙였다. 침대차라서 잘 적응되지는 않았지만 어둠과 함께 이내 잠이 들었다. 눈을 뜨니 이튿날(8월 23일) 새벽 5시 30분이었다.

밖을 내다보니 옥수수밭이 끝없이 펼쳐진 대평원과 지평선이 멀리 보였다. 한 시간쯤 달려서 태안시(泰安市)에 도착했다. 여기에 오니 대평원에 지평선만 보이던 때와는 달리 나지막한 산이 보여 들판의 연속이었던 지금까지와는 달리 중국에도 산이 있구나 싶었다.

농촌의 집은 뱃집 모양의 일정한 규격으로 나란히 서 있었다.

새벽 동구에 나와 있는 인민들의 모습은 초췌해 보였다. 가난과 굶주림에 시달렸던 모택동 공산치하 인민들의 얼굴은 삶의 고통이 지나간 흔적이 완연했다. 그래도 지금은 공산주의에서 벗어나 농업생산에 대한 이익을 반반씩 나눈다니 다시 활기를 찾았다는 것이다. 자기 몫을 반이라도 챙긴다는 경제논리에 다시 활기를 찾아가고 있는 것이다.

기차는 8시 30분에 출발해서 제남시(濟南市)에서 5분 정차 후 다시 출발했다. 아침 9시 30분 경에 우리를 태운 기차가 누런 바다를 건넜다.

이상하게 생각되어 차창 커튼을 걷고 밖을 내다보았다. 그것이 바로 누런 바다가 아니고 황하(黃河)였다. 내가 누런 바다라고 한 것은 그 순간 누런 바다 위를 기차가 달리고 있다는 착각 때문이었다.

주위의 옥수수밭은 거의 보이지 않았고 논들이 즐비해 있었다. 똑바로 포장된 길에 차는 간혹 보였고 당나귀가 수레를 끌고 가는 희귀한 모습은 마치 60년대 한국의 농촌 풍경을 보는 듯했다. 풍부한 농산물, 거대한 대평원의 연속, 그 위에 옷을 벗은 채 열심히 일하고 있는 농부들의 모습에서 거대한 중국 재건의 가능성이 보였다.

11시 20분경에 천진(天津)에 도착하였다. 5분 후에 다시 기차가 달리기 시작했다. 공산주의식 농지정리, 끝없는 과수원으로 이어지는 차창가는 거의 천편일률적인 모습이었다. 밭두둑에는 봉분이 없는 공산주의식 형태의 무덤도 보였다.

12시 56분 경에야 비로소 북경(北京)에 도착했다. 거기서 마중 나온 진호(陳鎬)란 학생을 만나 안내를 받았다. 그는 보근지 교수의 아들인 보첩의 친구였다.

우리는 북경에서 제일 큰 호텔인 우의빈관 영빈루(友誼賓館 迎賓樓)의 30609호와 30641호 두 방을 얻어 여장을 풀었다.

여장을 풀어놓고 다시 북경 시내로 나가려는 찰나에 장안기(張安奇) 교수로부터 전화가 걸려왔다. 7시 30분에 온다고 한다. 그러나 저녁까지 기다릴 수 없다고 하고 택시를 타고 위해행 기차표 예매를 위해 북경역으로 갔다.

너무 복잡해서 북경역 앞에서 일행 중 이사장을 잃었다. 한 시간 정도 찾아 헤매다가 천신만고 끝에 겨우 만났다. 중국어를 전혀 모르는 사람이라 잘못되었더라면 국제고아로 만들 뻔했다. 북경역 앞에는 굶주린 사람과 거지 같은 불쌍한 사람들, 오갈 데 없는 사람들이 무수히 몰려들고 있었다. 그 와중에서 사람 찾기란 여간 어려운 일이 아니었다. 그 때를 생각하면 지금도 등에 소름이 끼친다.

결국 차표 예매는 못하고 그냥 역 근처에 있는 오리고기 음식점인

전현덕(全賢德)으로 들어가서 저녁을 먹으려 했다. 거기서도 중국인들의 성격인 만만디의 모습을 느낄 수 있었다. 음식을 시킨 지 1시간이 지나서야 오리고기 요리가 나온 것이다.

식사를 마친 후 우리는 우선 호텔에 들어가서 쉬어야겠다고 하며 숙소로 돌아왔다. 한국으로 돌아갈 때에는 위해와 인천이 가까워서 여행 삼아 배편으로 가기로 마음먹었다. 하지만 표를 사기가 쉽지 않아서 장안기 교수에게 표 사는 것을 부탁했다.

우리들의 숙소는 북경에서 제일 큰 호텔의 하나이어서 정원과 호텔 건물이 한 마을을 이루고 있었다. 한 바퀴 돌면 자그마치 4킬로미터가 넘는다고 한다. 우리가 호텔에 도착하자 장교수와 그의 남편 보교수가 찾아왔다.

보교수와는 3년만에 만났기에 무척 반가웠다. 건강이 나쁘다는 소식은 들었지만 실제로 보니 매우 좋지 않은 것 같았다. 빠른 쾌유를 빈다고 했더니 고맙다고 했고 우리는 선물까지 주고받았다.

8월 24일 7시에 일어나서 7시 30분에 아침을 먹고 9시 30분까지 휴게실에서 쉬었다.

학회발표 장소로 가는 길에 만리장성을 구경하기로 했다. 도중에 비룡(飛龍)이란 가게를 둘러봤다. 만주 길림과 연변지방에서 온 조선족 아가씨들이 우리 일행을 안내했다. 몇 가지 선물을 사서 가방에 넣고 다시 우리들의 목적지인 만리장성으로 바쁘게 달려갔다. 듣던 바대로 거대한 인간의 역사를 말해 주는 듯했다.

여기서 나는 만리장성을 쌓아 외적을 막고 불로초·불사약을 구하러 선남선녀를 삼신산에 보내어 영원한 제국을 꿈꿨던 진시황이 연상되었다. 산 능선을 따라 펼쳐져 있는 장대한 산성이야말로 중국 대륙인의 기질이 아니고는 불가능한 일이었음을 느낄 수 있었다. 대부분이 옛 모습을 그대로 간직하고 있는데 중간에 보수한 흔적이 보이기도 했다. 산성 위에 다듬어진 길은 짐차 두 대가 충분히 지나다닐 수 있을 정도이다.

만리장성은 쌓았으나 불로초·불사약을 구하지 못해 끝내 이 세상을 하직한 진시황을 생각하면 역시 인간은 자연 앞에서 나약한 존재라는 생각이 든다. 능선 따라 만 리나 펼쳐져 있는 세계 최장의 거대한 장성, 이는 입구에서 동쪽과 서쪽으로 나뉘어져 있다.

나는 마치 진시황이라도 된 듯 동서로 두루 구경하다가 천천히 내려왔다. 입구까지 내려오니 점심시간이 훨씬 지난 1시 40분이나 되어 배가 고플 수밖에 없었다. 입구 오른쪽에 있는 궁전대반점(宮殿大飯店)에서 점심을 맛있게 먹었다. 인민폐로 30원이어서 매우 싸다는 생각이 들었다.

북경으로 돌아오는 길에 십삼황릉(十三皇陵)을 구경했다. 명대(明代)의 십삼황릉은 우리의 상상을 초월했다. 우리의 궁전과는 비교가 안될 만큼 웅장하고 거대한 규모였다. 그 옆에는 정릉박물관(定陵博物館)이 있었다. 박물관 건물 지하 15m 지점에는 만력제왕릉(萬歷帝王陵)이 있었고 정릉은 명조십삼제주익물(明朝十三帝朱翊物)과 양위왕후(兩位王后)의 능침(陵寢)이다.

건물은 1584년부터 59년만에 지어졌다고 한다. 1957년 7

만리장성 입구에서

월 지하에 400년 동안 매설되어 있었던 현궁(玄宮)을 열었다. 그리고 1959년 9월 30일, 이 언덕에 박물관을 세우고 정릉박물관이라 명명했다고 한다.

8월 25일 아침 일찍 일어나 우의빈관 주위의 정원을 둘러보았다. 걸어서는 하루종일 다녀도 다 볼 수 없을 정도의 거대한 규모였다. A동에서 B동까지 차를 타고서도 한참 가야 하는 정도의 거리이다. 역시 대국인(大國人)다운 발상에서 설계된 거대한 고급 호텔이었다.

아침 10시경에 북경대학으로 갔다. 택시를 타고 북경대학 정문까지는 왔지만 출입허가를 받지 않고서는 들어갈 수 없다고 한다. 이 대학에 들어갈려면 북경대학 교수가 보증해야만 방문할 수 있다고 한다. 할 수 없이 돌아설 수밖에 없었다. 몇 년 전 천안문 사건 이후 북경대학만은 출입을 통제하고 있다고 한다.

그래서 바로 옆에 있는 인민대학으로 갔다. 장입문(張立文) 교수를 만나러 연구실을 찾았으나 부재중이었다. 퇴계선생의 성학십도(聖學十圖)를 조교에게 맡겨두고 장교수에게 전해 달라고 했다.

다시 북경대 동방학계(北京大 東方學系) 위욱승(魏旭昇) 교수의 집으로 전화를 걸었다. 마침 집에 있어서 사택을 방문할 수 있었다. 우리 일행은 위교수 집이 학교 사택이라고 해서 기대가 컸다. 그러나 문에 들어서자마자 놀라지 않을 수가 없었다. 집이 아니라 초라한 사무실 같은 분위기였다. 위 교수는 나일론 장판에다가 무명바지를 입고 비닐 가방에 구두를 신은 채 우리를 맞이해 주었던 것이다. 위 교수의 초라한 사택 모습은 공산주의 치하에서 굶주린 학자들의 위상을 여실히 보여 주는 것 같았다.

교수들에 대한 대우가 당시 월 3만원에서 5만원이었다. 너무 가난하여 체면조차 유지하기 어려울 정도의 생활을 하고 있구나 하는 생각이 들었다. 공산주의 치하에서 세계적인 큰 학자라도 얼마나 가난하고 초췌한 모습으로 살아가고 있는지를 알 수 있었다. 더구나 위교수는 북경대학 동방학계의 주임교수인데도 그러한 것을 보니 다른 교수들은 말할 것도 없겠다는 생각이 들었다.

위교수의 안내로 북경대학 정문을 통해 학교 내부를 구경할 수 있었다. 구석구석에는 아직도 죽의 장막이라는 말이 실감나도록 경계의 눈초리가 매서웠다. 북경대학 교수임에도 불구하고 자기 학교에 들어가면서 교수신분증을 보여주어야만 했다. 그러고도 자유롭게 통과되지는 않았다. 수위에게 신분증을 제시한 후에 본부에서 전화로 입교(入校) 허락을 얻어야 들어갈 수 있었기 때문이다.

안에 들어서자 총장실이 보였고 오른쪽은 강당, 동방학계의 건물이 보였다. 고색창연한 건물은 95년의 오랜 역사와 전통을 말해 주는 듯 했다. 입구에서 오른쪽으로 돌아가면 연못이 있고 못가에는 20층 높이의 탑이 있었다. 무엇을 하는 것인지를 물었더니 수도물을 공급하는 수원지인데 '물탑'이라 부른다고 했다. 물탑 앞에 파란 연못이 있었는데 물이 너무 맑아 경치가 좋았다.

위 교수와 우리 일행들은 아름다운 경치를 배경으로 사진을 찍었다. 마침 위 교수는 충남대에서 개최하는 송자학회(宋子學會) 발표대회에 발표자로 초청장을 받아 놓고 있었다. 뿐만 아니라 10월 30일에 개최되는 모산학술연구회 국제대회에서도 발표자로 예정되어 있어 한국에 대한 관심이 컸다. 그 때 다시 만나기로 하고 12시 10분에 헤어졌다.

12시 40분에 북경 중앙지인 대삼원(大三園)에서 점심을 먹고 공자사당을 구경하러 갔다. 입구에는 공자 동상이 있고 그 안에 사진도 함께 걸려 있었다. 앞마당에는 공자와 관계되는 수많은 비석이 즐비해 있었다. 그러나 온전한 것이 거의 없고 대부분 부서졌거나 중간에

금이 간 것, 또는 중간에 부러진 것을 한데 붙인 것 등이었다.

모택동 공산치하에서 공자를 배척하여 밧줄로 공자 동상을 끌고 다녔다고 하더니 그 결과인 것 같다. 그러나 이제는 거금을 들여 거국적으로 공자기금회에서 국제학술대회를 개최하는 것을 보니 이제서야 그네들이 겨우 정신이 들었는가 싶었다.

4시 30분, 그 길로 유리창(琉璃窓)에 갔다. 거기는 문방사우(文房四友)와 보석을 파는 곳인데 연암 박지원의 열하일기에도 나오는 유명한 곳이다. 더구나 북경에 온 선비들이라면 누구라도 이 곳을 들러본다고 한다. 붓과 벼루를 많이 사고 싶었지만 인주 3개, 세필 3통, 대필 1통을 샀다. 한국에서 사는 가격의 십분의 일의 값이었다.

8월 26일 아침 일찍 일어났다. 호텔 내의 정원에 산보도 하고 쇼핑도 했다. 아침의 맑은 공기가 좋아서였다.

오늘은 한국대사관을 방문하기로 했다. 한국대사관은 국유대하(國留大厦) 3, 4층에 위치하고 있었다. 국유빌딩 옆에는 세계 여러 나라 국기가 게양되어 있었다. 그 가운데 태극기가 바람에 펄럭이고 있어 내심 반가웠다. 모택동 공산치하에서는 근처도 오지 못했을 곳에서 태극기를 이렇게 볼 수 있으니 격세지감을 느끼게 했다.

호텔에서 택시로 갔지만 너무 멀어서 64원(한국돈으로 6400원)이 나왔다. 대사관에 근무하는 김옥준(金鈺晙)씨를 만나기 위해서였다. 그는 경북대 김용규(金容圭) 교수의 아들이다. 국유대하는 북경에서도 세 번째 큰 건물이기 때문에 수백 여 개의 사무실이 들어 있다.

우리 대사관은 3, 4층에 평당 120만원을 주고 전세를 얻어 쓰고 있다고 한다. 공산국가 한가운데 그것도 북경센터와 같은 큰 건물에 우리 대사관이 들어서 있으니 6·25때 인해전술을 쓴 중공군을 생각하면 꿈만 같은 일이다.

김옥준 해외공보관으로부터 접대를 받고 고궁박물관(故宮博物館)으로 갔다. 김공보관은 고궁박물관 초청장 두 장을 주면서 한 장당 두 명이 무료 입장할 수 있다고 했다.

대사관 건물 앞에서 기념 촬영을 하고 고궁 박물관으로 향했다. 마침 북경중한서법가연의회주변(北京中韓書法家聯誼會主辦), 한국문화예술연구회협변(韓國文化藝術研究會協辦)으로 서예전이 열리고 있어 서화전 구경부터 시작했다.

고궁박물관에는 구궁(九宮)이 있었다. 황제와 황후가 거처한 9개 궁전의 집기 일부와 의자만 있을 뿐, 귀중한 문화재는 보이지 않았다. 장개석 총통이 모택동과 싸우다가 대만으로 후퇴할 무렵에 소장한 문화재의 80%를 배에 실어 갔고, 10%는 미국으로 싣고 갔으며, 10%에 해당하는 의자·책상 등 보잘것없는 것만 이 곳에 남아 있다고 한다. 그러니 여기는 빈 건물만 남아 있는 셈이다. 내가 대만에 있을 때 타이뻬이(台北)에 있는 고궁박물관에는 귀중한 문화재가 진열되어 있었고 그 넓은 전시장도 모자라서 3개월마다 한 번씩 바꿔 전시한다고 하던 그 때 안내양의 말이 생각났다.

북경 천안문 광장에서

점심을 먹고 중국 천안문 광장으로 가서 혁명기념관·역사박물관을 관광했다. 모택동 기념관은 관람시간이 지나서 보지 못했다. 모택동의 시신이 알콜물 위에 떠다니고 있다는데 그것을 못 봐서 유감이다. 대만에서는 장개석 총통의 시신이 알콜물 위에 떠다니고 있는 것을 본 일이 있다. 중국을 두 쪽으로 나누어 다스렸던 두 거물 정치인이 모두 죽었고 똑같이 땅에 묻히지 못하고 물 위에 떠다닌다는 점에서 두 사람의 운명이 비슷하다는 생각이 들었다.

인민 기념관 앞에 모택동기념동상이 있었다. 모택동은 중국을 암흑의 철권정치로 몰아 갔고 그 결과 문화는 30년을 뒤지게 되었다. 그래서 강택민이 한국, 일본, 대만, 월남의 유학자들을 초빙해 중국문화를 역수입하려고 매년 국제 학술대회를 거국적으로 개최한다고 한다. 그래서 우리 세 사람도 초빙을 받았고, 덕택에 중국의 실체를 구경하게 된 것이다.

숙소로 돌아오는 길에 북경시내를 구경하기 위해 중간에서 내렸다. 매연이 너무 심해서 숨이 막힐 지경이었다. 차가 많아서가 아니라 대부분이 고물차이기 때문이다. 북경시민들은 매연과 먼지 속에

'93 위해 공맹순 학술사상 국제 연토회에 발표하는 필자

파묻혀 죽어가고 있구나 싶었다. 살아남기 위해 그 속에서 땀 흘리고 있는 중국인민들, 그러나 자신의 불우한 환경을 잊고 열심히 땀을 흘리고 있는 것 같아서 다행스럽게 생각되었다. 숙소에 도착하니 7시였다. 내일 국제 학술 대회장인 위해로 갈 비행기 예약을 확인하고 북경의 마지막 밤을 맞았다.

8월 27일 6시에 북경의 우의빈관에서 택시로 출발했다. 7시 15분 북경공항에 도착해 짐을 부치고 수속을 완료했다. 8시 연대행(煙台行) Flight CA1577호. Gate G15, Seat168, Economy Class였다. Air China기로 출발한지 한 시간 만에 연대(烟台)에 도착하니 9시였다.

연대에서 위해로 가는 길은 매우 험했다. 덜거덕거리는 30인승 버스밖에 없었다. 한참 가다가 운전기사가 길 가운데 차를 세우더니 기름탱크에 손을 넣어 휘젓고 있었다. 왜 그러느냐고 물으니 기름이 없어 차가 움직이지 않는가 해서 그런다고 했다. 운전석의 오일 게이지가 고장난 지 오래였기에 손으로 확인한다고 한다. 우리 일행은 웃음을 참을 수 없었다.

정비가 안 된 이런 고물차에 몸을 맡기자니 몹시 불안했다. 더구나 이처럼 낡은 차에 험한 길을 몇 시간이나 달려야 발표장인 위해에 도착할 수 있기 때문이다. 그래도 다른 방법이 없으므로 타고 갈 수밖에 없었다. 그런데 중국 사람들은 느긋했다. 역시 만만디이다. 세 시간이면 도착할 수 있는 거리인데도 7시간만에 위해에 겨우 도착했다.

위해에 도착했지만 발표장을 찾기도 힘들었다. 해변에서 한참 헤매고 있으니 어떤 사람이 우리말을 알아듣고는
"저쪽으로 가야 합니다."
라고 했다. 우리말이긴 해도 액센트가 좀 달랐다.

어디서 왔느냐고 물었다. 황해도에서 왔다고 해서 한편으로는 반갑고 한편으로는 섬뜩하기도 했다. 우리는 대구에서 왔다고 하면서 악수를 나누는 순간, 그 사람의 손은 마치 가죽 같았다. 위해 고무신 공장에 다니는데 일 년에 한 번 정도 고향에 간다면서 우리를 부러워하는 눈치였다.

마침 택시기사가 발표장까지 데려다 준다기에 택시를 탔다. 한참 돌아다니다가는 못 찾겠다고 하면서 제자리에 데려다 주고는 요금을 달라고 했다. 우리들은 못 주겠다고 했지만 막무가내였다. 화가 나서 큰소리도 오갔다. 욕을 하는 것 같은데 중국어 사투리인 듯하지만 무슨 말인지 이해가 되지 않아서 경찰서로 가자고 했다. 막무가내로 그냥 돈만 내라는 것이다. 못 찾아서 제자리에 왔는데 무슨 바가지를 씌우려는가 하고 물어도 미터기에 나온 만큼은 돈을 내라고 생떼를 썼다.

할 수 없이 요금을 지불하고 다른 택시를 타고 갔다. 중국인들은 특히 외국인을 봉으로 생각한다더니 우리가 또 봉이 되었구나 하며 웃고 넘겼다. 그래서 중국에는 택시 운전기사가 인기 직업이라 한다. 또한 처녀들이 가장 좋아하는 신랑감이 택시운전사라는 말을 들었는데 당하고 보니 그 말도 이해가 갔다.

8월 28일 8시부터 8시 30분 사이에 식사를 마치고 9시부터 11시 사이에 공자기금회 주최 국제 학술대회 개막식이 거행되었다.

서울을 비롯하여 한국에서 온 학자들도 10여 명이나 되었다. 교통이 불편한 오지였지만 수백 명의 저명한 국내외의 학자들이 참석했다. 공자에 대한 깊은 관심을 증명하는 것 같았다.

11시부터 12시 사이에 여섯 개 조로 나누어 발표를 시작했다. 나는 제 3조에 소속되어 「朝鮮朝儒學者的小說觀」을 발표했다.

발표를 마치자 북경대 진래(陳來) 교수가 관심을 갖고 질문을 했다. 조선조의 유학자 대부분이 소설을 배격했느냐는 내용이었다. 조선조 유학자는 소설을 백안시했지만 한편 긍정적인 태도를 가진 사람도 있었다고 대답했다.

대만(台灣)의 주하(周河)교수가 왜 소설을 배격했는지에 대한 질문이 있었다. 한국 고소설이 창작된 시기는 대부분이 조선조인데 당시 유학자들은 남녀상열지사나 역사가 아닌 허구성을 띤 이야기인 소설을 거짓이라 생각하여 배격했다고 대답했다.

이 외에도 월남 호지명대 이교수, 일본 동경대 교수 등이 내게 질의를 해 왔다. 보통 한 발표에 대해 두세 명의 질의가 있었는데 비해 내가 발표한 논문에 대해서는 각국 학자들이 특별한 관심을 보였다. 소설을 배격한 것이 그들에게는 신기했던 것 같았다.

12시부터 14시 30분까지 식사와 티타임이 있었다. 14시 30분부터 17시 40분까지 다시 회의를 했다. 나는 영남대 홍우흠 교수가 발표하는 장소로 옮겨 방청했다. 소동파 시에 대한 것이었다. 질의 응답이

국제 연토회 지정 토론 광경, 왼쪽 劉長林 교수, 필자, 지정질의
趙宗正山東社會科學院 교수

모두 진지했다.

20시부터 22시까지 시가지 구경과 쇼핑을 했다. 부모님께 드릴 선물로 옥으로 만든 베개를 샀다.

수백 명의 저명한 학자들이 한 자리에 모여 국제학술대회를 개최하기란 여간 어려운 일이 아니다. 그런데 공자기금회에서는 매년 이렇게 거대한 행사를 치르고 있다. 공산 치하에서 깡그리 망가져 버린 그네들의 전통 유학 사상을 재건시키기 위해서라는 것이다.

8월 29일 8시부터 12시까지는 오늘 발표와 관계되는 유적지인 유공도(劉公島)에 현장답사를 하기로 계획되어 있었다. 24인용 승합차를 타고 부두로 가서 유공도로 가는 배를 탔다.

신라시대 유명한 장보고가 이 곳을 본거지로 해서 나당(羅唐)을 왕래했다고 한다. 또한 2차 대전 때 청일전쟁의 시작이자 마지막 전장지가 바로 이 곳이라고 한다. 당시 해군 제독 정여창(丁汝昌)의 우소(寓所)이다. 청일전쟁에 패하여 항소를 올리고는 자살한 곳이라고 한다.

발표를 마치고 류공도로 가는 뱃전에서, 대만 周何교수와 필자

위해에서 가장 좋은 명승지로서 유공도는 위해만 내에 위치하고
면적이 3.15평방공리(平方公里), 해안과의 거리는 2.1해리이다. 1888년
청조북양해군(淸朝北洋海軍)이 이 곳에서 생겨났다. 이 곳은 중·일 갑
오전쟁의 옛 전쟁터이다. 일본군이 이 곳을 노략질하여 세계적인 해
상비극을 연출한 곳이기도 하다. 현재 섬에는 북양해군 건축물들과
전쟁유물 등이 있어서 관광객의 시선을 모은다. 섬 위에는 수목이 우
거져 푸른 숲을 이루면서 장관을 연출하고 있다.

유공도에 들어서면 배취루(环翠樓)가 먼저 눈에 들어온다. 좌락(坐
落)은 시구(市區) 서내산(西奈山) 동록(東麓)의 산 위에 위치하고 있다.
누각이 여러 산을 배포(环抱)하고 있기 때문에 취록배통(翠錄环統)의
중간에 있다 하여 그 이름을 얻게 된 것이다.

1489년에 짓기 시작하여 1931년에 개건(改建)하고 1944년에 일본군
인들이 불을 놓아 허물었다가 1978년에 다시 건축했다고 한다. 신건
축의 배취루 높이는 16.8m, 건축 면적은 800㎡, 정자(亭子), 대(台), 루
(樓), 랑(廊)으로 조성되어 있는 고전식 건축물들이다.

섬 가운데에 북양해군제독서(北洋海軍提督署)가 있다. 일명 해군공
소(海軍公所)라고도 한다. 북양해군지휘궤관(北洋海軍指揮机關)이 유공
도 위에 위치하고 있기 때문이다. 제독서는 방목결구(枋木結构)의 고
건축군(古建築群)으로 땅이 10000㎡를 점하고 유삼병원락(有三进院落),
분전(分前), 중(中)·후삼청(后三廳), 앞에는 의사청, 연념청(宴念廳), 뒤
에는 제기청(祭杞廳)이 있다.

정비된 건축물은 한 폭의 그림처럼 아름답고 웅장한 모습이어서
관광객들의 시선을 끈다. 유공도에서 마주 보이는 위해시는 산동반
도 동쪽 끝에 위치하며 산동의 직할시이다. 전국 몰해개방성시(沒海
開放城市)에 속하고 직송성시(轄宋成市), 문등시(文登市), 유산구화(乳山
具和) 배취구(环翠區)로 이루어진 면적이 5426평방공리, 인구는 232만

명의 매우 큰 도시이다.

왜구를 방어하기 위해서 1403년 성을 쌓았고 바다를 방위하는 진
진(鎭眞)이 있다. 위해는 여순(旅順)과 더불어 남북으로 버티고 있어서
자연히 북경의 문호가 된다. 때문에 병가필쟁(兵家必爭)의 땅에 속한
다. 또한 위해는 온대지역이며 또 해양기후의 영향을 받아 겨울에는
따뜻하고 여름에는 서늘해서 여행지로도 좋고 피서 및 요양지로도
매우 좋은 곳이다.

8월 30일 8시부터 12시까지 3차 세미나를 계속했다. 먼저 각국 대
표자를 소개하고 본론의 발표자와 지정토론자를 소개했다. 이 날 성
균관대 최근덕 교수의 발표가 있었다. 중국학자와 일본학자들의 진
지한 질의응답이 있었다.

3시 30분부터 5시 20분까지 자유토론 시간이었다. 학풍과 민속이
다른 5개국의 학자들이 모여 토론을 하다 보니 질서가 없고 좀 산만
해 보였다.

만찬석 왼쪽 위가 필자, 宮達非 중국 부주석, 오른쪽이 吉林大
呂紹綱 교수

오후 5시 20분부터 5시 40분까지는 신관결 선생(辛冠結先生)의 개막 치사(改幕致辭)가 있었다. 저녁에는 주최측에서 성대한 연회를 베풀어 주었다. 각자의 노래 솜씨가 터져 나왔다. 나는 즐겨 부르는 '눈물 젖은 두만강'을 불렀다. 갑자기 엊그제 떠나온 고향이 그리워졌다.

8월 31일 마지막 날이다. 발표도 끝이 났으니 가벼운 마음으로 봉래선경(蓬萊仙境)을 단체로 관광하기로 했다. 깡통같이 허름해 보이는 버스에 발표자를 비롯하여 많은 학자들이 빽빽하게 탔다. 고물 대형 버스 6대가 움직였으니 대단한 행렬이었다. 나는 운 좋게도 3호 차 제일 앞자리에 앉게 되어 주위의 경관을 잘 감상할 수 있었다. 이름 그대로 선경임에 틀림이 없었다. 산이 없어 끝없는 지평선이 펼쳐진 대륙과는 달리 이 곳은 제법 높은 산으로 둘러싸여 있었다. 봉래산은 과연 신선이 기거할 만한 절경이었다. 문자 그대로 산자수명(山紫水 明)한 곳이라고 하면서 모두들 감탄했다. 특히 산을 잘 볼 수 없는 중 국학자들이 더 감격해 하는 것 같았다. 중국대륙이라 해서 지평선만 아득한 들판이 있는 게 아니라 이처럼 아름다운 산도 있었구나 하는 생각이 들었다.

돌아오는 길에 우리 일행이 탄 버스가 멈췄다. 웬일인가 싶어 보니 운전기사가 내리더니 팔을 걷어 부치고 기름 탱크 속으로 손을 넣는 것이 아닌가! '왜 그렇게 하느냐'고 물었더니 이 버스는 낡아서 기름 의 유무를 알아내려면 직접 손을 넣어 확인해야 한다고 했다.

이 곳에 올 때 탄 차의 기사도 이처럼 기름 유무를 확인하는 것을 보았다. 중국에 굴러다니는 대부분의 승합차들은 이 차처럼 기름탱 크 계기판이 고장 나 있구나 싶었다. 속도계도 제대로 작동되는 차가 드문 것 같았다.

9월 1일은 하루종일 쇼핑을 하다가 지쳐서 온천욕을 하고 잠을 잤다.

9월 2일은 1시 30분 한국행 배를 타기 위해 부둣가로 나왔다.

한국 학자들은 모두가 배편으로 가려고 약속이나 한 듯 인천행 배를 탔다. 비행기를 타려면 다시 북경까지 덜거덕거리는 버스를 타야 하니 차라리 배편으로 해서 인천으로 가는 것이 낫다는 공통적인 생각 때문인 것 같았다. 침대석이어서 비행기보다 오히려 편했다.

지도상으로 보면 산동성 제일 동쪽에 위치하고 있는 위해와 인천은 매우 가까워 보인다. 그러나 날아가는 비행기보다 배는 역시 느림보였다.

망망대해를 거쳐 인천에 도착하니 9월 3일 오후 5시였다. 24시간하고도 4시간 30분이 더 걸렸으니 지루할 만큼 배를 탄 것이다. 이 날 따라 파도가 없어서 조용하게 항해를 할 수 있었다. 배 안에서 몇 시간을 잤는지도 기억이 나지 않는다.

지친 몸을 이끌고 인천부두에 도착했다. 이국 땅의 공기를 마시고 그 나라 흙을 밟다가 우리 땅에 발을 딛는 순간 역시 고국이 좋구나 하는 생각이 들었다. 그래서 조국이나 모국이라는 말이 생겨났는지도 모를 일이다.

(공맹순사상 국제연토회 발표를 마치고, 산동 위해에서, 1993. 9. 5.)

공자탄신(孔子誕辰) 2545주년기념(周年紀念) 국제학술연토회(國際學術研討會)

1994년 10월 4일 전 세계가 콜레라로 뉴스라인을 장식했던 때이다. 중국 북경에는 콜레라가 창궐하고 게다가 장티푸스까지 번지고 있다고 연일 신문에서 떠들어대고 있었다.

정말 가고 싶은 생각이 나지 않았다. 그러나 일년 전에 공자탄신(孔子誕辰) 2545주년 기념국제학술연토회(紀念國際學術研討會)에서 발표를 하기로 약속해 놓은 데다가 논문까지 학회에 보낸 상태였으니 가지 않을 수가 없었다.

며칠 전에 중국에서 보낸 프로그램에는 「退溪文學中所現的修養論之現代的照明」이란 논문 발표후 이튿날에는 중국 길림대학 여소강(呂紹綱) 교수와 공동 좌장을 맡도록 되어 있었다. 콜레라 때문에 북경에 갈 수 없다고 할 수도 없어 망설이고 있는데 또 전화가 걸려 왔다.

사실은 나도 학문보다 목숨이 더 중요하다는 것을 알기에 학기 중이라서 가기가 매우 어렵다는 구차한 변명을 늘어놓았다. 그랬더니 학회 진행상 곤란하니 꼭 참석해 달라는 부탁 전화가 다시 걸려 왔다. 그렇다고 당신 나라에 콜레라와 장티푸스가 창궐해서 갈 수 없다고도 할 수 없었다. 국가의 체면 때문이다. 그리고 국제적인 신용문제가 될 것 같아서였다.

며칠 고민을 하다가 용단을 내렸다. 신의 때문에서도 어쩔 수 없이 가야 했다. 이때의 결심은 나에게는 대단한 것이었다. 어쩌면 전쟁터에 뛰어드는 군인들의 용단이랄까? 아니면 불바다로 뛰어드는 심정이랄까? 주위 사람들이나 가족들은 한사코 반대였다.

내가 중국에 가겠다고 우겨댔더니 구십 노부모가 멀리서 만류하러 오셨다. 그러나 국제학술대회에 발표하기로 약속했으니 신의를 지켜야겠다는 나의 의지는 조금도 흔들리지 않았다. 내가 무사히 돌아올 테니 걱정 말라고 얘기했지만, 한편으로 불안하기는 나도 마찬가지였다. 혹시 이 땅을 다시 밟지 못하는 것은 아닐까 싶었다. 그래도 국제간의 신의는 지켜야겠다는 비장한 각오는 흔들리지 않았다.

결국 갔다와야겠다는 나의 의지가 워낙 강했고 내 고집을 잘 알고 있던 아내는 더 이상 만류하지 않았다. 아내는 가방을 챙겨 넣을 때 약 보따리를 주면서 열이 나면 무조건 먹으라는 부탁을 했다. 조금이라도 이상하면 이 약을 넉넉하게 먹도록 부탁하는 아내의 얼굴에도 비장한 모습이 역력했었다.

잘 다녀오겠다는 인사를 하고 떠나면서 다시는 볼 수 없을지도 모르는 대문간을 한 번 뒤돌아보고는 차에 몸을 실었다.

5일 간의 대규모 학술대회인지라 30개국 450명 정도의 학자들이 참석할 것으로 예정되어 있었다. 10시 4분 아시아나를 이용, 중국 천진(天津)땅에 도착하자 마침 이용태 삼보그룹회장을 만나 그 차에 동승하여 북경에 있는 '21세기 호텔'까지 왔다. 학회 측에서 보낸 차는 공항에서 기다리다가 그대로 돌아왔다.

예상보다는 적은 30개국 300여명의 학자들이 모였다. 콜레라 때문에 썰렁한 분위기였지만 북경에 사는 사람들만 이 소식을 모르고 있는 것 같았다. '우리나라 언론만 야단법석이었구나!'하는 생각도 들었다. 전 세계가 중국 전역의 콜레라 소식으로 법석들인데 현지의 중국 언론들은 잠잠했다.

한편으로는 '아직도 중국은 언론이 정부의 통제를 받는 나라구나'
라는 생각이 들었다. 나는 콜레라 때문에 다소 긴장되었지만 북경에
사는 한국학자들도 콜레라 소식을 전혀 모르고 있다니, 언론이 아직
도 개방되지 않은 나라이니 만큼 당연한 결과인 듯했다.

10월 6일 발표를 마치고 10월 7일은 제6조의 좌장을 맡아 진행했
다. 길림대학(吉林大學) 여소강(呂紹綱) 교수와 함께 발표회를 진행시켰
다. 그 날 발표장에는 길림대학(吉林大學)의 세계적인 학자인 김경방
(金景芳) 교수도 참석했다. 김교수는 중국뿐만 아니라 국제적으로도
널리 알려져 있는 동양철학의 대석학이다. 여소강 교수는 김교수의
직계 제자이기도 하다.

세미나를 마치고 저녁에는 김교수의 방을 방문했다. 자신도 윗대
조상은 조선족이라 하면서 매우 반가워했다. 93세의 나이답지 않게
매우 건강해 보였다.

4일째는 총회를 하는 날이었다. 국제유학연합회 결성식을 가지기
위해 관계 내빈들이 줄지어 왔다. 개회식 때는 이세한 당 4위의 지위
에 있는 주요 정치인 등이 축사를 했다.

吉林大 金景芳교수와 필자

첫째 날 점심은 강택민 주석이 발표자들에게 대접했다. 국가적인 대행사로 거국적인 협조를 하는 것 같았다.

10월 5일에는 국제유학 연합회 결성식을 거행했다. 이 행사가 끝나자 모두들 바쁘게 북경을 떠나고 있었다. 역시 콜레라가 겁이 났던 모양이다.

명예회장에 싱가폴 이광요 전수상, 이사장에 한국의 최근덕 성균관장, 회장에 중국의 곡목(谷牧)이 피선되었다.

저녁 때는 북경 가까운 곳에 있는 천단(天壇)을 관광했다. 저녁에는 '21세기 호텔' 앞의 음식점을 찾았다. 거기서 길림에 살면서 호텔 상가에 근무하는 교포 아가씨들과 식사를 같이 했다. 그네들의 비참한 생활상을 직접 들을 수 있어 좋았다.

10월 8일 폐회식 후 측천무후가 만들었다는 바다같이 넓은 인공호수가 있는 이화원(頤和苑)을 관광했다. 수평선이 보일 정도의 끝없이 넓은 인공호수와 거기서 파낸 흙으로 만든 인공산이 있어 장관이었다.

저녁에는 '북경음악청'에서 중국 제일의 비파가인 오옥하(吳玉霞)의 독주회를 관람했다.

북경에서 며칠 머무는 동안 콜레라의 위협은 잊어버렸다.

10월 9일 천진에 와서 김포행 비행기로 귀국했다. 밝고 환한 모습으로 그것도 많은 것을 보고 듣고 건강하게 귀국했다.

'인명은 재천인데 뭐!' 하며 고집부린 덕택에 국제 신의를 저버리지 않을 수 있어 좋았다. 그러나 김포에 내릴 때까지 긴장을 풀지 못했으니 역시 죽음 앞에서는 누구나가 두려워하는구나 싶었다.

(孔孟荀思想國際硏討會를 마치고, 북경21세기 호텔, 1994. 10. 10.)

금색야차(金色夜叉)의 비(碑)

1981년 1월 초였다. 문교부 학술연구비로써 처음으로 일본 땅을 밟았다. 일본과 국교가 정상적으로 교류된 지가 얼마 되지 않을 때였다.

일본의 추위는 대구 추위에 뒤지지 않았다. 일본 하네다공항에 내리자마자 북쪽으로 천리길이나 되는 센다이로 직행했다. 교육부에서 받은 연구프로젝트대로 움직여야 되기 때문이다. 그래서 동경 하네다 공항에 내리자마자 센다이[仙台]에 있는 동북[東北]대학으로 갔다.

캄캄한 이국 땅의 밤이었다. 우리나라 새마을호보다 조금 빠른 듯한 기차에 몸을 싣자 금방 잠이 들었다. 밤 12시가 넘어서야 겨우 목적지인 동북대학에 도착했다.

도착신고 후 며칠이 지난 뒤에 동경대를 거쳐 부소산 관광을 간 일이 있었다.

대사관에 있는 친구와의 약속 때문에 바쁘게 동경으로 되돌아온 셈이다. 1시간 정도 늦게 도착하자 바로 친구의 승용차로 동경에서 남쪽으로 400리 정도 달렸다. 목적지는 부소산의 정남향에 있는 하꼬네란 곳이다.

이 곳은 항시 뜨거운 물이 솟아오르는 온천지역이다. 산 중턱에 희뿌연 연기가 솟아오르는 곳이 많았다. 그리고 땅 밑에서 뜨거운 불이 솟아오르는 곳을 여기저기서 볼 수 있었다. 우리나라에서는 생각도 못할 기이한 현상이 일어나고 있었다. 우리 일행들에게 매우 신기하게 느껴졌다. 여기에 달걀을 삶아 한 개 먹으면 1년을 더 산다는 팻말이 붙어 있었다. 나는 욕심이 나서 뜨거운 물 속에서 잘 익은 달걀 10개를 억지로 먹어치웠다.

하꼬네에서 아다미[熱海]로 넘어가는 산길은 깨끗하고 정돈이 잘 되어 있었지만 굴곡이 심했다. 친구는 차를 사정없이 몰았다. 고개를 넘어서자 망망대해가 나왔다. 달리다 보니 잘 다듬어진 잔디 위에 한 비석이 눈앞에 다가왔다. 「金色夜叉の碑」라는 것이다.

이것이 바로 그 유명한 『장한몽(長恨夢)』의 원작인 『곤지끼야샤[金色夜叉]』란 소설의 배경지구나 싶었다. 차를 멈추고 망망대해를 신기한 눈으로 바라보았다. 우리의 번안소설인 『장한몽』의 주인공 이수일과 심순애가 데이트한 대동강과 비교해 봤다. 우리나라 『장한몽』은 일본의 『곤지끼야샤』란 소설의 번안작품이니 말이다. 내가 보지 못한 대동강이지만 우리나라의 대동강과 아다미[熱海]의 자연 경관과는 규모나 아름다움이 비교가 되지 않을 것 같았다.

조선조 말엽 조중한이 아다미[熱海]를 배경으로 한 『金色夜叉』란 소설을 번안하면서 배경을 일본의 아다미 대신 한국의 대동강으로 바꾸었다. 일본의 남녀 주인공을 우리나

熱海바닷가에 있는 金色夜叉の碑 앞에서

라의 이수일과 심순애로 바꾸어서 우리 글로 번안한 것이다. 이것이
바로 이수일과 심순애가 주인공으로 등장하는『長恨夢』이란 소설이
다.

　나는 아다미 해변가에 서서 잠시라도 거닐고 싶었다. 잘 다듬어진
잔디 위로, 앞은 망망대해, 뒤는 수려한 야산이 드리워져 있었다. 그
것도 온갖 나무가 즐비한 인공적인 조림산 같아 보였다.

　일본인들은 명작의 배경지에는 이를 기념하기 위해 온갖 팻말을
붙여 안내해 주는 친절을 베풀어 준다.

　우리의 경우를 보자. 현대작가는 차치해 두고라도『춘향전』발상
지에 비석은 고사하고 이를 보존하고자 하는 마음의 표시라도 한 일
이 있는가? 아니, 대구의 우국지사였던 시인 이상화의 생가를 기억할
사람이 몇이나 되겠는가? 나도 대구 사람이면서 최근에 들어 겨우
알 정도였으니 말이다. 나도 모르는 사이에 문화재 보호에 관심을 가
지지 않는 무딘 국민이 된 것 같다. 문화재 위원이라는 나 하나라도
반성할 줄 왜 몰랐던가 싶었다. 우리 모두가 한 번쯤은 생각해 봄직
하다.

(동경 문화회관에서, 1981. 1. 8.)

하늘로 흐르는 강

인쇄일 초판 1쇄   2001년 03월 20일
            2쇄   2016년 05월 01일
발행일 초판 1쇄   2001년 03월 27일
            2쇄   2016년 05월 03일

편   저 김 광 순
발행인 정 진 이
발행처 새미
등록일 1994.03.10, 제17-271호

서울시 강동구 성내동 447-11 현영빌딩 2층
Tel : 442-4623~4 Fax : 442-4625
www. kookhak.co.kr
E- mail : kookhak2001@hanmail.net
ISBN 978-89-89352-23-5[03810]
가 격 10,000원

★ 새미는 국학자료원 의 자매회사입니다.
★저자와의 협의 하에 인지는 생략합니다.